La irresistible caída
del muro de Berlín

FERNANDO VILLAVERDE
La irresistible caída del muro de Berlín

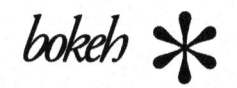

bokeh ✱

© Fernando Villaverde, 2016
© Fotografía de cubierta: Miñuca Villaverde, 2016
© Bokeh, 2016

ISBN: 978-94-91515-39-2

Todos los derechos reservados. Cualquier forma de reproducción, distribución, comunicación pública o transformación de esta obra sólo puede ser realizada con la autorización de sus titulares, salvo excepción prevista por la ley.

I.	El mar	9
II.	Berlín	25
III.	París	137
IV.	Nueva York	211
V.	Regreso a Berlín	257

Naturalmente que para Miñuca, mi mujer.

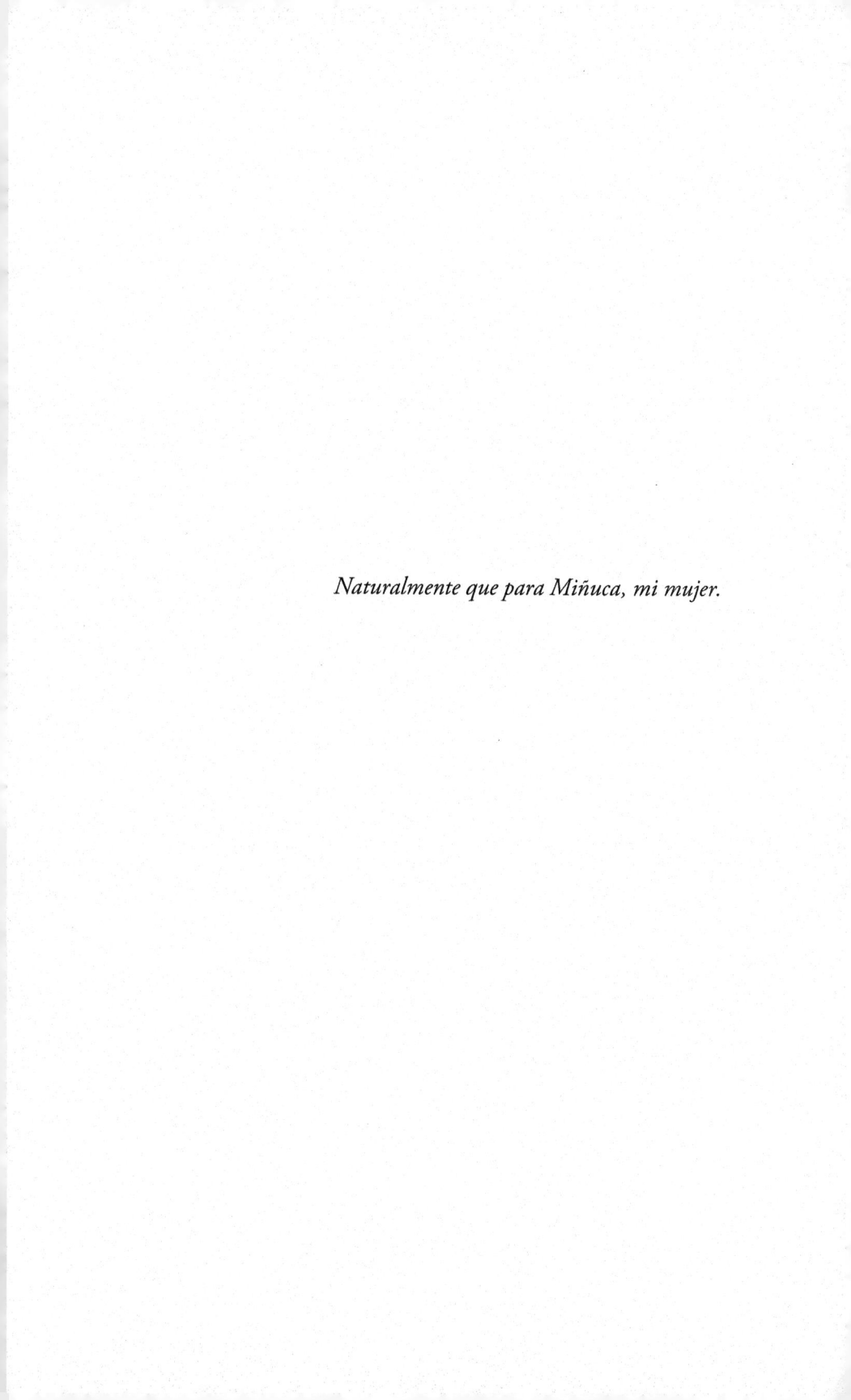

I.

E<small>L MAR</small>

1

No sé cómo se enteró, pero lo sabe, alguien le contó que en vez de tomar el tren para Hamburgo tan pronto pisemos tierra alemana en el puerto báltico de Rostock, tal como estipula nuestra apremiante visa, he hecho un trato con el jefe de sobrecargos para que en cuanto suban a bordo las autoridades alemanas gestione que nos permitan ir a Berlín y quedarnos allí unos días, antes de dar ese salto que pensamos definitivo al Occidente. Será nuestra última oportunidad de conocer el sector oriental de la dividida ciudad; nuestro plan es cruzar luego el Muro legalmente para nunca volver la vista atrás, tal como equivocadamente esperan esas autoridades de La Habana a las que con mil argucias extrajimos nuestras visas. Y resulta que ahora, nuestro camarero en el barco –grumete llamarían a este adolescente en relatos de tiempos más marineros–, enterado quién sabe cómo de nuestro proyecto, se inclina a mi oído mientras coloca una cerveza en una mesita junto a mí y sigiloso susurra: No vayan a Berlín. Su tono es de ruego.

De esta frase, que por la forma en que me la dice sólo puedo interpretar como advertencia urgente, podrían nacer en cualquier rutinaria novela un sinfín de aventuras; alguien nos acecha en esa ciudad, en cuanto la pisemos correremos peligro, quién sabe si mortal. Y este escena inicial se interrumpiría justo ahí, con el camarero alejándose oscilante y enigmático sin decirme una palabra más, para dejar que el lector se fuese enterando de los motivos de su consejo en sucesivos capítulos rebosantes de intriga. Cuando lo escucho, faltando horas para que nuestro barco atraque, imposible entender por qué me anima, sin siquiera mirarme de frente y con ese aire de conspirador, a desistir de mi proyecto. Sea como sea, no dejaré sus palabras en el aire. Por riesgoso que pueda resultarme, no permitiré que sus sinuosas incógnitas alteren el deseo nuestro de pasear por esa parte de Berlín que al terminar la guerra nos quedó del otro lado, para después, al paso de los acontecimientos cubanos, volvérsenos el contiguo.

El marinero tendrá unos veinte años. Lo supongo nacido entre las ruinas berlinesas, creciendo en la zona ocupada por los soviéticos y, si no conforme con el sistema, resignado a él o hasta puede que soñando entre escombros con ese futuro grandioso que Marx pronosticó. Pero estas reflexiones me las haré más tarde; de momento no lo dejo irse como pretende tras balbucearme su petición y lo llamo en tono lo bastante apremiante como para pararlo en seco; en cuanto lo tengo de vuelta al lado mío le pregunto, sin rodeos e intentando no delatar alarma, sólo curiosidad, por el motivo de su perentoria advertencia. Por qué me anima, pues eso ha hecho, a escapar sin dilación de su Alemania.

Como debió haberme aclarado sin necesidad de más el aliento de su voz, sus palabras eran una súplica, no una advertencia, y con la humildad de quien ha cometido una grave falta baja los ojos y responde: Es que soy de Berlín. Comprende que eso no basta y prosigue, recorriendo inexpresivos circunloquios, hasta encontrar la frase que él mismo presiente ingenua: Me da vergüenza que vayan a Berlín y lo vean como está, es su exigua explicación.

Se referirá, pienso al oírlo, a las lamentables huellas dejadas por la guerra: vastos sectores de Berlín en ruinas, plazoletas yermas, esqueletos carbonizados de edificios, amagos vanos de reconstrucción, ese desquiciado paisaje que pronto tendré ante mí, provocándome el asombro de saber transcurridos veinte años y que aún subsista. Creo de todos modos que el marinero exagera: en suficientes películas de años recientes he visto a ese Berlín Oriental tan maltratado y no consigo suponer que las evidencias del desastre, por múltiples que sean, compongan una escena tan macabra como para ahuyentar al visitante. Se encarga el camarero de sacarme de mi despiste; al presentarle como suyo este posible disgusto ante la extendida destrucción, me aclara: No, no. Le hablo del Muro. Mi ciudad no es así, partida en dos. No la deben conocer así. Me da vergüenza.

Pasmoso me resulta su resquemor, sobre todo en alguien más joven que yo. Es como si con esa exaltación que asoma tras sus intentos de reserva se atribuyese en tanto que berlinés la culpa de una situación de la que en ningún modo es responsable. Y sin embargo, así es; este marinero, que pasa la mayor parte del año navegando lejos de su país, se echa a hombros la carga de haber permitido la división en dos de su ciudad y sus conciudadanos. Es como si me pidiera tiempo para reparar el daño; quiere que yo regrese en esa remota e improbable fecha en la que podré contemplar una capital unida.

Con mi reacción termino demostrándome, pronto lo sabré, más ingenuo que él. Resto importancia a su pedido, lo descarto con un ademán que pretendo comprensivo y acompañado de elogios a la grandeza de su ciudad, su historia, su capacidad última de prevalecer sobre destrucciones y divisiones. Se aleja, noto que desconsolado, y con razón. No he estado a su altura, he defraudado su certeza: dada nuestra parecida edad, confiaba en ver compartida su convicción de una injusticia. Pocos días necesitaré para avergonzarme de mi pusilánime actitud. Será cuando tenga ante mí el Muro: peor que cualquier ruina, más penoso que si la ciudad viviese todavía sumida en la desolación del 45. Los destrozos dejados por los bombardeos fueron la confirmación inequívoca de la derrota, la conclusión de un sueño aberrante y maldito. El Muro se yergue en cambio como una constante, una presencia macabra cuya inmovilidad late en medio de un silencio escandaloso. Esa carcelaria construcción, fea y torpe no obstante su duradera voluntad, delata como ninguna otra cosa visible allí que de algún modo la guerra continúa, sus hábitos y pesadumbres perduran. Proclama que la catástrofe no ha terminado. Aplicándolas esta vez a sus conciudadanos arios, los gobernantes de la Alemania del Este —podrán echar la culpa a quienes quieran, a esos poderes superiores a los que forzoso les es obedecer, decirse maniatados; ellos y no otros asumen la responsabilidad de gobernar— han reconstruido, como siguiendo una abominable manía congénita, las alambradas de los campos, esta vez no para el exterminio físico inmediato sino para la abolición lenta e inexorable del espíritu. Un martirio tenue y lento. A diario se le mete por los poros a sus habitantes, dejándolos en apariencia ilesos pero desmoronándolos por dentro y convirtiendo sus espíritus en una arenisca parecida a la de las ruinas. Como si los alemanes, delatando así un espantoso rasgo, reconociesen no saber manejárselas más que mediante muros y alambradas, el concepto y la imagen del cerco, la cárcel vitalicia a cielo abierto. Mi encuentro con el Muro me devolverá a la ansiosa advertencia del marinero berlinés para depositar en mi conciencia, sin que ninguna lógica pueda disiparlas ni logre yo entender qué me inquieta, las cenizas fantasmales de un peligro impreciso y al acecho.

2

Desde enterarse de que nos vamos en barco nuestros amigos se angustian, como si les anunciásemos que nos espera una condena: ¡dos semanas en un barco de carga! Su invariable actitud es de consternación ante la perspectiva, a sus ojos atroz, de esa travesía sin otros pasajeros que ni la compañía mutua logrará aliviar: ¡dos semanas en alta mar, sin amigos, sin nada que hacer, sin un lugar a dónde ir, sin un respiro que altere la monotonía de los días! Inexpertos en viajes por mar, coincidimos bastante en sus escalofriantes presagios, si bien ellos ignoran un dato para nosotros fundamental: hasta qué punto esos recelos quedan compensados por el entusiasmo que genera en nuestro ánimo el secreto plan de irnos para no volver. Además, y sin ganas de presumir, un pálpito me sugiere cuantas veces los oigo no atender del todo esos vaticinios y una vez concluido el viaje sabré que a mi mujer le pasaba otro tanto. Y es que junto a nuestras dudas, la perspectiva de cruzar el océano en lo que no era sino un carguero de mediano tamaño nos hacía sentir cara a la aventura, evocando escenas de las muchas películas de piratas tan populares en nuestra niñez, aquéllas siempre en Technicolor donde se aplaudía la benéfica actuación de los corsarios ingleses.

Desconocemos por lo demás un hábito que no hará sino agravar la temida monotonía; nos enteraremos a los dos días de zarpar, cuando superemos ese archipiélago de las Bahamas junto al cual hemos pasado la noche anterior: su bandera de Alemania del Este convierte a nuestro barco en paria de los mares. Nos ponen al corriente los propios marineros cuando en nuestro primer encuentro en alta mar con otro buque, lo avistamos a lo lejos surcando indiferente el horizonte. Novatos en estas cuestiones, su despreocupado comportamiento no nos resulta insólito, pero los marineros, atentos al distante barco según éste prosigue su ruta contraria a la nuestra, nos lo aclaran: sí lo es. Lo habitual, cuentan, es lo contrario: cuando dos barcos se encuentran en el mar, sus capitanes los acercan hasta situarlos donde a ambas tripulaciones les resulten visibles las figuras y saludos de la otra y alcancen incluso a oír adioses y deseos de buen viaje de sus colegas del otro buque. Es sin embargo raro, por no decir imposible, que un barco, sobre todo de esos países que dominan las rutas del Atlántico Norte por las cuales navegamos –de las dos Américas, de Europa Occidental– tenga con ellos el menor gesto de cordialidad. Al contrario, se distancian. Es una manera de humillarlos, de insultar su procedencia, achacarles una inexistencia; corroborarles, como tantas veces oyen decir por ahí en sus viajes, que su país no es sino una zona ocupada por otra potencia.

Por Dietrich, cajero de banco en un pueblito alemán próximo a Francia a quien conoceré en París, me enteraré de otra faceta de este arraigado desdén. No sé si París lo embruja o si su pueblo carece de sitios en donde entretenerse pero Dietrich, de poco más de 20 años, o sea nacido cuando la guerra concluía, se muestra bastante desinteresado en su Alemania y se aparece por París cuantas veces puede, a gastarse el sueldo de los meses previos en jolgorios de fin de semana a los cuales nunca lo acompaño; en realidad lo conozco por trasmano. Si a veces conversamos es porque prácticamente desconoce el francés y si bien chapurrea algo de inglés, sus amigos franceses manejan poco este idioma, por lo que a ratos les sirvo de intérprete, cuando las gesticulaciones no les bastan. A pedido suyo, paso en una ocasión con él un rato más largo que de costumbre. Lo acompaño al correo a enviar unas cartas y allí me topo con una variante de ese desprecio por la Alemania del Este que tan de cerca conocí en mi navegación.

Cuando Dietrich entrega sus dos cartas en la ventanilla del correo, el empleado mira los sobres y le pide, por intermedio mío, que aclare en la dirección del destinatario a qué Alemania se refiere. Dietrich no entiende. Miro los sobres y leo que se ha limitado a poner en ellos Allemagne, sin especificar, como le pide el del correo, a cuál de las dos Alemanias dirige su correspondencia.

Nada más explicarle lo que le solicitan enrojece de furia. Su ira le hace olvidar el poco inglés que sabe y se me hace difícil entender qué responde entre resoplidos a ese empleado que desde el otro lado de la rejilla lo mira displicente, hasta divertido con su crisis. Al cabo de repetidos intentos por calmarlo y enterarme de qué lo enfurece y qué piensa contestar a ese pedido de aclarar a dónde van sus cartas, descifro su respuesta, aunque la indignación lo haga bufarla. Eso no es Alemania, es la Zona, la Zona, repite, dando con su indignación una mayúscula insoslayable al sustantivo. No es una zona cualquiera, es la conocida de todos y a la que basta dedicar esa tersa terminología para identificar: la Zona es Alemania Oriental y llamarla así no deja dudas; se habla de una parte de Alemania que por el momento no lo es, sólo zona ocupada.

Enterado del motivo de la cólera de Dietrich, el empleado de correos, con mayor desgano aún, precisa a mi amigo: si no especifica a qué Alemania van sus cartas, él no podrá recibirlas. Dietrich vacila. Temo que haga trizas sus cartas y las lance a la cara de su tenaz contrincante. Está claro: para él, escribir lo que le piden equivaldría a una renuncia, una traición; poner de su puño y letra una precisión que reconocería la existencia de una Alemania otra que la suya le mancharía las manos y hasta puede que los destinatarios, de fijarse, se lo echasen luego en cara. De pronto, Dietrich parece aconsejarse y recupera la calma. Algo me dice que su apaciguamiento tiene trastienda; tras su fachada serena, lo sigo notando por dentro tan furioso como hace un momento. Presentando un rostro cortés, pregunta al empleado qué franqueo haría falta a cada una de sus cartas. Movido por los buenos modales que ahora exhibe Dietrich deja saber el hombre el precio y demasiado tarde comprende que ha caído en una trampa, al adivinar un segundo después el atajo por el que su empeño ha conducido al joven alemán.

No puede negarse. Entrega a Dietrich los sellos sueltos que éste le ha pedido a la vez que le devuelve sus dos cartas. Sobres en mano, el alemán pega triunfal en ambos sobres los sellos necesarios para que lleguen a su destino en la Alemania de Occidente, ante las mismas narices del vencido empleado. Sin decir más, ni a él ni a mí, sale de la estafeta, y no necesito ser muy listo para saber a dónde va: echa sus cartas, no en la rendija abierta a la calle para este propósito por la oficina de correos de donde acabamos de salir sino en el primer buzón que nos topamos. Se le ve feliz: no ha alterado como se le pedía su concisa dirección, para él la única legítima. Su victoriosa testarudez me devuelve a los altivos barcos que vi pasar en lontananza durante mi navegación por el Atlántico. He comprobado en qué medida aquel porfiado desprecio del que fui testigo por la Alemania volcada al comunismo no se limita a los extranjeros sino afecta todavía más a los propios alemanes, si es que Dietrich es ejemplo de cómo sienten sus coterráneos.

3

Emprendida la travesía, pronto comprendemos mi mujer y yo cuánto contradice la realidad aquellos temores de que nos aburriríamos. Al contrario, el viaje significará un aprendizaje que calará en nuestras conciencias para nunca abandonarnos y no obstante durar 17 días, el anunciado hastío jamás sobreviene. Al principio una sorpresa, pronto se volverá placer. Evocando aquel trayecto recuerdo cómo a pesar de haberse ajustado sus circunstancias a los pronósticos de soledad más pesimistas jamás nos sentimos solos y si hablo a nombre de los dos es porque parecidas impresiones experimentamos mi mujer y yo, aunque sólo las compartiésemos una vez en tierra, como si hacerlo antes hubiese podido deshacer un embrujo.

La sucesión de novedades que nos reserva la vida a bordo nos resulta asombrosa, más sabiéndonos tenaz gente de ciudad. Hemos compartido desde siempre un hipnótico amor por el mar, aunque visto desde la abrigada sombra de los edificios de la costa habanera, enfrentando desde el asfalto los atardeceres y las olas rompientes. Sin embargo, nada más zarpar nos hacemos, más que con naturalidad, con gusto, a la existencia en esa isla desierta, para nosotros sobre todo; no sabemos alemán y sólo una o dos personas a bordo manejan algo de inglés, siendo para ellos el español algo tan remoto como una lengua indostánica. Al revés de lo previsto, cuanto más dura el viaje más nos sentimos en casa, según nos vamos enterando de cuanto acompaña cualquier travesía marítima, todo eso que creíamos minucias cotidianas. Vistas que anticipábamos uniformemente iguales, como las que nos presentan el conjunto de las olas y las nubes, los colores de las aguas y de las puestas de sol, los cambios de espesor del cielo y las oscilaciones de la temperatura, son nuestra única e inseparable compañía e implacables desmienten cualquier previsión cuando día tras día nos revelan sus infinitas gradaciones; pues las aves, con sus vuelos y sus graznidos, nos acompañan sólo en las etapas inicial y última de la navegación.

De no haberla experimentado, difícil me sería aceptar esta satisfecha convivencia de la mañana a la noche e incluso entrada la noche con la naturaleza. Pero una placentera entrega nos atrapa sin que nuestra razón pueda oponerle resistencia y en ese trayecto de tan fatigosa apariencia aprenderemos algo que no pocas veces nos servirá de mucho a la hora de elegir destinos o decidir comportamientos: el absurdo de creer que sólo la compañía de otras personas puede colmar nuestro deseo de relacionarnos con el mundo, junto con el consiguiente error de andar siempre persiguiendo semejantes para con ellos intercambiar las más banales frases. Sumidos en la vastedad del espacio dominado desde cubierta y el entusiasmo de reinar con la mirada sobre los cuatro horizontes convivimos sin que nos sobrevenga el tedio con un cielo que cada nuevo amanecer presenta una textura distinta y que no obstante nuestra exigua velocidad y su sugestión de no movernos deja asomar de pronto por uno de sus costados un cambio de apariencia, al principio sutil pero que en pocos minutos altera la atmósfera entera, con una celeridad de la que somos pasmados testigos desde la privilegiada perspectiva circular que el barco nos da.

En el océano aparece todo escrito: esa chata mancha azul de los mapas nos presenta en alta mar colores tan cambiantes como cuando choca en las orillas con las diferentes profundidades de las costas. Se suceden variaciones sin causa aparente por motivos en los que no nos interesa indagar, inesperados cambios al pasar de un mar a otro. Difícil explicar cómo es posible, comunicados entre sí como lo están, que haya tanta diferencia entre los colores y apariencias del Canal de la Mancha y el Mar del Norte, o entre éste y el Báltico, como si los separasen fronteras submarinas. Ya desde el inicio del viaje, al penetrar en el océano, presenciamos una primera mutación al adentrarnos en la extensión deshilachada y verdosa del Mar de los Sargazos, nombre inscrito por las fantasías de la infancia en nuestras mentes. Fue quien primero nos avisó que dejábamos las Américas, nos despedíamos del continente. Mar y tierra fluidos y ni mar ni tierra, si acaso un harapo de ésta. A la vista de este ancestral vertedero de la naturaleza no puedo saber que sus sugerencias de indefinición se volverán parte de mi sustancia, como tampoco podía haber presentido la importancia de que nos estuviésemos separando por barco de aquel período inicial de nuestras vidas. De haber ido en avión de nuestra tierra a otra hubiésemos experimentado una continuidad entre la etapa que dejábamos y la que emprendíamos en un transcurso que nos resultaría inmediato, y forzados por el breve pestañazo que las separaba, se nos quedarían indistintas. Constatar la presencia de un océano de por medio y necesitar de esa dilatada quincena de mares y cielos para alejarnos de nuestra isla nos graba en la médula la convicción de que de veras iniciamos otra vida. Contemplando sus algas atravesadas por nuestra proa como si fuesen hielos árticos, el Mar de los Sargazos me resulta huella de una tierra devastada, llevándome a coincidir así sea de soslayo con quienes, cada vez más desmentidos, siguen sosteniendo que por allí pudiera haber estado la Atlántida, y esa abundancia de vida vegetal en pleno océano fuese el soplo con el que el perdido continente quiere sugerirnos su remota existencia. No sé si habrá nacido de esas impresiones pero a partir de entonces y desde la primera de las veces en que en infinidad de ocasiones y lugares, personas de todo género y procedencia me preguntarán de dónde soy, en medio de los rodeos e imprecisiones con los que intento resumirles años de vagabundeo a lo que mi razón vuelve constante es a la certeza de que mi verdadero lugar de nacimiento fue ese territorio impreciso disperso en el océano, cruce entre la tierra y el mar, un espacio que nadie posee ni puede reclamar: el Mar de los Sargazos. De ahí vengo, es lo que para siempre sentiré.

4

No porque me lo haya dicho a las claras sino a partir de inexpresivas palabras que le escucho al vuelo y algún que otro desdibujado comentario sobre asuntos en nada relacionados con su tropiezo, me convenzo: Dietrich quedó persuadido de que el empleado francés de correos negado a franquear su carta era un taimado comunista, que con su negativa pretendía humillarlo. Yo preferí nunca decir a Dietrich lo que en realidad creía. En ningún momento achaqué la terca actitud del empleado a fidelidades ideológicas; otros motivos habla ya observado yo del posible deseo de éste o cualquier otro francés de vejarlo, sólo por el hecho de ser él alemán. Prefiero no confiárselos, viendo cuánto ama París. No quiero echársela a perder, contándole la respuesta que me han dado varias veces —si he repetido la pregunta ha sido por corroborar hasta qué punto la opinión prevalece—, de forma casi idéntica, cuando pongo reparos a la redacción de las numerosas tarjas esparcidas por la ciudad en homenaje a los héroes de la resistencia muertos combatiendo a los nazis. Dicen: Aquí cayo fulano, el día tal del año más cual, muerto por los alemanes. Interesado en una precisión que me resultaría más justa, averiguo: ¿Por qué alemanes, y no nazis? La respuesta, escuchada reiteradamente a más de veinte años de concluida la guerra y a menudo a gente que ni la vivió o la vivió sin uso de razón, se repite. Me dicen: Es la misma cosa. *C'est la même chose.* Frente a visión tan difundida, fácil es concluir que fue obedeciendo a este sentimiento y no a un tenaz izquierdismo por lo que el empleado de correos francés provocó aquella mañana la cólera de Dietrich.

5

Echamos ancla en Rostock. Más allá de sus promesas, el jefe de sobrecargos se me ha quedado en sonrisas y medias frases, sin confirmarme si atenderá o no a mi petición de que se nos permita tomar el tren para Berlín no más desembarquemos. Quedó en eso conmigo después de verme aparecer en la puerta de su camarote llevándole como obsequio una botella del pésimo coñac alemán que cargamos a bordo, regalo que de ningún modo llamaré soborno pues tuvo la gentileza de invitarme a pasar y conmigo compartió media botella, dejándolo yo con los cachetes de su rubicundo rostro más colorados que nunca. Así y todo, no sé si confiar en él; horas antes de atracar se me acerca y como quien acude a un último recurso, con secreteo me pregunta si de verdad quiero que haga esa gestión. Pudiera tratarse de una treta suya para no cumplir pero más bien me inclino a tomarlo como un eco de los susurros del joven marinero; como aquél quiere advertirme que ese propósito nuestro de dar un rodeo hasta Berlín delata mucha imprudencia. La sucesión de consejos llega a hacerme dudar pero con la costa de Alemania a la vista le reitero que sí, mi mujer y yo queremos ir a Berlín antes de cruzar hacia Occidente. De todos modos, alguna incertidumbre dejan en mí estas advertencias; cuando avisto una especie de chalupa acercándose al barco su aspecto me da muy mala espina. La figura más visible a bordo es la de un hombre que lleva la cabeza cubierta con un sombrero de ala ancha y el cuerpo envuelto en un impermeable tan negro como el sombrero y que, de caucho como éste, lo cubre hasta las botas. Avanza el barquichuelo alumbrado desde lo alto por un farol de nuestro barco, único punto luminoso en una noche cuya negrura no atenúan las marchitas luces de una ciudad prácticamente a oscuras como distante telón de fondo. Ese botecito de proa marcadamente elevada y el personaje que lo preside parecerían dispuestos por un curtido director de cine para el rodaje de una película cuya acción transcurriese allá por los años treinta o cuarenta, en los preámbulos de la guerra o en plena guerra. El silencio o los apagados murmullos de quienes asomados a cubierta lo vemos venir, junto con la lobreguez que cubre espesa el puerto, me hacen recelar de estar de algún modo volviendo a aquellos tiempos que esta nocturna imagen reproducen. Como si a medida que el barquito se nos acerca, bañado por una luz similar a la trasladada a Hollywood por los abundantes cineastas centroeuropeos que por entonces huían de esta Alemania en la que estamos al desembarcar, yo y el barco entero nos estuviésemos adentrando en una de las tantas películas que recogieron el conflicto y sus pavores, con mares de asfalto cercando Europa.

El bote se arrima al casco y la agorera figura envuelta en ese impermeable que la humedad hace relucir sube la escala que le han tendido. En cubierta, cerca, tengo en primera fila el capitán, estirado y de gala; listo, en su pulcrísimo uniforme, para recibir a quien se reconoce como oficial de la inmigración alemana. A su lado, sonriente, ese jefe de sobrecargos de quien dependo. Ignoro además si, de interceder éste por nosotros, ese individuo de rostro afilado y tan gastado por la edad como por el salitre, que ya pone pie en cubierta provisto de un maletín, accederá a nuestra petición o la negará, o hasta si la pudiera tomar por sospechosa, un intento con malas intenciones.

El comportamiento de este hombre, desde que sube a bordo y se acerca sin ceremonia al capitán, despachando los saludos de rigor para pasar sin demora al saloncito donde procederá a sus trámites cumpliendo su papel de ágil funcionario, poco tiene que ver en su voluntad de dinamismo y eficacia con la facha de lobo de mar de antaño que nos muestra ni con su aparición en esa especie de remolcador destartalado o su ascenso al barco por una escala de soga bamboleante. Ese adormecimiento en el tiempo manifiestos en su persona y su entorno a lo que se ajusta no es a su adiestrado proceder sino a la generalizada sensación de avejentada tristeza de cuanto nos rodea. El puerto cuenta con filas inacabables de gigantescas grúas, si no las más modernas seguro que eficientes, aunque ahora inmóviles y tan a oscuras como el cielo, en una parálisis que las hace lucir trastos, y la voluntaria grisura que con su exterior este oficial transmite lo que me sugiere es que su aspecto menesteroso y anacrónico es premeditado. No quiere llamar la atención ni por el excesivo fulgor de un botón ni por el lustre de un zapato, acatando de ese austero modo el monacal estoicismo pregonado como máxima virtud por quienes rigen este mundo en el que penetro de la Europa Central, bautizada Oriental por un acuerdo tácito que prefiere lo político a lo geográfico. Codo con codo las dos Alemanias, se advierten en la pobre chalupa y el luctuoso vestuario de sus ocupantes cómo a la suntuosidad con que se adorna Occidente se quiere contraponer un estricto estoicismo, prueba de que aquí prevalece un catecismo de justicia y equidad.

Irónico se me hace que estos adalides de las ortodoxias marxistas hayan descartado sus clamorosas utopías de los albores revolucionarios, aquéllas en que en sus afiches representaban futuras urbes tapizadas de redes eléctricas y humeantes chimeneas. Resulta que a lo que se vuelcan ahora en sus representaciones exteriores es a la arcaica sociedad postulada por quienes antaño se contaban entre sus contrincantes más acérrimos, los anarquistas, enaltecedores del artesano y el labriego y enemigos de la modernidad de toda índole. Estos alemanes, obligados por unas escaseces que no consiguen remediar, enredan carencias con entereza y entonan loas al horno de leña y las usinas de carbón, la carreta y las suelas gastadas, incorporando a vidas y tareas una preferencia ya nada simbólica por sus tradicionales emblemas de la hoz y del martillo.

6

El jefe de sobrecargos ha cumplido. Entrados al saloncito, que su mirada y modales transforman en sala de interrogatorios, el oficial de inmigración nos lo hace saber mediante un intérprete: le han comunicado nuestra petición. Lo dice sin mirarnos y sin sonrisas, y se las arregla para dar a nuestro pedido, así piense aprobarlo, aire de solicitud con matices reprobables, ardid mediante el cual convertirá su visto bueno, si es que se produce, en concesión, un favor a agradecerle. De entrada, sus facciones no auguran nada bueno. A mi mujer y a mí nos basta una primera impresión para vernos cogiendo esa misma noche el tren para Hamburgo. El hombre, después de recorrer por encima nuestros pasaportes como si se los conociera de memoria, nos pregunta por qué queremos ir a Berlín, qué nos espera allí. Con la ingenuidad de quien nada esconde le contesto que tenemos en esa ciudad amigos, estudiantes de cine becados; quisiéramos saludarlos y de paso, en su compañía ver Berlín. Propósito que dejo para el final y le menciono con la emoción de quien anticipase contemplar magnificencias próximas a las de los jardines colgantes de Babilonia.

No responde. Revisa nuestros pasaportes por segunda vez y en una libreta de aspecto escolar anota datos, quién sabe cuáles. Sin dejarme añadir otra palabra y al cabo de una meditación que nunca podré saber en qué consiste me informa que accede a nuestra petición, aunque sin abandonar ese tono y gesto hoscos que, acentuando su dureza, nos aclaran que la menor transgresión nuestra pudiera atraernos funestas consecuencias. Categórico nos ordena que en cuanto lleguemos a Berlín, lo primero que debemos hacer, antes de buscar hotel, es ir al consulado cubano e indicar a sus funcionarios que soliciten la prórroga por dos semanas de nuestros visados de tránsito. Y queriendo ponernos en claro que no deja cabos sueltos, precisa: tan pronto desembarque comunicará al consulado que estamos en camino, así estarán advertidos de nuestra llegada en cuanto abran a la mañana siguiente. O sea, que ni se nos vaya a ocurrir tomarle el pelo. Si no nos presentamos en esas oficinas a primera hora tal como nos ordena, las policías de Alemania Oriental entera saldrán en nuestra persecución.

7

En su famosa y ficticia carta, Lord Chandos explica cómo entre las consecuencias de su decisión de dejar de escribir advierte la cada vez más estrecha relación que traba su ánimo con los objetos inanimados que lo rodean, y refiere el episodio en el que, en una de sus cabalgatas, se entrega a la contemplación de una piedra hallada en el camino. Sin escuchárselo de manera concreta, da a pensar, por su manera de narrarlo, que el diálogo mudo con esa piedra u otro objeto cualquiera capaz de despertarle interés ha sustituido en su imaginación a las evocaciones e intuiciones unidas hasta entonces con el laborioso proceso de idear y escribir.

Pasando a otra cita coincidente, se sabe que el cabalístico asegura, no sé si yendo más allá que lord Chandos o queriendo utilizar palabras capaces de sugerir grados de misticismo, que quien contempla en total concentración las letras de un libro del que desconoce por completo el idioma alcanzará a comprender a cabalidad el sentido de ese libro y podrá desentrañar sus más recónditos conceptos. Ni siquiera es justo decir desentrañar; el libro mismo le infundirá su saber. De ser así, igual pudiera hablarse, no sólo de la contemplación del árbol o la piedra sino también del paso por el cielo de las constelaciones, de las configuraciones que trazan en el espacio las laderas de una cordillera o hasta de las matemáticas ocultas en el ritmo de las madrugadas. No se trata de descifrar las leyes y conceptos que atañen a esas materias o fenómenos sino que, sin otro recurso, la vía contemplativa basta para que aflore en nuestro interior, a la manera de esa ciencia infusa cuya veracidad ha afirmado más de un místico, la comprensión exacta de su esencia y de cuanto los une a nosotros, la manera en que su decursar y su significado acompañan a los nuestros. Cuanto nos hace coexistir, germen de las ideas que indujeron a tantos pueblos a deificar trazados visibles o invisibles; épocas en las que el saber procedía de manera distinta que en la nuestra.

II.

BERLÍN

1

Sus pies helados alarman a la sirvienta alemana más que a nosotros, novatos en estas batallas contra los inviernos europeos, si bien entrado marzo éste ande ya al acabar. Pero Berlín puede ser frío hasta en abril y el largo paseo matinal por su barrio diplomático de Pankow, al que nos ha obligado la orden del barquero de Rostock, deja a mi mujer los pies entumecidos. No es para menos. Pudimos conseguir en La Habana ropa de abrigo más o menos decente y la posibilidad que se nos dio de ir a comprar zapatos antes del término prescrito por nuestra tarjeta de racionamiento, que de acatarla nos hubiese tenido esperando por un par nuevo hasta fin de año, la tomamos como rasgo gubernamental de esplendidez y también, qué duda cabe, compadrazgo con privilegiados a quienes se permite largarse de viaje en un país de fronteras claveteadas. Demostrándose poco prudente, al echar mano de esta generosidad opta mi mujer por la ostentación y se compra, no los zapatos mejor hechos para el andar y el frío sino los que se le antojan más presentables, ya que elegantes no los hay. Cediendo a la coquetería, son para pleno verano: de medio tacón, dejan visible buena parte del empeine y su piel es delicada al tacto. Ni que decir que a la primera prueba se han demostrado incapaces de resguardarla de temperaturas bajo cero como éstas en las que llevamos una hora andando, esperando esas ocho y media a las que, según la rigurosa placa de bronce a su puerta, abrirían las oficinas diplomáticas cubanas.

Cuando, ya en la recepción, se quita con prisa los zapatos para frotarse los dedos y darles algo de calor, alarma a la sirvienta que nos ha recibido. La llamo sirvienta porque todo en ella lo sugiere; sus modales, conduciéndonos al salón donde ahora estamos entre reverencias y sin extendernos la mano, y su ropa, que la vuelve criada de estampita: zapatos de goma, un delantal de tela tan fina como el papel y que, sujeto al cuello y amarrado a la cintura, le protege el pobretón vestido, y en la mano izquierda un insólito plumero, minúscula copia de los habituales, como pensado para desempolvar miniaturas. En cuanto esta mujer de amigable pelo gris, que sin duda acumula pródigas raciones de inviernos helados y extremidades congeladas, descubre con sus solícitos ojos el color tornasolado de los pies de mi mujer y el dolor que ésta delata cuando intenta despegarse las medias de la piel, le ordena suspender su faena con una retahíla de palabras incomprensibles y gestos de sobra evidentes: su mano detiene en el aire el brazo con que ella intenta seguir sacándose una media, le señala las marcas que la trama de ésta le va dejando en la pierna, y una vez convencida de que sus advertencias han sido entendidas, se escurre por una puerta, yéndose a buscar quién sabe qué.

En lo que vuelve, mi mujer se abriga con las manos los dedos de los pies; me dice que no les siente calor, aunque en el salón lo haga, sino heridos por infinidad de agujillas, que aunque más tolerables que los aguijones del frío soportado antes, igual la lastiman. Vuelve la alemana cargando una palangana llena de agua humeante y poniéndosela delante en el suelo, toma uno de los pies de mi mujer. Moja en el agua un trapo que se ha traído y después de exprimirlo comienza a pasárselo por un pie y la pierna que sujeta por el tobillo, de manera a írseles caldeando poco a poco, sin el súbito trastorno que les significaría un remojón y que en mi ignorancia de los métodos de lucha contra las congelaciones ignoro si resultaría peligroso. Según lo hace le va sacando la media mojada muy despacio, estudiando la piel que desnuda para cerciorarse de no estarla lastimando y de que la humedad del agua le haya penetrado por los poros lo bastante como para que el entramado de la tela no le arranque hilos de epidermis.

Estando en pleno lavatorio de pies y con la alfombra que adorna el piso irremediablemente húmeda en torno a la palangana, no obstante las precauciones de la sirvienta —en realidad no demasiadas; más cuida a mi mujer–, entra de golpe al salón la figura que me esperaba y que al momento reconozco. Es Isis, conocida de finales de la adolescencia, cuando nuestra relación se basaba en fiestas, bailes y paseos. Haberme enterado en La Habana de que ella es la cónsul cubana en Berlín Oriental, noticia para mí más que sorprendente, apuntala mi decisión de visitar este sector de la ciudad antes de dar el definitivo salto a Occidente. Estoy seguro de que Isis, desde el relativo poder que le dará su cargo, nos echará una mano de vernos mi mujer y yo en algún apuro, como el que pudiera habernos causado burlar sin permiso la duración de la visa de tránsito concedida por los alemanes.

Su primera reacción, al reconocerme y tomar confusa nota de la situación que tiene delante, antes incluso de asimilarla del todo, me extraña. No sé cómo tomarla, si para bien o para mal. Me saluda como si me hubiese visto ayer, dedicando segundos a un hola como estás dicho al vuelo y estrechar mi mano sin mirarla, más centrada en la faena que se desenvuelve a sus pies entre explicaciones de la sirvienta, a la que apenas escucha antes de interrumpir. Ningún amago de preguntarme qué ocurre, que sería lo más lógico; por encima de su cargo y del mucho tiempo pasado sin vernos, más confianza tendrá conmigo que con una sirvienta del consulado. Pero a ella es a quien se dirige y que en cuanto, harta de explicaciones, corta la palabra, se nota azorada. La mujer intenta dar razones: señala las piernas y los pies de mi mujer, le toma los dedos enrojecidos y los muestra a su patrona, con el suficiente tesón como para atreverse a prolongar sus aclaraciones más de lo debido. No lo duda: en cuanto la señora cónsul se haga cargo del problema, le permitirá proseguir sus cuidados hasta terminarlos a conciencia.

Se equivoca. De boca de Isis salen un par de frases ásperas en cualquier idioma. Aunque no la entiendo, sé que sin consideraciones manda a callar a la sirvienta. Es más, le ordena que se marche y se lleve esos aparejos tan fuera de lugar en este saloncito. A pesar de una inicial vacilación, a la larga no queda a la mujer más que obedecer; de todos modos y no obstante el enfado que destilan el semblante y la endurecida pose de Isis, da antes de irse unas palmaditas cariñosas a las piernas de mi mujer y le entrega otra servilleta, seca, dedicándonos despedidas que reconocemos como tranquilizantes: las piernas de mi mujer no sufren daño. A sus afectos correspondemos como mejor podemos, sin duda torpemente. Nos molesta no saber cómo comunicarle nuestro agradecimiento y sobre todo disociarnos de la desagradable conducta que para con ella ha tenido nuestra cónsul. No obstante su cargo diplomático, peor educada que su sirvienta.

No por ello se contiene. Exasperada ante las cortesías mutuas y dirigiéndose a nosotros al fin en español, nos habla con agitación a ambos a la vez, pidiendo a mi mujer que por favor vaya a secarse y calzarse a un saloncito vecino que señala, apartado de esta recepción donde nuestra presencia la tiene tan contrariada. Tal vez sea frágil su poder; temerá que entre un superior, el embajador en persona o algún personaje de estatura venido de la isla cuya presencia en Alemania no imaginamos y se la encuentre presidiendo este bochinche. Me pide que la siga a su despacho, indicando a mi mujer, según ésta se aleja de puntillas por la alfombra, dónde estaremos para cuando esté arreglada. Los hombros de mi mujer, encogidos con cierta repugnancia, me dejan saber que si avanza de puntillas no es tanto por cuidar que la alfombra no se moje como para no recoger en la planta de sus pies hilachas de la pelusa que ésta pueda soltar al contacto con su piel mojada y de cuya suciedad recela.

La forma de conducirse de Isis me tiene pensando que desde antes de entrar al salón estaba informada de quiénes la esperaban y, desconfiada de mis propósitos, decidió presentárseme no como amiga sino en su cabal papel de funcionaria. Ahora, enfrentada a mí por encima de su mesa de despacho, mantiene igual rectitud cuando me dirige la palabra. Sólo así puedo expresarlo; no me conversa con cordialidad sino emprende un discurso sabido que de ninguna manera alterará por ser su interlocutor un conocido. Su actitud, al cabo de tanto tiempo sin vernos ni saber uno del otro, o por lo menos no saber yo nada de ella, da ribetes policiales a preguntas que pudieran ser afables o mostrar simple curiosidad, como su primer ¿y tú qué haces aquí?, al cual no intenta restar un adarme de lo que considera el derecho que le da su cargo a exigirme una respuesta. En vez de dársela de palabra prefiero sacar sin mucha prisa de mi maletín los pasaportes mío y de mi mujer y ponérselos delante, abiertos en las páginas en las que aparecen los visados de tránsito expedidos en La Habana por ambas Alemanias. Y cuando sé que ha tenido tiempo de leerlos, completo esa información que me ha pedido con altanería pareja a la suya: Es que vamos a París. Nos dieron permiso de viaje por tres meses. Incapaz de ocultar su disgusto, pide precisiones. Si nuestro visado aquí es de tránsito, ¿qué hacemos en Berlín? ¿Cómo nos atrevemos a quedarnos?, son sus alteradas indagaciones.

En eso llaman a la puerta. Adelante, adelante, exclama sin ceremonia, creyendo como yo que quien viene es mi mujer. Pero quien entra es un oficinista, que después de dirigirme un saludo de cortesía va a Isis y le muestra un papel a la vez que le habla al oído. Espero, con ganas de ahorrarme unas explicaciones que se me van haciendo a cada momento más desagradables, que ese papel sea el visto bueno a la prolongación de nuestros visados cuyo envío se nos prometió.

Eso es justamente; antes de que Isis se pronuncie lo reconozco en sus vencidos ademanes. Se vestirá ahora con modales gentiles y eficientes, al tanto de que las cosas están en regla y dispuesta a darme cuanta ayuda pueda yo solicitarle. Pero esa eventual charla amable deberá esperar. Al irse retirando, el hombre del papelito se cruza con mi mujer, que entra enarbolando lo más alto posible la servilleta con la que se secó los pies, como si Isis fuese una camarera a la que pregunta dónde botar ese trapajo. Isis no deja escapar al empleado, y a indicación suya pide éste a mi mujer que le entregue el trapo y se lo lleva, con la diestra elegancia de quien hubiese recibido un pañuelo de encaje de manos de una emperatriz. Acomodada mi mujer, Isis, siempre cortante, enumera advertencias. La primera, dicha como quien pronuncia una orden inapelable de incumplimiento peligroso: Ni se nos ocurra cruzar al otro Berlín.

No aguanto más. Pero Isis, le digo, si tenemos visa, estamos autorizados. Nos vamos a París por Alemania Occidental, lo primero que haremos será cruzar Berlín Occidental, sigo, delatando un enfado que hubiese preferido silenciar. Para qué encolerizarme. Tengo la sartén por el mango y a Isis no le queda más remedio que solicitar nuestros visados. En una palabra, servirnos, lo que dada su pose de mando debe incomodarla en grado sumo.

Por suerte no parece tomar nota de mi molestia y cede. A medias, no soporta no decir la última palabra. Si se van, se van, prescribe. No pueden andar yendo y viniendo, y lo mejor que hacen es no acercarse demasiado al Muro. La situación anda algo mal, concluye con acento un tanto cómplice, quizás un primer intento de aproximación. No desciende sin embargo a explicarnos cuál es ese malestar y de momento no nos enteraremos. Tampoco quiero indagar, prefiero que mi mujer y yo icemos velas cuanto antes y nos larguemos de este inhóspito despacho.

Concluidos los prolegómenos, que aunque breves han conseguido borrar de un manotazo todo grano de amistad que pudiese quedar entre nosotros, Isis se excusa. Va a indicar a una secretaria que solicite la prórroga de nuestras visas, para lo cual tendrá que quedarse con nuestros pasaportes. Solos, mi mujer y yo nos miramos y callamos. La pausa me da tiempo a pensar en Isis y su situación aquí. Cuando la conocí acababa de graduarse de bachillerato y como otras muchachas del grupo en que los dos nos movíamos, de un colegio de monjas. Pero contrastando con la desenvoltura de la mayoría de nuestras amigas ella se daba aires de señorona y rehuía la jarana como si la temiese ocasión de pecado. De cualquier manera, esto no hubiese bastado para relegarla en mis recuerdos. A aquella edad, la lozanía de su cuerpo y sus sólidas piernas compensaban de sobra sus modales altaneros y bien que me agradaba agarrarla por la cintura y atraerla en la oportunidad de cualquier baile. Las cosas se pudieron malas entre ella y no sólo yo sino los demás del grupo cuando junto con el alzamiento en las montañas fue creciendo la tensión en el país, hasta que el extendido malestar acabó abatiéndose sobre nuestras reuniones y celebraciones en un contundente adiós a la adolescencia. Nos distanciaban diferencias nacidas de las encontradas ideas que cada cual tenía y hacía valer sobre la situación política, alejando del grupo a aquéllos para quienes someter sus vidas personales a la pública resultaba un absurdo intolerable. Isis cae decididamente de este lado pero además su actitud es, como no se decía por entonces, militante. Reflejará, además de consejos familiares, admoniciones oídas a esas religiosas con quienes conserva buenas relaciones, esas monjas que la educaron y cuyo anillo de graduación exhibe con orgullo de alianza. El caso es que a los partidarios de acatar así sea sólo con las formas las consignas rebeldes nos achaca ideas peligrosas y un día, la medida de su fervor se patentiza cuando la ahora cónsul, enfrentada a una de aquellas amigas comunes, se acalora y la acusa como quien sacase a relucir tachas morales de leer a Sartre y ser existencialista, camino de acabar excomulgada, y le precisa con exaltación que ella jamás, jamás, se relacionaría con personas así. No volví a verla. De haberla recordado en época reciente la habría supuesto lejos de Cuba. Y lo está en efecto, pero no exiliada, como hubiese creído, sino ocupando este cargo de representante consular ante uno de esos países para ella por aquel entonces anatema y para colmo dándome lecciones de comportamiento político, como si una amnesia hubiese evaporado la trastienda que los dos nos conocemos.

Vuelve con un papelito que me entrega y que contiene el nombre y la dirección de un hotel al que nos aconseja ir, por su módico precio y su céntrica ubicación. Y es atendiendo a esa ceremoniosa manera con que no deja de comportarse cuando entiendo lo poco que en realidad ha cambiado. Si ha llegado a cónsul no es por haberse vuelto otra distinta a la que conocí, sino al contrario, seguir siendo la misma. La intolerancia con la que proclamaba aquellas convicciones que la llevaron a apartarse de nosotros la ha mudado a estas ideas para ella nuevas, sin restarles un ápice de intransigencia. Su presencia aquí y su posición no deben extrañarme. De sobra sé cómo esa rigidez y esa devoción que exhibe son cualidades esenciales para sobrevivir en ese país nuestro del que me voy; más de una vez las he visto, como en el caso de ella, traídas de creencias anteriores nada afines y trasladadas de una manera de pensar a otra con la facilidad con que se muda un mueble de sitio. La razón, cualquiera que viva allí la conoce. A la personalidad intransigente se la valora más que a las raíces de esa intransigencia, cualquiera que sea; esas raíces se saben fácilmente intercambiables mientras a aquélla se la reconoce como cualidad esencial de la persona. Isis, la devota fiel que conocí, sigue siendo una militante igual de irreprochable.

2

Es como para pensar que en su socarronería, Isis nos quisiera poner a prueba. Resulta que el hotel que nos escogió está a unas cuadras de la Puerta de Brandenburgo, ese monumento central de la ciudad que las bombas perdonaron sólo a medias y cuya reconstrucción sirvió para que las dos partes de Berlín se pusieran de acuerdo al menos en algo y la acometiesen juntas. Sitio de aspiraciones grandiosas que desde antes de pensar en este viaje me hubiese hecho sentir en Berlín mejor que cualquier otro. No pretenderemos cruzar bajo su arco hacia Occidente en aras de desafiar a nuestra cónsul, no podríamos. Nos lo impediría el Muro, aparecido por sorpresa a la vuelta de una esquina a los pocos minutos de nuestro primer paseo por la ciudad en toda su arrogante fealdad y guardián implacable a cualquier reclamo de nuestra voluntad. Tras su erección, la augusta Puerta quedó en tierra de nadie, en una cuarentena indefinida. Desde el acceso por el que desembocamos a la plaza y donde el instinto nos inmoviliza desde poner en ella un primer pie, el Muro nos oculta sus pies, dejándonos admirar sólo su alzada y la reparada cuadriga que allá en lo alto y por mucho ímpetu que finja luce ahora desorientada, sin saber hacia dónde cabalgar. Si una imprevisible orden me obligase a dejar Berlín mañana mismo no necesitaría ver más tramos del Muro para detestarlo tanto como el marinero a quien tan poco caso hice o, como pronto podré atestiguar, frecuentes berlineses que aunque del Este, si por casualidad lo tienen cerca prefieren ni mirarlo. En cuanto a esta encrucijada a la que sin proponérnoslo vinimos a parar, imposible acercársele. Mínima lógica necesitamos para comprender que es uno de los lugares más vigilados de Alemania, de las dos, lo que equivale a decir del planeta entero. Y todavía no nos hemos enterado de en qué consiste ese malestar al que, sin aclararlo, con tanta prudencia se refirió Isis.

Nos conducen a nuestra habitación, preservado rezago de mejores tiempos, donde a pesar de sus colosales dimensiones la cama ocupa apenas un rincón y el armario podría acoger el vestuario de medio escuadrón. Desde asomarnos a su ventana, comprendemos lo ubicuas que siguen siendo las huellas de una guerra terminada hace tanto: el cuarto da a un patio interior y en el edificio vecino, a la altura de nuestro piso, un boquete perfora la mampostería, abriendo un agujero lo bastante grande como para poderse introducir por él un mueble o colarse una persona a gatas. Una sábana lo clausura malamente, impidiendo ver el interior. Bien sujeta como está por dentro, protegerá del viento u otras tribulaciones de la intemperie; nunca del frío. Pero lleva ahí veinte inviernos, desde la rendición, u ocupa el lugar de otras similares que la antecedieron o hasta de ninguna, en aquellos menesterosos primeros tiempos que no sé calcular cuánto duraron; épocas en las que un techo bastaba para sentirse un elegido.

Esta primera imagen del perpetuado descalabro nos da la pauta de una situación que pronto veremos repetirse dondequiera y me sorprenderá, borrando cuanto supuse cuando, con petulante ignorancia, eché a un lado los ruegos del marinero berlinés. Jamás hubiese podido prever que en plenos años sesenta subsistiese semejante acumulación de daños. Pero nos los tropezaremos, extensos, en cualquiera de nuestros recorridos por Berlín Oriental.

Estudiantes becados en la escuela de cine de Babelsberg, cubanos o de otros países, a quienes días después haremos el comentario, corroboran lo que para entonces ya más que sospechamos: idénticas huellas del desastre subsisten por todo el territorio de Alemania Oriental. La reconstrucción, nos cuentan, marcha a paso de tortuga y de ningún modo lo atribuyen a deficiencias del sistema, así sean incontables. En otros países parecidamente desolados y más pobres de la esfera oriental la recuperación es más veloz. Estos estudiantes, algunos venidos de otros países del Este y muchos de ellos comunistas convencidos, achacan esta desidia, sin valorarla sino presentándola con la certeza de quien expone un dato, a un deliberado castigo impuesto a los alemanes por los soviéticos, al deseo de que no olviden los horrores de esa guerra que tan perversamente desataron. Lo afirman con contundencia y sin necesidad de que se pronuncien me queda claro: la mayoría lo considera una sanción merecida.

En nuestros paseos encontraremos suficientes ruinas como para confirmar esta tesis del abandono premeditado; algunas reveladoras, como las de un edificio al que queda sólo la fachada, un portalón de arquitectura grandiosa: elevado puntal y falsa columnata con ínfulas de esplendor clásico. Trazos de una edificación que se pretendió heroica y es a no dudarlo de fecha nazi. En lo alto del despojo, al que sus ahora inconclusos trazos dan aspecto de escenografía, se entrelazan retorcidas figuras humanas de metal, un amasijo de piezas trastornadas por el calor de los incendios que al derretir lo que fuera ambicioso conjunto escultórico, lo remodelaron; en su día representaba a un par de forzudos gigantes extendidos en arco, el tope de un espectáculo monumental sobre el portón. Las bombas que demolieron el edificio no los derribaron pero los distorsionaron, volviéndolos grotescos, esbozados en el aire por un frenético pintor alemán y expresionista; justamente uno de aquéllos que por esas mismas fechas eran anatematizados por la jerarquía a la cual se debió la iniciativa de construcciones como ésta.

Mi desagrado crece en este encuentro incesante con los surcos de la catástrofe. Me revuelve el estómago esta extendida imagen de escombros, hasta hacérseme nauseabunda. No entiendo por qué mi desazón tenga que ser tanta ni por qué deban desvelarme las huellas, por frecuentes que sean, de una aniquilación que conocía perfectamente y cuyas razones comprendo, por el simple hecho de que sus vestigios me sean ahora visibles. No se me ocurre comparar el desastre de Berlín al desatado con saña por los nazis a lo largo y ancho del continente; tantos pueblos que a conciencia liquidó, puede decirse que toda una civilización cuyo normal avance truncó. Pero cuando la desolación y la muerte alcanzan estas dimensiones, el valor de las comparaciones cesa, viendo cómo la malignidad termina por volverse contra quienes la incubaron. Trato de situar mi desasosiego: si la devastación que observo altera mis instintos será porque la lógica de mis ideas, por más que intente domarlas, no atina a trazarle límites, separar la riposta del ataque, la consecuencia de la causa. Metido en el centro de esta Europa, gran parte de cuyo pasado dejó con esa reciente guerra de existir, los despojos de Varsovia o de Berlín se me vuelven pedazos indistintos del mismo colapso, el frenético deseo de suicidio de una civilización que no entendía sus caminos y que se me hace palpable en Berlín, cuya división prolonga las alambradas de la guerra y la muestra como una ciudad todavía extraviada y en peligro.

3

Instalados en la espaciosa habitación, salimos a dar otra vuelta. Estamos despistados pero nada podría importarnos menos. A partir de la ruta seguida por el taxi —lujo que no volveremos a darnos, así tengamos que arrastrar nuestras pesadas maletas por las calles— desde el sector diplomático de Pankow hasta el hotel, sabemos que estamos en el centro y poco más. Nada pude averiguar con el taxista, a cuya única pregunta durante el trayecto contesté con un encogimiento de hombros prolongado lo bastante como para dejárselo ver en el retrovisor, junto con un rostro que pretendí de total ignorancia y que a él le habrá parecido de idiotez. Pero incluso sin conocer Berlín, nada más salir entendemos dónde estamos. Nos basta observar los edificios, sólidos y algunos imponentes, sin esas trazas de construcción de barrio, así fuese elegante, que se advertían en las cercanías del consulado. Nos topamos con una que otra tienda que a pesar de su aspecto pobretón tampoco luce comercio de barriada. Lo que sí desconocemos en nuestro errabundo andar es qué puede estar dónde o hacia qué parte nos conducirá esa calle por la que echamos a caminar, decididos como si supiésemos su destino. Pero aunque estemos en el centro se nota poca animación, ningún ajetreo que delate el bullicio de la gran ciudad. Será un sector poco habitado y por la razón que sea, desabrido, donde de tramo en tramo nos salen al paso espectros vacíos dejados por la guerra.

Nos metemos por una callejuela más estrecha con la esperanza de encontrar sitios pintorescos y es como si nada más doblar la esquina hubiésemos saltado a un sector residencial de las afueras. A diferencia de las calles anteriores no parece haber por éstas comercios ni oficinas. Nos resulta curioso que aunque el aspecto de los edificios no haya cambiado tanto y no se puedan apreciar grandes distinciones entre esa amplia construcción de varios pisos, teñida de hollín, ante la cual pasamos, y la que alberga el hotel en el que nos hospedamos, sabemos sin temor a equivocarnos que ese edificio a nuestra izquierda o esos otros parecidos a los que nos acercamos no son de oficinas ni centros de trabajo. Acogen o acogieron viviendas, aunque a partir de lo mortecino del ambiente no nos es posible afirmar si vacías u ocupadas, si las ocupa gente ausente a las horas de labor o son cascarones a la espera de una renovación que las haga de nuevo habitables.

Al cabo de unos doscientos metros, durante los cuales no nos hemos topado con un alma, ni siquiera visto a alguien de lejos, como si nos hubiésemos adentrado por un sector limítrofe, notamos mi mujer y yo que una sigilosa figura sigue nuestro paseo. Va por la acera de enfrente, calculo que unos seis pasos más atrás que nosotros, y no le preocupa en lo más mínimo ocultarse ni disimular. Al contrario, se diría que desea hacérsenos evidente. Para colmo viste uniforme y se da aires policiales, en una patrulla obviamente dedicada sólo a nosotros dos. Se hace patente su desplante cuando al saberse descubierto, en vez de escurrirse da varios pasos rápidos hasta colocarse parejo con nosotros, como si ser detectado le permitiera quitarse el antifaz. Pero así esté claro que su interés no es ocultarse, sí que disimula. Un disimulo tan evidente que en vez de disfrazarlo consigue lo contrario, un desafío burlón. Su actitud y movimientos lo asemejan a esos actores de comedia astracanesca que a la hora de dejar saber al público que su papel es disimular, se deshacen en un repertorio de miradas y ademanes exagerados que los vuelven lo contrario, figuras excesivas y risibles. Despliega nuestro vigilante en su camino tal variedad de rebuscadas poses que sin equívocos proclama a su público, en este caso nosotros: ¿lo ven bien? ¿Ven cómo miro distraído al cielo, a los tejados y las palomas, cómo llevo las manos enlazadas a la espalda con despreocupación, y hasta se diría que, ensimismado en mis asuntos, ando chiflando? No lo duden: disimulo.

A cada paso que damos, repetido implacablemente por él al mismo ritmo, nos resulta más salido de una farsa y en vez de preocuparnos, acaba por divertirnos. Si nos detenemos, se detiene, sin buscar excusas que lo justifiquen. Si echamos de nuevo a andar, lo hace. Si, ya metidos en su juego, aceleramos el paso, lo acelera él, ni más ni menos que nosotros. Evidenciar su papel no le avergüenza; tampoco parece afectarle que, como terminamos por hacer, lo miremos descaradamente de arriba abajo, ni que después de hacerlo nos miremos y nos echemos a reír, de qué sino de él y su cómico papel de espejo nuestro. Claro que no nos excedemos en nuestro desparpajo, procedemos con más discreción que él. Al fin y al cabo, su uniforme nos lo advierte: este payaso podría darnos un disgusto. Y así seguimos nuestra caminata, en la que la presencia de este inesperado e insolente acompañante ha hecho que olvidemos la ciudad.

Entretenidos como estamos, caemos en cuenta tarde del radical cambio ocurrido en el espacio de una cuadra. Tras la sucesión de construcciones de varios pisos y apartamentos en los que se apreciaban remotos ecos de vida —la oscilación de una cortina, la puerta de una terraza abriéndose, chimeneas humeantes, presencias sugeridas sin ver gente y que se iban deslizando a nuestro lado—, la calle se ha abierto a un espacio despejado. Por una vez, no parece que este solar yermo haya estado en otra ocasión ocupado por construcciones ahora hechas pedazos ni que este terreno haya quedado parcialmente baldío a cañonazos. Ni se aprecian en él restos de un derrumbe ni huellas de cimientos ahora inútiles; tampoco, como en otras ocasiones, las losas del suelo de una casa que se volatilizó, agrietadas o rotas por los hierbajos crecidos entre sus rendijas, recuerdos de la gente que un día las vivió. Nada de eso en este caso, no hay cizaña en el prado que a partir de la acera desciende en hondonada y abarca toda la manzana. Lo cubre un cuidado césped y en el centro de este prado, alejada de la acera y en el lugar más profundo del declive, se alza una casita, presencia insólita pues aunque alemana de postal no se me hace apropiada ni en Berlín ni en cualquier otra ciudad. De apariencia campestre en todos sus detalles, copia de ilustraciones de esos cuentos de hadas alemanes que tanto leí. Para rematar su evocación de los Grimm, exhibe macetas con flores en los rebordes de las ventanas del piso bajo, uno de los dos que tiene, así como un tejado a dos aguas de pronunciada inclinación del que sobresalen con timidez los subalternos tejadillos de un ático. Son asimismo sus ventanas de estilo palpablemente rural, como también las cortinillas de encaje recogidas con un lazo visibles más allá de los cristales, adecuadas a una casa de muñecas.

Nada más verla, la casita nos intriga. Pero nos queda demasiado lejos para poder estudiarla a placer, ver de cerca los delicados relieves de su fachada, los caprichosos ornamentos de sus enrejados. Tan inesperada que nos precipita en conjeturas: será museo, fue residencia de alguien famoso, orgullo del pueblo alemán, y se conserva tal como él la vivió, reluciente como si la siguiera habitando, en su memoria.

Sin pararnos a pensarlo, dejamos la acera y echamos a andar prado abajo hacia la casa. Tan pronto hemos dado unos pasos percibo, no sabría decir cómo, un estremecimiento a mis espaldas. El policía no ha gritado, no nos ha hecho ni nos hace señas, pero alterando el patrón seguido hasta entonces ha abandonado su rigurosa acera de enfrente y cruzado la calle hasta situarse en la que hasta hace poco era la nuestra, de pie donde mi mujer y yo estábamos hace pocos segundos. Desde allí nos mira y no pretende ahora disimular ni pizca de su azoro. A juzgar por su nerviosismo se le diría a punto de gritarnos una orden o llamar en su auxilio a colegas, apostados por los alrededores y mejor ocultos que él. A cada paso nuestro hacia la casa, el tono de su cuerpo denota alarma en ascenso. Debemos preguntarnos: ¿vivirá aquí un personaje de relieve, un jerarca? Absurdo, habría vigilancia. ¿Tendrán encerrado dentro a alguien, será ésta la ejemplar prisión de un culpable nazi, encarcelado en esta casa de postal para echarle en cara la diabólica manera en que pisoteó la tradición y provocó la destrucción de lo que habían sido siglos de Alemania? La respuesta sería la misma: habría vigilancia y redoblada. ¿O será éste un sagrado monumento, un santuario que sin saberlo profanamos? No obstante nuestras dudas, seguimos avanzando testarudos. No queremos quedarnos con las ganas y atisbamos ventanas adentro, sin distinguir ni un mueble ni un rincón de pared. El interior está apagado, agudizado el contraste por la intensa luz exterior. Consideramos la posibilidad de llamar a la puerta pero comprendemos que éste sí podría ser un atrevimiento; no vale la pena, ya preguntaremos. Dándonos la vuelta, volvemos a la acera. Entretenidos en curiosear, no habíamos reparado hasta qué punto la compostura de nuestro vigilante se había vuelto frenética, dando la impresión de estar a punto de echar mano a su pistola.

Con nuestro regreso a la acera recupera la calma y la situación vuelve a ser la de antes. Sin discreción, sin darnos nunca la espalda, regresa a su acera de enfrente y en cuanto echamos los dos a caminar se ajusta otra vez al ritmo de nuestro paso. Doblamos una esquina un poco más allá y reconocemos el perfil de nuestro hotel. Estaba ahí mismo, en nuestro paseo habíamos ido girando en redondo sin darnos cuenta. De pronto descubrimos que nos hemos quedado solos, nuestro perseguidor se ha esfumado.

En días siguientes relataremos el incidente a los amigos. Ninguno entiende, ni idea tienen del lugar que les decimos, y acaban siempre por atribuir la persecución del policía a la proximidad de nuestra caminata con la fronteriza Puerta de Brandenburgo.

Deducen que el hombre nos descubrió metiéndonos por donde no debíamos y lo alarmamos. La respuesta correcta, pues ésta no lo es y nuestra pregunta la tiene, nos llegará en su momento por un camino inesperado.

4

Desde que llegamos a Berlín, la gente, en este caso no otra que esos amigos becados en Babelsberg, insisten en animarnos a ir a ver sin falta en el museo el altar de Pérgamo, ese incomparable santuario a Zeus construido por los griegos.
Puede que nos equivoquemos, pero no logran convencernos. No nos interesa dedicar varias de las pocas horas que tendremos en Berlín a un museo, por únicas y espléndidas que sean las piezas que exhibe, cuando ante nosotros se abre una ciudad con siglos de historia levantándose de las cenizas aún humeantes de la más devastadora de las guerras. Esparcidos, hendidos entre nuevas construcciones o a la manera de seres solitarios en espacios yermos, los restos del conflicto y su ostensible mortandad consiguen la paradoja de comunicarnos que algo en ellos late, y esta sugestión nos resulta más llamativa que mármoles de la Grecia antigua. Así sean exquisitos, son tesoros de otras épocas conservados bajo techo. Y aunque a estos despojos dispersos por las calles berlinesas les queden en muchos casos apenas cuatro paredes y a veces ni eso, lo que permanece en pie de palacios o catedrales, arquitecturas de un gótico tardío o un barroco en plenitud, nos transmite, con el vigor del aire libre, el aliento de una civilización.
No sólo padeceremos esta insistencia en Berlín. Meses después, en París, un actor cubano de paso me pregunta de buenas a primeras, sin concebir que yo haya estado en Berlín y no haya ido a verlo, qué me pareció esa obra maestra. Su decepción, cuando le respondo que no la visité, es enorme; como la de un religioso

enterado de que a mi paso por Jerusalén no fui al Santo Sepulcro. Me mira altanero; él sí supo aprovechar la presencia de un tesoro que yo tuve a mi alcance y dejé pasar sin apreciar como es debido. Al final apuntala sus reproches con una frase que sabe contundente: ahora no vas a poder verlo nunca, me dice, entornando los ojos compasivo y aludiendo a ese Muro que acabo de cruzar y que en aquel momento tanto él como yo considerábamos una valla infranqueable para siempre.

No niego que alguna vez me haya rondado la idea de lamentar nuestra decisión. Sobre todo cuando, andados los años, hojeo un sinfín de libros y revistas y aunque ante mí desfilen reproducciones de monumentos y obras excepcionales, algunas de sobra conocidas y otras de las que nunca había sabido, jamás me tropiezo con una vista siquiera parcial del altar de Pérgamo, ni una viñeta. Cierto que mi búsqueda es al azar, de modo que la falta pudiera ser culpa mía. Un día, un amigo taxista y escultor a quien se lo comento me recomienda una monumental novela de ese autor de piezas teatrales igual de gruesas que es Peter Weiss en la que éste dedica bastantes páginas a Pérgamo. Pero aunque anoto en mi mente el dato, no salgo a buscar el libro antes de dejarlo escapar de mi memoria.

5

De sólo divisarlo, el espectáculo nos inmoviliza. Por mucha tensión que previésemos a esta frontera, imposible imaginar el clima de tirantez que vive, el de una detonación al producirse. No importa lo mucho de bravuconería mutua que haya en el enfrentamiento; desde que contemplamos, igual que la vez anterior desde una permitida lejanía, la plaza con la Puerta de Brandenburgo proscrita por el Muro, nos sentimos testigos de una guerra a punto de estallar, convencidos de que las cosas pueden salirse de cauce en cualquier momento y perder, quienes creen tenerlo todo controlado, el dominio de la situación.

Como en la ocasión anterior, hemos venido a parar aquí de casualidad, paseando a la deriva, creyendo estar dando un recorrido en sentido opuesto a aquel primero que nos trajo a este lugar. Queríamos también esquivar el cenagoso sector cubierto por nuestro vigilante, y con suerte, aunque no quepa aquí decirlo, definir si lo que tiene a su cargo supervisar es ese perímetro preciso por donde persiguió con celo nuestros pasos, o a nosotros. El caso es que damos dos vueltas, cruzamos un par de calles, y al doblar una esquina distinta a la primera de nuevo nos encontramos ante la simbólica Puerta y el vasto espacio que preside. Ahora no sólo con ella sino con la visiblemente más grave conmoción que la rodea, tan candente que no es posible suponerla siempre así, hace tiempo se habría desatado una nueva guerra. Lo que hace un par de días nos pudo parecer una severa pero rutinaria escolta ahora se ha transformado en escuadrón, filas de soldados pertrechados con unas armas de aspecto más decisivo que las de rigor, movimientos de tropas cuyo aspecto las atestigua dispuestas al ataque. Tal como nos avisó Isis, comprendemos ahora que con parquedad diplomática, se está viviendo en Berlín mucho más que un malestar, pero las raíces de lo que ocurre las conoceremos más tarde, cuando nos las explique el amigo becado que nos recogerá luego en el hotel para irnos juntos a cenar.

Los alemanes occidentales, en una decisión con la que pretenden dejar clara su convicción de que el sector occidental de Berlín es parte indivisible de su Alemania y a no dudarlo enfurecer de paso a los orientales, han convocado una reunión de su parlamento federal en el Reichstag, el antiguo edificio del parlamento del viejo estado alemán, cuya demolida cúpula e inequívoca silueta avistamos justo donde comienza el otro lado. Esta decisión conlleva otras discretas ofensas. Fue el incendio del Reichstag y su atribución a los comunistas alemanes de entonces uno de los primeros y fundamentales peldaños, si no el decisivo, en el irresistible ascenso de Hitler al poder, y fue en su esquelética cúpula donde los soldados soviéticos plantaron la bandera de la hoz y del martillo que proclamó ante el mundo la caída de Berlín, aunque el edificio acabase por quedar dentro del sector occidental de la ciudad. No sé si los de allá planean una o más reuniones pero han tenido la cautela de aclarar que la cita no significará un traslado definitivo de su parlamento. Sea como sea, de este lado se la considera una intolerable provocación y el ejército soviético, que nunca se ha ido de Alemania aunque evite dejar la penumbra de sus guarniciones, ha salido a ocupar las calles con sus tanques coronados por ametralladoras y desde luego, absoluto poder de decisión. O sea, que esta frontera entre los dos Berlines, siempre foco de tensión, está al rojo vivo. Y junto a ella, a pocos pasos como quien dice, nos envió a vivir nuestra amable cónsul. Como para asegurarse de que la primera bomba nos caiga en la cabeza.

Al día siguiente, enterados ya de lo que ocurre y como para tentar al destino, visitamos otra vez la Puerta. No pareciera oportuno pero es justamente el recrudecimiento de la tensión lo que nos atrae, la posibilidad suicida de presenciar el estallido de una tercera guerra, sin duda fatal. A primeras horas de la tarde, desde nuestra habitación, escuchamos cerca una detonación bastante fuerte. Nos saca alarmados al pasillo pero para sorpresa nuestra éste permanece desierto, como si eso que creímos una explosión próxima no hubiese perturbado a un solo inquilino. Bajo a la recepción y la conserje, después de tardar un rato en entender qué le quiero decir y, hasta el momento de entenderlo, temer una catástrofe en nuestra habitación, me explica, acudiendo a la expresiva mímica de sus brazos. Esa detonación que tanto nos ha asustado la causó un avión, no al bombardear una vez más este blanco al parecer tan apetitoso que es Berlín sino al romper la barrera del sonido en un cruce fulgurante por encima de nosotros. Deberíamos de haberlo identificado, era un sonido recurrente en La Habana de los últimos tiempos, provocado cada vez que podían, en un juego de niños alborotados y también como exhibición de poderío y vanagloria, por los pilotos cubanos que estrenaban flamantes cazas rusos. Aviones que deslumbran a la población y le infundían orgullo patriótico, habituados como estábamos a un ejército armado con sobrantes de guerra americanos. Equipada Cuba con armas soviéticas, de cuando en cuando se escuchaban las detonaciones de los nuevos aviones al alcanzar velocidades supersónicas, sin causar alarma sino al contrario: para nosotros, a ras de calle, como para los pilotos en el cielo, eran, aparte un orgullo, una diversión, cohetes de feria.

Oídas un par de explosiones más desde la infundada protección de nuestro cuarto, salimos y cuando alcanzamos el sector de donde parecen proceder caemos otra vez, como conducidos por un guía, en la Puerta. Al cabo de un rato en el que no se producen nuevos vuelos ni detonaciones y estando a la distancia mínima a la que se nos permite acercarnos, avistamos a lo lejos un avión de combate que viene a vuelo rasante a toda velocidad desde el horizonte occidental. Se precipita hacia nosotros en línea recta, como si participara en un desfile conmemorativo y siguiese una ruta trazada justo por encima de la espaciosa avenida que culmina en la Puerta. Según las disposiciones en vigor, en un abrir y cerrar de ojos deberá girar o emprender vuelo hacia lo alto; los pactos impiden a los aviones de uno u otro lado sobrevolar el espacio aéreo opuesto. Fracciones de segundo me bastan para entender que a este aparato no lo inmuta la división entre los dos Berlines. Sin atender tratados, penetra el cielo de esta parte, provocando en el momento en que lo cruza una nueva detonación, que se escucha como si hubiese dejado caer una bomba en el preciso sitio marcado por la Puerta. Después de describir una voltereta que nos da tiempo a ver en su fuselaje las insignias de la Fuerza Aérea de Estados Unidos, regresa, otra vez en menos de un segundo, a la protección que le brindan los cielos de Occidente.

Su desafío no queda sin respuesta, así sea simbólica e impotente, como quiera que sea un mal presagio. Los centinelas de este lado que velan al pie del Muro abandonan sus posiciones militares de descanso y tras cuadrarse en atención y empuñar sus fusiles, los amartillan, listos para cualquier emergencia, quién sabe si para disparar contra un próximo intruso. Suponemos que el siguiente paso será escuchar del otro lado el avance de los tanques occidentales, trayendo el encargo de derribar el Muro con el poderío de sus moles y, para empezar o terminar, a cañonazos. Pronto comprobamos nuestro despiste novelero: el apocalíptico acontecimiento no se produce. Se libra un duelo de bravatas en el que hasta el momento prevalece una cordura que mal lleva su nombre.

Los vuelos seguirán, a intervalos y en distintos lugares de la frontera. Reto o respuesta, dependiendo de a qué lado se atienda. El primer paso dado por los orientales como reacción a la decisión occidental de reunir aquí a su parlamento ha sido cortar las comunicaciones por tierra entre la zona oeste de Berlín y Alemania Occidental. Cerco intentado ya una vez por muchos meses y que, fracasado entonces, es hoy simbólico: si los parlamentarios vienen, tendrán que hacerlo en avión, lo que sin duda habría sucedido, con cerco o sin él. Los vuelos rasantes y las detonaciones son la respuesta occidental, o eso dicen ellos, a ese ceremonial bloqueo al que los tienen sometidos.

Ningún tanque viene del lado occidental a derrumbar el Muro pero cuando nos damos vuelta, abundantes los tenemos a nuestras espaldas. Filas de demoledores tanques, con soldados que asoman medio cuerpo sobre las torretas. Han salido a tomar el control de las calles de Berlín Oriental, apostados a lo largo de los distintos puntos fronterizos. En un principio los creemos, considerándolo lo natural, alemanes. Nada de eso; son rusos. El mando militar soviético, benigno o desconfiado —proclaman lo primero: se dicen abnegada vanguardia, fuerza de primera fila, protectores—, ha enviado a casa a las fuerzas alemanas y son ahora sus soldados los que controlan la ciudad.

6

Nuestro amigo se puso de acuerdo para vernos en un sitio que llamó cafetería y nosotros, aunque después de un rato de espera entendamos ya lo que es, no acabamos de asimilar. Que nos haya citado aquí en vez de en un café común y corriente nos extraña, a no ser que sea una iniciativa suya de guía turístico, el intento de darnos a conocer peculiaridades de su Alemania.

El local, amplio y abierto por dos de sus lados en amplias cristaleras que se asoman a una plaza, ocupa uno de los vértices de ésta a la altura de un primer piso. Domina el cruce, divisándose espacios recién edificados, otros más o menos reconstruidos o del todo baldíos aunque estemos en pleno centro de Berlín, siguiendo el desorden habitual. Pero ningún paisaje puede atraernos más que la escena que se nos presenta mientras esperamos a nuestro amigo, que quiere llevarnos luego a conocer su cuarto en Potsdam y cenar allí con él. La blancura es el rasgo dominante de este sitio: blancas las paredes, el plástico de los asientos, los uniformes de los camareros y la leche o bebidas preparadas con leche que toman cuantos llenan a medias el local. Muy pocos todavía adolescentes, en su mayoría gente de nuestra edad o poco menos, algunos puede que mayores. La clientela habitual de esto que luego sabremos llaman *milsch bar*, bar de leche, o como versión más recatada, bar lácteo, y que de momento desconozco si caracterizan a esta época o son algo arraigado en las higiénicas costumbres alemanas, aunque con el tiempo me enteraré de que también abundan en los abstemios países árabes.

El sitio recuerda aquellas farmacias americanas de ilustraciones y películas, establecimientos de los cuales quedan pocos y que a la venta de medicinas y chucherías unían un mostrador con banquetas giratorias a donde iban los jóvenes a reunirse y planear sus veladas mientras tomaban sodas o batidos. Lugares recogidos por el cine, algún cuadro de Hopper y más de una tira cómica. Pero este bar de leche alemán, aunque se les parezca, no es igual; en algo presume de adulto, sustituto del café. Al clásico mostrador con banquetas suma esparcidas mesitas altas y redondas en torno a las que se congregan de pie los clientes para charlar o mirar al vacío, como muchos hacen. Los rasgos que le dan más parentesco con el drugstore americano son el típico gorrito blanco de camareros y camareras y los ribetes metálicos del mostrador y los asientos, de atmósfera muy art déco. También el color de las bebidas, batidos diversos con sus características tonalidades de caramelo de botica, aunque aquí, mucho más que allá, se reconoce una mayoría de vasos rebosantes de simple leche, que esgrimidos en su magnitud de medio litro por jovencitas que parecen deber su robustez a un consumo pertinaz de esta bebida, esparcen blancura y tiñen con su espuma unas paredes cuya pintura se gana esta vez sin discusión su nombre de lechada.

Más allá de parecidos, se palpa un ambiente que sin necesidad de visitar otros *milsch bars* sé que se repetirá en cuantos pueda haber de éstos en Alemania Oriental, y es el aire de aburrimiento que transpiran las adolescentes desperdigadas por él. Como si en vez de leche estuviesen bebiendo licores que les adormecen los sentidos, necesitadas de ahuyentar pesares. Alelados sus ojos, hastiados sus ademanes y su andar. Conversan las muchachas –son decidida mayoría; los varones, aunque menos, igual de mustios– con la alicaída dejadez de ni mirarse, dirigiendo sus palabras a un espacio vacuo donde lo mismo les da que se las escuche o no, como si cuanto dicen importase poco. Van de una mesita a otra o del mostrador a una mesita, intercambiando compañías o proyectos y entretejiendo conversaciones desanimadas, palabras dichas con tan poca energía que se derraman junto a quienes las dicen sin alcanzar a sus interlocutores, en un espacio general de opacidad. La abundante luz que entra por los ventanales, propia de sitios alegres, no vence la abulia de la joven clientela, cuyo tono apagado es lo contrario del brío al que es de suponer aspirarán los oficiales promotores de estos saludables bares. Choca con la deportiva pujanza que los elásticos cuerpos de las muchachas destilan y que de no ser por su desgano las haría lucir lozanas figuras escapadas de la *Olympia* de Leni Riefenstahl, si bien sería ésta una *Olympia* proyectada en cámara muy lenta.

7

Al día siguiente nos levantamos tan tarde que decidimos quedarnos en Babelsberg y seguir aplazando el regreso a nuestro hotel de Berlín. La noche antes nuestro amigo nos convenció de acomodarnos en su diminuto estudio y ahora insiste en que sigamos con él. Nos llevará a conocer uno de los edificios del centro de estudios cinematográficos, dotado de una peculiaridad que quiere que conozcamos. Por el camino se nos unen dos compañeros de escuela aunque ninguno nos explica cuál es ese rasgo tan especial del sitio a donde vamos y tampoco nosotros preguntamos mucho, más nos importa lo que de él nos dicen: allí está el comedor estudiantil y alegando nuestra visita desde ese país hermano que es Cuba gestionarán que se nos invite a almorzar. Idea oportuna y no sólo por conseguirnos una comida gratuita; dada la agitación que sigue viva en Berlín por la reunión en el Reichstag y el sobrevuelo rasante de los cazas, mejor mantenernos alejados de ese vórtice. Alejamiento ilusorio: la frontera pasa también por Potsdam, nos dicen, nada menos que por el centro de ese río que corre a pocos metros y que tras describir un giro a su cruce por Berlín deja a la ciudad encerrada a medias en su cauce.

El edificio donde pretendemos almorzar queda en su orilla. Ni siquiera, como la mayoría, del lado opuesto de la calle, sino en la margen, lo que le da aspecto de garita fronteriza. Pronto se demuestra vana cualquier esperanza de estar en lugar tranquilo. Tan latente aquí la tensión como en el centro. La mansión a donde vamos luce haber sido palacete privado; sobrevivió más o menos indemne a la guerra, como ocurrió en Potsdam a contadas mansiones y palacios de los muchos que tenía, alguno preservado de los bombardeos puede que a propósito para brindar a los aliados victoriosos una ilusoria escenografía donde reunirse tras la capitulación. A izquierda y derecha de la casa se extiende la margen del río, que desciende hasta el agua en mansa pendiente. Nada de mansos tienen en cambio los soldados o policías que a cada 50 metros más o menos y en posición rigurosa de atención, de espaldas a nosotros y por consiguiente a este segmento del país, contemplan, del lado de acá de unas rigurosas alambradas, el río y el contrastante espectáculo que deja ver la orilla opuesta. Las alambradas corren a ambos lados de ese comedor a donde vamos hasta tocar sus fachadas laterales. No podría ser de otro modo; la construcción resbala por la orilla proyectándose hacia el agua. El río es aquí estrecho; en su centro, unas boyas colocadas entre sí a una distancia parecida a la que separa a los soldados, marcan, se nos explica, el límite entre ambas Alemanias, en una especie de prolongación más presentable del Muro que las divide en Berlín.

 Esta información de nuestro amigo da pie a una discusión: uno de sus compañeros, que aparenta unos años más que nosotros, lo corrige. Las cosas no son como él dice: la frontera cae justo por donde van las alambradas, son ellas la continuación local del Muro y las boyas lo que hacen en el río es indicar el fin de una tierra de nadie, un tramo neutro a manera de colchón. El tercero, a quien consultan nuestro amigo y su contrario buscando cada cual atraerse su voto decisivo, se les escabulle. Ha escuchado ambas versiones y poco le interesa saber cuál de las dos es cierta. Superar las alambradas no pone a salvo de los fusiles orientales a quienes intentan por ahí la fuga. Llegado el caso, lo mismo da estar a uno u otro lado de ellas y a veces, y este rumor lo ha oído con frecuencia, hasta haber alcanzado el otro lado de las boyas y la margen opuesta. ¿Qué más da entonces por dónde pasa exactamente la pactada línea de demarcación? El río entero y más, hasta bien entrada la otra orilla, encierran peligro de muerte para quien ensaye por ahí su escapatoria. Lo demás, la realidad de los acuerdos, le da igual.

Mi mujer y yo tratamos de ir despacio, queriendo observar a nuestro antojo este territorio limítrofe. Ni falta que harían las amenazantes alambradas o la plácida oscilación de las boyas en el agua para aclarar al más lerdo que se está en una frontera. Difícilmente pudieran las dos orillas de este cauce ser más opuestas, en todos sus aspectos corroboran que tenemos dos países frente a frente. Del lado de acá, la inacabable fila de soldados y esas alambradas quién sabe si recuperadas de algún campo. Ellos, y el césped bajo sus botas, los únicos rasgos de vida. Enfrente reinan en cambio la animación y el bullicio, oleadas de júbilo en grupos reunidos junto al agua u otros que juegan lejos, allá donde empieza un bosque. Si ésta por la que vamos es tierra de nadie, lo es aquélla de todos. No sólo está punteada esa margen contraria por ingenuos pescadores a la espera de algún improbable pez sino que por el río navegan canoas. Atentas a no aproximarse demasiado a las boyas que avisan del impreciso lindero, llevan parejas o familias domingueras, despreocupadas como si navegasen por aguas apacibles, no junto al hervidero que es Berlín y bajo su frío sol de primavera. Por esa ribera contraria se asciende en una pendiente similar a la del lado nuestro hasta espacios de verdor donde abundan manteles y vituallas, en un ambiente general de romería con gente que merienda, bebe, conversa, se entretiene, parejas que se arrullan, ajenos todos al estricto espectáculo de enfrente.

Con su esplendor bucólico, la escena evoca lugares comunes: cuadros de Auguste Renoir, imágenes de la película que su hijo Jean basó en un relato de Maupassant, hasta pinturas del período galante pudieran venir a la memoria. Tanto sosiego se respira allá que pudiera sospechársele ardid teatral ideado por los occidentales para aturdir a sus vecinos. Esos soldados vigilantes que nos dan la espalda, obligados a no perder de vista el río y por consiguiente a observar sin pausa los placeres de quienes se regocijan en la otra orilla, se dirían puestos a prueba, condenados a contemplar sin que sus convicciones vacilen cómo puede la gente entregarse como si tal cosa al ritual de ser feliz. Difícil que a las autoridades orientales no enardezca la perpetuidad de este contraste, las alambradas tienen que resultarles poca cosa. Como para suponer que tengan a una cuadrilla de ingenieros estudiando la cuestión y sea cuestión de poco que el Muro o alguna otra fortificación llegue hasta aquí y su cemento clausure de parte a parte el alegre espectáculo.

Nos distrae un ruido de carros que se acercan por la calle ribereña, ésa que nos disponemos a cruzar para alcanzar el comedor. Al principio los tomamos por camiones pero sus rugidos pronto nos sacan del error; son bastante más. Aparece por la curva una fila de tanquetas poniendo rumbo a regular velocidad hacia donde estamos, todas con un soldado asomado a su torreta. Desde luego, otra vez rusos. Omnipresentes desde la rendición y listos para hacerse del control cuantas veces la situación, como ésta de ahora, se ponga fea. Por instinto destapo el lente de mi cámara. No la ostento llevándomela a los ojos sino que apunto desde la cintura y disparo cuando los tanques me pasan por delante. No he sido lo bastante discreto. Un soldado me ha visto, se agacha torreta adentro y avisa. Como pude aprender en carne propia en mis años cubanos, donde una vez se me detuvo por andar fotografiando las seculares fortalezas españolas que rodean el puerto de La Habana, sin importar que esas imágenes prohibidas hubiesen sido dibujadas y fotografiadas a lo largo de los siglos ni que sigan ahí a la vista de todos, la situación se nos puede poner pesada. Si una autoridad decide que algo no debe existir, no se le podrá fotografiar. Prohibir que se tomen fotos de estos carros que con amenazante ostentación ocupan las calles de Berlín dejará abierta la posibilidad de negar luego, así sea contra toda evidencia y la palabra de miles de testigos, su presencia en ellas hoy. Alegar, cuando muchos insistan en haberlos visto con sus propios ojos, que esos ilusos, o los que vieron alambradas junto al río, padecieron un espejismo colectivo.

Para mi alivio, el tanque no parece dispuesto a detenerse. Por si acaso, animo a mis amigos a acelerar el paso y entrar al comedor. No podremos escondernos de un perseguidor, si es que éste viene, pero quizás estar en ese edificio nos dé protección, o eso quiero creer. La mansión tiene algo de santuario, adelantada como está en su posición de atalaya tolerada junto a las proscritas aguas.

No nos imaginamos hasta qué punto esta sobresaliente ubicación afectará nuestra visita. No nos dejan acceder ni a las aulas ni a las demás instalaciones escolares. Desde que entramos y al resultar incapaces mi mujer y yo de mostrar acreditaciones de estudiantes, se nos cierra el paso, no se nos permite traspasar el vestíbulo. No importa cuánto intercedan, primero, y discutan, luego, nuestros amigos. Si no somos estudiantes, no podremos pasar a las zonas de la casa desde cuyas ventanas sería teóricamente posible saltar al río o, desde los pisos más bajos, deslizarse calladamente en él. Nuestro amigo nos pide los pasaportes y los muestra a un supervisor; le enseña nuestras visas, el permiso que nos deja entrar legalmente en cuanto se nos antoje en Alemania Occidental, sin necesidad de recurrir al dramatismo de una desesperada zambullida. Al funcionario ninguna argumentación lo convence; es terminante. Si queremos almorzar allí, pues toleran invitarnos, tendremos que hacerlo en esa mesita del vestíbulo al que estamos limitados. Quitarán florero, ceniceros, el letrero donde se anuncian los horarios de los cursos. Sobre ese mueble inadecuado, que nos obligará a comer encorvados desde butacones no pensados para ello, podemos almorzar, y así todos contentos: nosotros con la barriga llena y ellos satisfechos de habernos recibido, si no con todos los honores por lo menos con la deferencia de compartir su rancho con invitados de la isla revolucionaria.

De haber sido el anticipado almuerzo un bocadillo o entremeses, nuestra comida en la atareada entrada de la escuela hubiese sido menos insensata. Pero el menú del día es sangre frita, una especie de morcilla vaciada sobre el plato sin su envoltura de pellejo, junto a un arroz blanco sorpresivo para mí en este mundo de la col y la patata. Será una dieta pensada para tercermundistas, estudiantes venidos de países como el mío donde el arroz es rey. No le pongo objeciones, aunque sea soso como el chino. Con la sangre frita casa bien y no obstante el parecido visual de ésta con el desperdicio, el hambre vieja no nos da para menospreciarla. El tiempo me dará la razón cuando, años más tarde, en el Bronx neoyorquino, contemple a viejos italianos comiendo lo mismo con deleite en una fonda de emigrantes donde apenas se habla otra cosa que no sea el siciliano y cuyos clientes podrían, dando menos de cien pasos, irse a engullir gruesos bistés. Si no lo hacen es porque la tripa que les sirven, del todo semejante a esta alemana a la que nos convidan, les resulta más propia y suculenta.

Nos disponemos mi mujer y yo a comer como podemos, conformes con la incomodidad y en compañía de nuestro amigo, a quien servirán junto a nosotros. Por mucho que procuramos actuar con desenvoltura, acercarnos a la mesa desde los butacones exige a cada bocado gran destreza y manos sin temblor durante el precario recorrido del tenedor lleno desde el plato hasta la boca, haciendo equilibrios para que no se derrame una gota de esa salsa negruzca con la que condimentamos el arroz. Noto vistazos furtivos de quienes salen o entran; también de los de la recepción, así sepan quiénes somos y por qué se nos relega. Nos miran como a bichos raros, con el extrañado disgusto de quien creyese que nos hemos sentado a comer ante esa mesa por costumbre de indigentes a quienes se regalan sobras. Si con esos fulgores de desdén nos miran ellos, no digamos los no enterados. Por mucho que intenten corrección, no consiguen alejar la vista de nosotros, presencian nuestros apuros con desaprobación. Nuestro pelo y nuestros ojos negros, el aire mediterráneo, les despertarán, por mucho que no quieran, sentimientos de censura para con los modales de personas venidas de territorios por civilizar. Sin pararse a pensar en qué pudiera estarnos obligando a comer así, atribuirán la decisión de negarnos acceso al comedor, si el rumor les ha llegado, a falta nuestra, algún defecto. Devoro mi sangre frita a cada bocado con más gusto, seguro de que el menosprecio terminará por volverse contra más de uno, incómodo cuando sienta revolvérsele por dentro instintos de desprecio hacia quienes ve aspecto y costumbres diferentes. Les entrará desasosiego, una intranquilidad como la del pecador: saben que esa altivez está proscrita, condenada de manera terminante; son tendencias que es preciso desterrar de Alemania, con sus pretensiones de superioridad que tanto horror costaron. Nuestra engorrosa presencia en este vestíbulo, devorando difíciles charcos de morcilla con arroz, los pone a prueba; se desesperan al sentir que brota en sus pechos ese repudio que es imperativo sepultar, se sienten acosados por la espantosa tentación de volver a las andadas.

8

   Tan inesperado su despiste como que un americano ignorase quiénes fueron Faulkner o Mark Twain. Enfrentado a la perplejidad de la joven alemana mi primera suposición es haber dicho algo mal. De pronunciación no podrá tratarse, su sílaba única hace imposible pronunciar ese apellido de forma distinta a como lo he dicho: Mann. Sin embargo, persiste ella en su azoro cuando se lo repito aunque enarcando ahora las cejas para dejarme ver cuánto se esfuerza por hurgar en su memoria a ver si algo le sugiere ese nombre que le he vuelto a repetir de Thomas Mann.
   No lo sitúa. Me quedo sin saber qué decir, temeroso de ofenderla; me cuesta creer tanta ignorancia. Sólo atino a acudir al cubano becado como ella en Babelsberg y que al presentármela, recurrió

a un atavismo anticuado ya incluso en la isla: la llama su novia, no queriendo con ello anunciarnos a mi mujer y a mí su próxima boda sino dejarnos saber que viven arrimados. Estudian cine y la alemanita, con su par de libros bajo el brazo, es una estampa colegial a la que sólo faltan las trenzas. Me sonríe él de medio lado cuando le pido su auxilio como intérprete. Su disimulado guiño, en el que pudiera sugerirme que no debe extrañarme esa ignorancia, en vez de aclararme las cosas me las enreda más. Que una alemana como ésta, estudiante universitaria —el cine ocupa aquí un nivel de estudios superiores equivalente a un doctorado—, desconozca la existencia de un autor alemán del prestigio mundial de Thomas Mann me resulta tan inaudito que no lo registro y me sigo sintiendo empantanado en un equívoco. Algún obstáculo nos dificultará la comunicación, aunque hable ella su poco de inglés y así hayamos podido entendernos por encima.

El novio le explica, en un deslavazado alemán con fonética cubana de consonantes resbalosas. Parece ella irlo entendiendo, aunque sin decaer el asombro que enturbia su expresión desde mencionarle yo el arcano nombre. Lo hice por la curiosidad de saber qué piensan de él las nuevas generaciones educadas de este lado del Muro, anticipando que no obstante haberse proclamado ferviente antinazi, haber emigrado para escapar de Hitler y ser quemados sus libros por Goebbels en persona, escucharía de boca de jóvenes como ella opiniones algo críticas a un pensamiento que la mayoría estima conservador. Lo que no me esperaba ni remotamente es este desconocimiento: una estudiante de veintitantos años, aspirante a dirigir cine o al menos a ocupar cargos de relieve en la cinematografía alemana, ignora la existencia de uno de los escritores suyos más prominentes del siglo, para no pocos el más grande. Su desubicación apunta a una certeza en que hasta hace unos minutos no hubiese creído: por culpa de unos inicios literarios marcados por el pesar ante la desaparición de la vieja sociedad, luego un espiritualismo con visos aristocráticos y finalmente por haberse asentado satisfecho en la otra orilla del Atlántico, la sola mención de Thomas Mann está proscrita en las aulas de esta parte de Alemania. Pensándolo mejor, no puedo atribuir del todo esta ignorancia suya a la censura, por rígida que ésta sea. A sus niveles de estudios, las simples charlas entre estudiantes avisados salvan a quienes lo merecen del olvido, rodeándolos de una curiosidad más poderosa que cualquier cerco oficial. No importa cuánto hayan fruncido el ceño Stalin y su corte, juraría que ningún bachiller checo ignora ni ha ignorado nunca quién es Kafka. Si aquí falta Thomas Mann es porque un bacilo pernicioso ha penetrado en estas médulas.

Mi amigo intenta salvar la situación y nos traduce a trompicones, esforzado en evitar que cualquiera de los dos quede mal; su amiga por ignorante o yo por la imprudencia de mencionar a un autor que a ella se le va haciendo latoso. O sea, que el desliz pudiera ser tanto mío como de su novia. Finalmente, salta de contento: sí, su amiga sabe ya de quién le hablo. No lo ha leído pero ha oído mencionar alguna novela de ese Mann que tanto me apasiona: *Buddenbrooks*. Se la han comentado, aunque dándole invariablemente la impresión de lectura adolescente, una novela costumbrista que ni siquiera alcanza el nivel de los Goncourt, insiste ella con tonito experto que su novio procura descartar al traducirme. Confiada, cierra su exposición con una frase que debió callar: no sabía que hubiese escrito nada más.

Mi mujer me aprieta el brazo. Su apretón contiene un sinfín de sugerencias; no es la menor su convicción de que debemos escapar sin tardanza de este mundo. Nada le justifica el olvido voluntario por un país de sus pensadores prominentes, así hayan defendido mezquindades. Me anima también a callar, para ya de discutir, me está diciendo sin palabras. Pero la alemanita ha tomado la iniciativa y tocará a ella ahora el turno de impartir lecciones. Ese Mann que despierta en mí tanto entusiasmo fue hermano de otro escritor que sí ha leído, dice con alegría en el rostro: Heinrich.

Tengo que saber quién es, sigue, esperanzada en que mi respuesta sea que no. El autor del *Profesor Unrat*, esa novela que dados mis lazos con el cine, habré oído mencionar: de ella salió *El Ángel Azul*. Heinrich sí fue un gran escritor; superior a su hermano, ese otro que mi despiste elogia y cuya obra va cayendo en el olvido. Por suerte mi mujer palpa mi irritación y con un segundo apretón me insta a la calma. Dejaré a la estudiante defender como quiera a ese Heinrich que, nos explica, con infalible puntería diagnosticó la decadencia en que caería la Alemania de entreguerras y con igual acierto describió los males que la arrastraron por su desgraciada senda. Su expresión renace; se siente cómoda, en el sitial que de modo natural le corresponde: por encima de nosotros. Imposible permitir a unos cubanos, gente de un país con poca historia y recién estrenado en esta gesta de las revoluciones, venir a darle lecciones sobre los valores de su literatura.

9

No podía ser de otro modo, años de tedio en bares de leche tienen que desatar voraces ansias de compensación; con mayor razón en estos fríos territorios, tanto más helados cuanto más al Este, según se aproximan a esas estepas rusas barridas por vientos polares. Buena parte de los estudiantes de cine con quienes esta noche pasamos bebiendo largo rato, venidos de países de frigidez no atenuada por mares interiores como son Polonia, Hungría o Checoslovaquia, se acomodan fácilmente a esas exuberantes tradiciones licoreras que acarrearon a sus ancestros fama universal de encarnizados bebedores. Tampoco es que nos quedemos cortos los cubanos, así vengamos de regiones donde el calor impera. Con ellos compartimos el gusto por los tragos fuertes y es así como improvisados amigos venidos de varios continentes dejamos pasar horas de taberna en Babelsberg, bajo luces raquíticas y acompañados por músicas igual de tristonas cuyo origen desconozco. Ni una ni otra nos hacen falta para animar una reunión de parloteo incesante y superpuesto; entrelaza idiomas con amagos de idiomas, intentos logrados o vanos de comunicarnos en que nos empeñamos gentes de sitios tan ajenos. Algunos venidos de Bulgaria, Vietnam y Cuba, lugares a los cuales la geografía siempre separó y ahora la historia acerca, no siempre de buen grado, junto a jóvenes cuyas procedencias me los haría menos probables aquí, aunque cada día más abundantes: dos paraguayos, un filipino, una marroquí. Acaban por demostrarse los más ganados por esos proyectos de transformación universal que nos han congregado y que desde aquí se extienden hasta el Pacífico. En paradójica inversión, son en cambio los alemanes o quienes proceden de países de este entorno quienes exhiben ante estas teorías una actitud más recelosa, descontento incluso, y así lo expresen con ironía y el latiguillo de que más que buscarse ellos mismos su destino, éste les cayó encima con la precipitación de un aguacero.

Las sucesivas rondas añaden cinismo a la charla y provocan que algunos prefieran retirarse a seguir participando del cínico conjunto, dando a entender en sus despedidas disgusto con los giros críticos que ha seguido la conversación, a los que hallan matices sediciosos. No todos se van por eso. La marroquí, a la que supongo resarciéndose de abstenciones religiosas, es de las primeras en marcharse, colgada del brazo de un amigo a quien hago alemán. Sea para lo que sea, hacen bien en irse juntos, uno al otro se sostienen.

Ganas tendríamos de seguir bebiendo la noche entera pero aunque a la compañía le sobre jolgorio, escasean los marcos con que seguir pagando tragos. Y cuando quedamos a la mesa seis o siete, una estudiante húngara a la que desde iniciarse la reunión detecté tendencia a llevar la voz cantante o pretenderlo –pronto sabré de dónde eso le viene; su padre es dirigente en Budapest–, nos propone seguirla a su apartamento, prometiéndonos un goulash. Lo más acertado, garantiza, para disipar la borrachera y levantarnos mañana sin resaca. Tampoco será cuestión de volvernos abstemios de repente; le quedan en su despensa varias botellas de tinto, suficientes para esperar el goulash y luego regarlo. Sin ponerle un pero nos levantamos; la sola mención de una comida después de tantas horas de beber nos abre el apetito.

Tardaremos en aplacarlo. A campo traviesa nos lanzamos a atravesar un bosquecillo de árboles desnudos de hojas, que camino a la taberna habíamos bordeado obedeciendo sus aceras. Lo bastante vasto como para, perdernos mi mujer y yo de tener que cruzarlo a estas alturas; en medio del suburbio berlinés que es Potsdam, la amplitud de este parque hace que durante largos tramos de marcha mi vista no descubra una sola casa, quién sabe si porque siempre supieron sus habitantes conservarle a este sector su ambiente de parque palaciego o porque caminamos sobre restos de mansiones tan reducidas a cenizas que pocos años han bastado para dejarlas sepultadas. Aunque quién sabe si a mi ceguera habría que buscar razones más próximas al vodka que a lo nutrido de los troncos.

Pero ni bosque, ni caverna, ni noche oscura, ni ninguno de esos atavismos, pudieran habernos alarmado tanto a mi mujer y a mí como la sorpresa que nos aturde y nos hace tambalear. En medio de la aterida calma que perfora los abrigos oímos lo que sin cabernos duda sabemos disparos, primero dos seguidos, pronto un tercero. Tan desconcertantes como inconfundibles, nos paran en seco y me hacen tirar bruscamente de una manga del abrigo del alemán un tanto taciturno que he tenido caminando junto a mí, un tirón que no necesita más pregunta.

Como a los demás estudiantes, le divierte nuestro susto, aunque no le cause risa. Por sus expresiones está claro que esos chasquidos para nosotros alarmantes ellos los conocen y les provocan una mezcla de indignación y tristeza. Les resultan un sonido cotidiano y así nos lo cuentan; difícil que pase una noche sin que se escuchen disparos similares. A veces hasta en pleno día. Vienen de esa orilla junto a la cual pudimos almorzar a duras penas, la margen del río fronterizo. Las detonaciones sólo significan una cosa: alguno de los soldados apostados allí acaba de disparar contra un desesperado que intentaba alcanzar a nado la margen opuesta. Si no logró su intento, de él nunca más se sabrá. Sólo se sabe de quienes consiguen la multiplicada hazaña: superar las alambradas, la vigilancia de los soldados y de los faros que iluminan con fijeza la orilla oriental a la manera de la larguísima escena de un teatro, luego escapar a los disparos y finalmente trepar por esa orilla de enfrente donde al mediodía se holgazaneaba. A veces, cuentan nuestros amigos, animándonos a seguir andando e imitarlos en su resignada aceptación de un acoso permanente, se arman líos porque aparece gente baleada en la otra orilla. A las imprecaciones de Occidente, que acusa a los orientales de no haber respetado la línea de demarcación, responden éstos que los disparos alcanzaron al muerto cuando éste corría todavía de este lado y ya herido cruzó el río. Refutación a la que se aferran y de la cual nada los saca, incluso cuando el cadáver muestra las instantáneas huellas mortales de un balazo que le destrozó la nuca.

El apartamento de la húngara –se llama Veronika y su nombre, enseguida nos lo aclara, se escribe así, con k– concuerda con lo que nos han dicho de su rango familiar, demostrando cómo hasta a este nivel estudiantil subsisten distinciones. La habitación de nuestro amigo cubano ocupa el reducido rincón de un ático mientras ella vive en un apartamento de dos pisos similar a cualquier casa de familia. Y es que eso es. Sus padres suelen pasar temporadas compartiendo con su hija esta vivienda, que por esos días será más austera de lo que la ha vuelto ahora nuestro alboroto. Desde la promesa del goulash en la taberna ha pasado media hora larga. El doble por lo menos nos espera antes de que la cena esté a punto. Mientras, combatiremos el sueño con charlas tan deshilvanadas como nuestra esparcida presencia por el piso bajo de la casa –el pie de una escalera, las dos butacas de un salón; los más atentos, acompañando en la cocina a nuestra anfitriona–, cansados por los tragos y la caminata y no poco arrullados además por el adormecedor calorcito, más tibio que el de la taberna, que nos acoge.

Al cabo de muchos intentos por mantenernos desvelados insiste mi mujer en que vayamos a la cocina a acompañar a la estudiante. Al vernos, Veronika con k nos pregunta si nos gusta el picante; le contestamos que sí sin calcular a cuánto se refiere y luce complacida. Para espantar la borrachera viene bien echar bastante, sentencia. Por de pronto no nos ha venido mal el paseo por el bosque, aunque persista el sueño la mente se me aclaró un tanto. Buscando temas de conversación que no sean puramente culinarios se me ocurre mencionar, apoyándome en esos disparos que, atizando nuestra desazón, se repetirán esta noche un par de veces, la advertencia que nos ha prácticamente impuesto Isis de ni pisar Berlín Occidental. Le pongo al asunto el tono jocoso de la anécdota sin importancia pero Veronika, en vez de tirarlo a broma, detiene su faena. Deja de revolver la olla, nos mira con ojos como platos. No puede creerlo. Para asombro mío, la adivino en su dicharachero francés llamando a nuestra cónsul desfachatada o cara dura, epítetos que mi mujer, bastándole para comprenderlos su tono, respalda complacida. Por el acaloramiento de Veronika con k, ni que decir que más vendrá. Pasando a hablar con el cuidado de quien sopesa sus palabras, se explica: Isis se pasa la vida yendo y viniendo de Occidente, aprovecha su estatus consular y cuanto boquete diplomático o de otro tipo que, dados sus pocos años de construido, conserva el Muro, para ir a comprar hasta sus víveres en ese Berlín Occidental que a nosotros nos amuralla, como si en él se cociesen maldades infernales. Va al cine, a gestiones de todo género que su cargo impide echarle en cara, hasta visita amistades; ni que decir que, viviendo allí, poco simpatizarán con el gobierno que ella representa. Detengo a Veronika con k para preguntarle cómo es posible que sus superiores en la embajada no le prohíban esas excursiones si, como es evidente, cuando menos serán de mal ver. Muchos se preguntan lo mismo, responde la muchacha, trasladando al cucharón la iracunda agitación que le ha causado nuestro cuento. Se habla de favores recíprocos. Como luce burguesa y señorona, hábil para moverse entre gente encumbrada mejor que otros colegas de embajada menos presentables, se la envía a transmitir recaditos, a tanteos que los países desean siempre mantener vivos así sean los peores enemigos. Seguro que es buena intermediaria y a cambio la dejan disfrutar de esas sabrosuras dentro de las cuales se crió y de las que, por revolucionaria que se pregone, no desea distanciarse. Es una mujer más enredada de lo que podamos pensar, sigue Veronika. Parecería dispuesta a seguir sus confidencias pero se interrumpe justo cuando luce abocada a entrar en lo más jugoso de su historia. Es como si en su malicia calculase sus palabras, no por prudencia sino queriendo alimentar el suspense; las corta de cuajo en lo más emocionante y disfruta de dejarnos con la boca abierta. Ha detenido el incesante cucharón y alzando la voz de forma que la oigan todos, no importa donde estén o si dormitan, grita una sola palabra de innecesaria traducción: ¡Goulash! Sabe mover sus piezas, nos derrota. Ni la curiosidad podrá de momento más que el hambre.

10

Que yo sepa, es el único director de cine a quien, en los créditos de sus películas, el título de doctor antecede al nombre: Doctor Kurt Maetzig. Este cineasta doctor o viceversa fue en distintas épocas figura señera del cine en su país, no diré alemán sino más justamente de la Rada, como llamábamos los cubanos y sé que otros, siguiendo sus siglas, a la República Democrática Alemana. Maetzig —me permito eliminarle lo de doctor—, fue a principios de los años sesenta uno del puñado de realizadores de Europa Oriental invitados a Cuba a dirigir coproducciones, las cuales, prediciblemente, fueron resultando una tras otra desastres prácticamente improyectables más allá de una semana inicial de compromiso.

Ignoraban estos cineastas que las autoridades cinematográficas cubanas no los habían seleccionado por los que pudiesen ser sus méritos sino por ser opción política segura. Desde hacía meses, la para entonces naciente cúpula del cine cubano barajaba y descartaba las posibilidades que se le iban ofreciendo, en procura de ganar fama y amigos, de invitar a directores de Occidente interesados en filmar allí. A Buñuel, cuyo *Ángel Exterminador*, por entones sólo un guión titulado *Los náufragos de la calle Providencia* –o *de la Providencia*–, fue descartado tras ser propuesto por sus productores mexicanos, aunque luego fuese elevada a los altares por esos mismos ejecutivos del cine cubano al llegarnos la película acabada, incapaz ya de poner en apuros con sus metáforas y su virulencia a unos dirigentes celosos de sus preceptos marxistas.

El rodaje del doctor Maetzig en Cuba tiene para mí dos capítulos sobresalientes: la afectación de la escuela rural cubana que pretende recrear en la sala de mi casa, tan de punta en blanco en comparación con las verdaderas como los planchados pliegues de la ropa o los relucientes cachetes con colorete de la actriz a la que selecciona para el papel de maestra; el segundo, la cólera de los técnicos cubanos que trabajan en su película, carpinteros y electricistas, cuando me relatan la disciplinada despreocupación con que el doctor pone en peligro de muerte a un grupo de paracaidistas del ejército cubano, al obligarlos a lanzarse, sin más lógica que la vistosidad de sus encuadres, sobre el largo y por entonces moderno puente que cruza una profunda cañada; despliegue aéreo que lo haría soñar con películas de la Warner o la RKO y recreaba su inverosímil idea de cómo procedería una infiltración yanqui en la isla. Durante el rodaje de la escena, el fuerte viento que, venido de la costa, atraviesa el cañón, arrastra a paracaídas y paracaidistas en un salto prácticamente impracticable, que apenas les da el tiempo justo de recoger sus telas una vez de pie en el puente antes de proyectarlos contra su parapeto, al cual tienen que aferrarse desesperados para evitar que el vendaval los precipite hacia un vacío sin salvación.

A esta secuencia, tan impresionante al filmarla como para hacer peligrar así la vida de sus actores, termina por ocurrirle algo mucho más frecuente en cine de lo que se cree, sobre todo entre cineastas sin doctorado: en la pantalla, esas escenas en que sus participantes se juegan el pellejo carecen de emoción; el salto de los paracaidistas luce caída sin riesgo, un ensayado ballet. Nada que ver con los peligros reales que enfurecen a mis amigos técnicos, furiosos de ver arriesgar vidas al capricho de un director que, de haberle sido dado filmar el bombardeo de Berlín, lo hubiese transformado en el preparado desplome con dinamita de una vivienda en desuso.

El episodio con que Maetzig corona su primer paso por Cuba —tengo entendido que volvió— es la Crisis de Octubre, ésa que en Europa llamaron del Caribe y en Estados Unidos de los Cohetes, diferencias que delatan los refinamientos y eufemismos de las propagandas. Para Cuba la crisis era un hecho dictado por los caprichos del enemigo: igual pudiera haber ocurrido en octubre que en enero; para Estados Unidos, su razón la daban los cohetes atómicos instalados en la isla por los soviéticos; para los europeos occidentales era una contienda por el poder en una región precisa del mundo, el Caribe, a cuyo dominio aspiraban las dos grandes potencias.

Volviendo al director de *Preludio 11*, título de su película cubana, el prematuro desenlace de sus campañas bélicas de celuloide consiste en que cuando la situación real se pone de veras grave y se sabe que Estados Unidos, no sólo ha puesto en alerta a sus fuerzas nucleares sino que aviones con cargas atómicas sobrevuelan territorio cubano, Maetzig no disimula su pavor y se lanza a la desesperada al aeropuerto de La Habana, a coger el último avión al que, según las noticias, Washington permitirá superar su bloqueo.

La imagen chaplinesca del director corriendo al avión con la apresurada maleta de la que sobresale la punta de una corbata no es exageración: no presencié la escena pero más o menos así me la describieron quienes la vieron, incluso gente que lo admiraba y defendía la víspera y a partir de ahí lo desdeñó. Al saberse que sólo ese avión final contará con permiso para despegar al atardecer de la fatídica noche en que las devastadoras bombas, de acuerdo con el ultimátum, podrían caer, Maetzig empaca, dejando a medias su película, telefonea a su embajada, a ministros cubanos, a Berlín, a quienquiera pueda garantizarle dos asientos en ese avión de último minuto –viaja con su mujer– y parte veloz como un rayo hasta la terminal aérea de Rancho Boyeros, cerrando tras de sí la portezuela del aparato con el ademán definitivo de quien concluye una grandiosa escena.

11

Jamás lo he visto. Con quien único me había topado en la recepción era con la conserje; nos recibió el día que llegamos y hace de todo; se mueve sin parar y si a ratos deja su puesto junto al teléfono y el casillero con los buzones y las llaves de las habitaciones para irse a otra cosa lo hace con la pericia de no dar nunca la impresión de descuidar su puesto. Esta vez no la veo por ninguna parte y ante la carpeta a quien me encuentro, tumbado hacia atrás sobre las dos patas traseras de su silla con la displicencia frecuente en los recepcionistas a las adormiladas horas de la media tarde, es a un individuo cuyo pelo algo rebelde lucha contra un aspecto por lo demás acicalado. Todo esto lo vemos antes de entrar, por los ventanales que dan a la acera. En cuanto entramos, de un salto el desconocido recepcionista abandona su comodidad y se endereza con prestancia militar. Será de la familia o cubrirá por amistad una de las raras ausencias de la encargada. Aunque yo no lo conozca él sabe quiénes somos; sin necesidad de señalarle cuál es sabe seleccionar la llave de nuestra habitación y con ella me entrega nuestros pasaportes, esperándonos en el casillero con sus flamantes visados.

Atribuyéndome unos conocimientos del alemán de los que carezco me los entrega explicándome quién sabe qué hasta que consigo detener su discurso y explicarle que *nicht sprechen* ni media palabra. Sonríe, se nota que confuso, y calla, aunque algo he captado de entre su palabrería: fue un hombre quien trajo nuestros pasaportes. No sé si considera el dato importante o me lo habrá dicho por decir, por ganas de paliar su aburrimiento.

Estoy al irme escaleras arriba cuando mi mujer me detiene y me señala, bajo el vidrio colocado sobre el mostrador de la recepción, un afiche del Berliner, ese teatro que desde antes de salir de Cuba nos propusimos visitar si conseguíamos venir a Berlín. El cartel anuncia una representación de *Madre Coraje* pero es de hace unos dos años. El interés de ella desata de nuevo la lengua del recepcionista. Inicia una disertación, deduzco que acerca de ese conjunto teatral, con el entusiasmo de quien ha olvidado que no podemos entenderle. Su animación no se queda ahí. De una gaveta saca un mapa de la ciudad y lo despliega sobre el mostrador; toma una pluma y cayendo al fin en cuenta de que ha estado hablando sólo para sí, calla e indicando un punto en el mapa, dibuja sobre él una cruz y señala con energía al suelo. Está claro: ahí estamos, en ese sitio marcado por él está el hotel. Corre el mapa, en otro sitio no muy distante dibuja una segunda cruz y con igual energía y gestos lo más gráficos posible apunta al afiche del Berliner. Fácil también: ahí encontraremos el teatro. Dando por el camino entusiastas muestras de ser un berlinés orgulloso del Berliner, nos urge a acompañarlo a la puerta y allí nos explica con elocuente gesticulación la ruta que debemos seguir para llegar al teatro. La traza con el dedo sobre el mapa en alto. No parece complicado.

Cuando volvemos dentro noto que otra persona, para nosotros hasta entonces invisible e inaudible, había estado todo este tiempo en el vestíbulo. De espaldas a nosotros, ocupa una de las tres butacas que constituyen su único mobiliario y si descubro su presencia es porque nuestro regreso al vestíbulo coincide con el momento en que pasa una página del diario que habrá estado leyendo. Mis gestos de agradecimiento al empleado me impiden percibir de esa persona poco más que ese movimiento. Ni jurar podría que fuese hombre o mujer.

Subimos discutiendo cuándo ir a comprar las entradas sin dejar yo de cavilar quién pudiera ser ése que nos hacía tan sigilosa compañía. Si aviva mi curiosidad es sobre todo por lo furtivo de su presencia, característica que ha calado en mí como circunstancia de la que debo desconfiar. También porque los pasillos del hotel están siempre desiertos; sus huéspedes, si otros hay, son ejemplo de discretos, una muestra más de esa mustia reserva que se esparce aquí por el ambiente como una rareza en la atmósfera. Ya en la habitación reviso nuestros pasaportes. Las visas nos las conceden por doce días desde el desembarco y han pasado cinco. En siete más, antes si queremos, estaremos cruzando la frontera. No podríamos quedarnos; para entonces nuestras reservas de dinero habrán tocado fondo. Viendo las páginas de nuestros pasaportes estampadas con esos visados donde aparecen nítidas las letras DDR me vienen a la memoria los barcos que procuraban distanciarse del nuestro y me pregunto si no obstante estar nosotros en vías de irnos sin regreso, podrán crearnos problemas esas siglas cuando busquemos instalarnos en algún país de ese Occidente que tan receloso se muestra con estos alemanes orientales. Mucho de eso habrá, más de lo que puedo suponer, y durará mientras estos pasaportes no caduquen y con ellos se desvanezca la comprometedora evidencia de esas visas. Ningún funcionario, ningún policía o casi ninguno les pondrá reparos de palabra, preguntándonos si acaso por el motivo de nuestro paso por Berlín, primero pretextando indiferencia y cuando se lo expliquemos, comprensión, averiguando sin dejar asomar su opinión. Estos cuños, que deberían de evidenciarles cuántas vueltas tuvimos que dar para largarnos, nos convertirán ante muchos ojos oficiales en gente de poco fiar, como un cuño de ex presidiarios. Ya el hecho de ser cubanos nos hace de por sí dudosos; haber cruzado además esta región tan alejada de nuestras tierras es un periplo que les resulta antojadizo, y mientras su evidencia dure, nos marcará con un oprobio.

12

Lleva rato explorando por la ventana recovecos del patio interior sin decir una palabra cuando sin darse vuelta me deja saber su incomodidad: Hemos sido unos tontos, hablamos más de la cuenta. Que sin más aclaración oírle esto me cause un escalofrío demuestra lo bien que sé a qué se refiere; también a mí ha estado rondando la sospecha de que cometimos una grave indiscreción. No durante la ruidosa farra en la taberna en que tantas insensateces nos animó a decir el vino sino luego, mecidos por la hospitalidad y la charla de Veronika con k, la ingenuidad quién sabe si tramposa de sus pocos años, el cálido arrullo de su suculento *goulash*.

Acusarla de lo que sea no podemos; nunca nos tiró de la lengua. Por eso resulta difícil precisar por qué a los dos nos surge la corazonada de que nos confiamos demasiado y esto es lo peor: no saber si de verdad nos pasamos, sentir el mismo malestar, la indefinida sensación de haber delatado convicciones que nunca debimos dejar asomar. Sin dar con algo en concreto, probable que nos hayamos excedido en nuestras expresiones de disgusto hacia mucho de cuanto vemos en derredor y ni siquiera con el tacto de buscar caras buenas a otras cosas, anversos y reversos. Insistiendo sin parar en nuestro desagrado ante la aparición por dondequiera de los tanques rusos, nada menos que veinte años después de acabada la guerra, dominando sin equívocos un país que no es el suyo y demostrando así su desconfianza en un gobierno y una población que no se cansan de llamar hermanos. Cierto que Veronika con k se sumó sin paliativos a nuestras objeciones, bien que lo recuerdo. Pero confiar en meras palabras es de idiotas.

Demasiado tarde nos lo han venido a advertir nuestros recelos. Pudiera habernos tendido ella una celada al enumerar con recíproco desdén los pretextos de los rusos para seguir aquí y que en el caso de una húngara como ella considero especialmente hirientes, harto como estoy de oírlos a quienes pretenden justificar como sea la invasión soviética de Hungría. Más claro no puede estar: mordimos el anzuelo al dejar que nuestra conversación cayera en esa trampa. Demasiados húngaros cerraron en el 56 el paso a los soviéticos como para no llamar lacayo a su gobierno pro soviético, dijimos, sin pensar en que pudiésemos estarla ofendiendo; no sabemos si opiniones como ésta mancillan a su padre, a quien bien podemos suponer simpatizante de los invasores o incluso colaborador, premiado luego con su alto cargo y las comodidades de que vemos a su hija rodeada. No logro alejar de mi mente el atento rostro de Veronika escuchándonos. Nos explora y en la misma muda indagación persiste durante la cena, calando en mi mujer y en mí la convicción de que nos estudia. Quiénes serán, se preguntaba, qué pretenden con ese viaje que llaman de unos meses, de qué lado están, sopesando si algunas de las ideas que nos ha escuchado no equivalen a una despedida nada ambigua: ni te preocupes, no nos volverás a ver el pelo, pensaría que le decíamos entre líneas.

Ahí abajo hay un niño solo en el balcón, es la intempestiva frase que suelta mi mujer. Tan extraña que sin preguntarle me acerco y miro hacia donde me indica. En el balcón que señala localizo a un niño, ni eso, poco más que un bebé. Juega dentro de un corral, que hace las veces de segundo enrejado paralelo a la verja del balcón y como ésta lo protege de cualquier caída al vacío. Igual que la del balcón, es alta; imposible, ni con tiempo ni habilidad para treparse sobre cuanto juguete o cacharro le hayan dejado sus padres, empinarse y pasarles por encima. Mi mujer aventura una idea: sus padres lo dejaron ahí para irse a trabajar. Lo creo un desatino. No se anuncia lluvia pero el tiempo tampoco es tan cálido como para dejar a un niño pequeño como ése, por arropado que esté –tan embutido en capas de lana que apenas consigue moverse, como si careciese de articulaciones–, ocho o nueve horas abandonado a la intemperie. Molesta me replica mi mujer. ¿Qué ocho horas ni ocho horas? ¿Tú crees que no va a comer? Lo habrán dejado ahí una o dos horas, eso es lo que digo. A lo mejor la madre está dentro y lo saca para que tome el sol después de las grisuras del invierno. ¿Por qué me dijo entonces eso de que los padres se habían ido a trabajar y estaba solo? Porque lo está, responde ella imperturbable, con un tono ahora contemplativo que desmiente su insistencia. Yo nunca dije que lo hubiesen dejado solo todo el día.

Me alejo de la ventana, desinteresado del asunto al ver que también ella le resta importancia. Un recuerdo de la noche anterior consuela mis inquietudes, induciéndome a creer en la sinceridad de Veronika con k. En plena discusión sobre los sucesos de Hungría –volvía a esa palabra de sucesos, calculada y repetida para evitar epítetos más duros–, se aparece con un recuerdo personal que dotan a su relato y a ella misma de una candidez sin segundas intenciones.

Despuntaba ella en adolescente cuando ocurrió la revuelta. Protegida de tiroteos y batallas callejeras dentro de una casa que su narración sugiere amplia, apenas ve, en las raras ocasiones en que escapa a la vigilancia familiar y espía desde el reborde de una azotea o el resquicio de una ventana, episodios de lo que sucede, no presencia ni a lo lejos combates entre húngaros y soviéticos o húngaros entre sí. Pero de lo poco que consigue ver algo se le queda clavado en el cerebro, una imagen que su mente guarda en toda su acerada incandescencia. Perseguido por varios soldados que a último momento recurren a los disparos para obligarlo a detenerse, ve a un muchacho de más o menos su misma edad, que escapa, y al verse acorralado, acude a una escapatoria bastante socorrida durante los años de los nazis. Aprovechando su extrema delgadez se tira al suelo justo frente a la casa de Veronika y se cuela por la estrecha ranura de una alcantarilla, quién sabe si herido. A sus perseguidores, la corpulencia o la falta de ganas les imposibilitan meterse por la misma rendija para ir a atraparlo en las cloacas.

Aplastada la revuelta y consolidado el gobierno impuesto en Budapest, a Veronika con k le ocurre algo que nunca se le hubiese ocurrido prever. Cuantas veces sale a la calle observa con atención, una tras otra, las alcantarillas. Es lo bastante adulta como para comprenderlo: semejante inspección es ilusoria. Pero obedece al impulso, sin importarle cuánto lo contradice su razón, y persiste en su desatinada búsqueda. Una y otra vez se representa al muchacho saliendo escurridizo de una alcantarilla, impregnado su cuerpo de desperdicios y mal olor. No importa que su lógica le asegure que semejante aparición es imposible, el calor de sus sentimientos la refuta; pasa meses en ese rastreo hipnótico a la espera de ver salir de su escondite subterráneo al fugitivo, embrujada por la idea de estar allí en ese momento para asistirlo y llevárselo con ella. No entiende de dónde le viene la obsesión, siendo demasiado joven como para contradecir el ya instalado consenso adulto que condena la rebelión y aplaude la invasión, y sin embargo es innegable a dónde sus sentimientos la conducen: sueña con el encuentro, el apasionado azar en que la salida del rebelde de su refugio coincida con su paso por el lugar. En su desorden mental —ella lo juzga así— la desasosiega la obligación de utilizar los inodoros de la casa y cuantas veces puede hace sus necesidades en los baños del colegio, desesperada por el continuo uso que da su familia a los servicios caseros, temerosa de que las suciedades vayan a parar a esas alcantarillas del barrio donde aún cree oculto al muchacho, casi tan joven como ella pero involucrado ya en la madurez de semejante rebelión. Al terminar su emocionada relación, ni siquiera se toma Veronika con k el trabajo de reírse de sí misma y sus sueños no tan infantiles.

Mi mujer se echa a reír. Ha seguido mirando al patio y ha visto al niño lanzando con puntería, haciéndolo pasar por entre las rejas del balcón y del corral, uno de sus juguetes. Llevaba rato intentándolo y ella seguía sus esfuerzos sin suponer que le fuese posible; cada vez que lo tiraba, con torpeza y poca fuerza, rebotaba contra las rejas del corral. No localizo el juguete; se habrá hecho pedazos, me dice. No hay que cruzar el patio, le digo, no nos vaya a caer otro de sus juguetes en la cabeza. Mi mujer, con los ojos en el niño, salta a lo de antes: Me daría terror dejarlo ahí. Ahora soy yo quien le discute, ella misma lo ha dicho: es por un rato, la madre lo habrá dejado mientras sale a unas compras, no tiene brazos para cargarlo a él y a los cartuchos. Ella insiste: Ni aunque estuviese a su lado mirándolo lo dejaría allí, tendría que tenerlo bien sujeto. Le da pánico verlo solo en el balcón; en cualquier momento algo puede hacer, tan imprevisto como eso de acertar a enviar el juguete entre dos filas de barrotes. Me burlo de su miedo: no va a echar a volar. Las cosas más increíbles pasan cuando menos uno se lo espera, responde ella, divagación contra la cual no vale discutir. Y entonces remacha: y de la manera en que uno menos se lo espera.

13

Es como si aparte de nosotros fuese el único huésped del hotel. Por lo menos el único con el que me tropiezo, lo cual es un decir. No me topo con él ni por los pasillos ni por las escaleras, por éstos nunca hay nadie. Si nos encontramos, y ocurre a menudo, es porque se acomoda, no sé si horas enteras, en esa butaca que hace suya del vestíbulo, y ahí lo veré en no pocas de mis entradas o salidas desde que lo sentí aquella primera vez en que el recepcionista sustituto nos atendió. Que a diferencia del extraño huésped, desapareció sin dejar rastro. Habrá sido lo que supuse: pariente o amigo de la encargada, y aceptó cubrirla en esa rara ocasión en que ella debió ausentarse. O estaba a prueba, era un intento de la mujer de conseguir asistente, gestión que no cuajó. A éste que supongo huésped lo he visto en cambio después prácticamente cada vez que cruzo el vestíbulo, apoltronado en su vetusto butacón. Asientos de respaldar derecho, carentes de almohadones, de aspecto incómodo. No llaman a pasarse en ellos ratos como él hace; siempre hundido en el mismo, el colocado de espaldas a la recepción. Su invariable posición sólo me deja verle las manos sobre los brazos del asiento, y la coronilla. A veces lee una revista o como aquella vez, el periódico, en ese sitio con poca luz. Sólo en dos ocasiones lo tuve más visible, las dos al sorprenderlo en conversación con la encargada, exhibiendo ambos la familiaridad de quienes se conocen de años. Pero ni entonces alcancé a tenerlo de frente: al verme venir se volvió en una especie de rápida cortesía con la cual me indicaba que no lo tuviese en cuenta si mi propósito era hablar con la conserje. Quién sabe si el hotel, por arcanas razones burocráticas, es su vivienda permanente, con esa ficticia provisionalidad oficial para con los sin techo que, como bien sé, pudiera durar siglos, hasta que el Estado le asigne otra todavía en los planos.

Cuando sus manos están desocupadas de lectura las veo jugueteando con su sombrero de fieltro, que se coloca sobre una rodilla; las piernas cruzadas, imperturbable en ese butacón que vuelve trono. El sombrero no se lo he visto nunca puesto. Alguna vez me pregunto si será un policía de civil, encargado de vigilar entradas y salidas de un hotel reservado a extranjeros como nosotros, y de ahí su intangible presencia; o un jubilado residente, aunque por su cogote no le calculo tanta edad. Quizás una lesión lo incapacita y despeja su reclusión de minusválido con paseos por el vestíbulo, así sea éste de opacidad poco acogedora.

Un día entro al hotel con mi mujer y al verlo sentado donde siempre le menciono a ella lo mucho que lo he observado ahí sin haberlo nunca visto en realidad. Su figura sí, pero nunca, lo que se dice de frente y bien, el rostro. Mi mujer me escucha distraída, sin interesarse en el personaje; tampoco ella lo ha tenido frente a frente. Lo dice con tono de seguirme la corriente, tal parece que ni sabiendo de quién hablo.

14

Corremos el riesgo de estar echando nuestro viaje por la borda y eso que nada nos obliga; si hemos aceptado la inesperada invitación de Veronika con k de acompañarla a un espectáculo que con chispas traviesas nos anuncia extraordinario y secreto, ha sido por voluntad propia. Parece sentirse segura de nuestra discreción y a parir de las ideas que la otra noche compartimos, también de cuánto nos interesará conocer el prometido acontecimiento. Y así, sin la prudencia de detenernos dos segundos a pensarlo, tras ella nos vamos con ímpetu adolescente, en una expedición mal definida por las prohibitivas calles nocturnas de Berlín. Desde abordar la acera da ella al proyecto, si me guío por los cautelosos vistazos que dirige sin parar a derecha e izquierda, visos de empresa riesgosa, por no decir imprudente. Estamos actuando, lo sabemos mi mujer y yo, como niños que se creen inmunes al peligro. Pero más puede la curiosidad y desechamos las probabilidades de que nuestra gentil Veronika y su k, al comprometernos en un paseo de cuyos propósitos sólo nos ha revelado que contienen la emoción de la aventura, esté sacando sus uñas y llevándonos a una trampa con tal de ganarse unos galones o, también es posible, por pura convicción. Quién pudiera negar, menos nosotros, que su semblante de juvenil retozo no esconda los taimados cálculos de una militante que, aunque bisoña, trae probado entrenamiento de familia, esa estirpe paterna de la cual reniega sin enfado; como si su jerarquía dentro de un gobierno impuesto por la fuerza fuese un adorno sin mayores consecuencias.

Se nos apareció por sorpresa en el hotel, segura de encontrarnos y también de que para convencernos de descartar cualquier temor ante los misterios contenidos en su oferta de adentrarnos con ella por tierra incógnita le bastaría la confraternidad de la velada de hace días. Para disipar vacilaciones nos elogia: de todos sus conocidos en Berlín somos los más aptos para sacar jugo a esa maravilla que nos promete. Insiste: ni soñar el asombro que nos causará la ceremonia de la que vamos a ser testigos, programada a intervalos imprecisos y a celosas escondidas. Con gran prudencia se selecciona a sus asistentes e incluso entre éstos hay a quienes, como será nuestro caso, sólo se les permite presenciar, de ningún modo participar. Es ese privilegiado status familiar que le conocemos y que al escucharla mencionándolo con desparpajo no sé si debe asustarme más, viendo cómo esa estatura oficial suya crece, el que le permite sumarse a capricho al selecto círculo, derecho por decirlo así de sangre, y además traer dos invitados. El que a mi mujer y a mí nos queden como quien dice horas de este lado del Muro la indujo a buscarnos, dice risueña. Me intranquiliza oírla definir así nuestra partida. Es como si la adivinase sin retorno y esto diera el toque decisivo a su decisión de escogernos para el oscuro cónclave; será el regalo de despedida que nos llevaremos de esta porción del mundo, penetrar uno de sus más arcanos rincones. Las razones que nos da para justificar que no sea peligrosa indiscreción el invitarnos las desmigaja con la pericia de quien sabe abrir el apetito. Da lo mismo, dice, si después, una vez que nos vayamos, decidimos ser imprudentes y queriendo presumir nos vamos de la lengua y pregonamos eso que vamos a presenciar. Tan inconcebible para quien no lo haya vivido el ritual en ciernes que enseguida entenderemos la conveniencia de no mencionarlo jamás. Quienes nos escuchasen nos considerarían propaladores de rumores sin fundamento, locos sin remedio.

Por mucho que trato de saber por dónde ando, me desubica desde que la emprendemos nuestra caminata por mortecinas callejuelas. Algunas las hemos recorrido pero ni soñar en medio de esta triste media luz con recordarlas, más allá de saberlas no muy distantes del hotel. Vamos en un silencio que dándome tiempo a pensar me hace sentir cretino. ¿Cómo se nos ocurre dejar que esta desconocida nos sirva de guía, quién sabe si para meternos en un atolladero? Me preparo para en cualquier momento ver aparecer una patrulla policial por la primera bocacalle para interceptarnos; motivos no les faltarían, nuestro vagabundeo por esta red de callejones entre edificaciones negruzcas basta en esta ciudad para volvernos gente dada a lo indebido.

Salimos a una plazoleta y ni que esperar tengo a la súbita mirada de sorpresa, unida a complicidad y temor, que me dirige mi mujer, para sentir urgentes ganas de dar media vuelta y echar con ella a correr sin pensar en lo irracional de estampida semejante. Aunque llegados aquí, preferible acatar la ruta trazada por esa mano que sin atenuantes creemos ya zorruna de Veronika con k, quien como protegida por un halo, pues ningún celoso centinela nos ha salido esta vez al paso, nos está conduciendo sin titubeos a su meta y cuál otra es sino la casita cuya aislada presencia campestre tanta curiosidad nos despertó no más llegar y donde a punto estuvimos de tener un encontronazo con aquel tenaz uniformado, alarmado ante nuestra imprudencia de acercarnos a explorarla. Allí es a donde vamos.

Aquella primera vez la casa lucía, si no desierta, al menos vacía. Tanto que la creímos museo o sitio venerable. Hasta clausurada, a partir de su mortandad. Ahora le ocurre lo contrario, vibra en la impávida noche de Berlín y en medio de la apagada desolación de cuanta calle desemboca en esta plaza reluce como estrella polar en el cielo más oscuro. Destellos cuyo origen se vislumbra: sus cortinas esconden salones de donde llega hasta nosotros el murmullo de una música apagada por celosías y ventanas, junto con el de acumuladas voces conversando del otro lado de esas paredes que, si bien dotaron a la casa en nuestro primer encuentro de un inequívoco aspecto humilde y rural, su inesperada brillantez infunde ahora sugerencias de palacio reservado, discreto retiro de aristócratas galantes.

Ni que decirlo: a Veronika de sobra la conocen, con k y todo; tanto que la presumo asidua. O bien esta labor de flautista de Hamelín que no dejo de recelar le da dividendos o de verdad estamos como ella dice al presenciar un espectáculo único. De qué género será, imposible deducirlo. De por sí tan juvenil en ánimo y disfrutes, no la supongo asistiendo a ceremonias taciturnas, aunque muy festivo no luce el lugar. Desde abrírsenos la puerta y el paso, lo cual ocurre nada más reconocerla los porteros, penetramos un ambiente y una decoración impersonales, con mucho de vestíbulo de hotel de lujo, esos espacios que no obstante lo elegantes se pretenden acogedores sólo al tránsito. La casa, de interiores con aspiraciones de mansión que chocan con su tamaño, está llena, una habitación tras otra a rebosar, como si todas fuesen salones de estar. Por ellas circula gente repartida en grupos de aspecto respetable, no necesariamente dignatarios pero cuando menos funcionarios de rango, y a partir de vocablos que distingo, no pocos extranjeros. Entre éstos la diversidad luce mayor que entre lo que deduzco la oficialidad local: lo mismo comerciantes que políticos y hasta algún que otro aventurero, lo dicen sus disímiles modales más que su unánime buen vestir. Una cualidad patente en todos es que sus bolsillos están llenos. Pudiera darme la sensación de estar asistiendo a un agasajo diplomático, aunque ni por un instante me creo que lo sea. Ni hubiese impuesto Veronika con k sigilo a la visita ni la supongo atraída por veladas semejantes. No entra en su estilo una recepción donde los fruncidos prevalezcan.

Lo que por fuera parecía vivienda ya sé que no lo es, a no ser que al fondo haya dormitorios reservados. Los sucesivos salones se nos presentan todos iguales: mesas centrales, algunas con fiambres poco apetitosos a los que casi nadie atiende, más bien puestos allí como cumplido. Bastantes sillas, pocas ocupadas; los asistentes prefieren estar de pie, evidente que algo esperan. No han venido a conocerse, saludarse o conversar. Su meta es otra y precisa, ese misterio que Veronika, muda a cuanta pregunta le hacemos, de viva voz o con los ojos, nos ha invitado a conocer.

Se produce un movimiento. En una sala contigua detectamos una conmoción que quienes nos rodean reconocen. Se vuelve ese salón vecino vórtice hacia el cual convergen todos, arrastrándonos en su marea. Al entrar descubro abierta en el piso una especie de trampa; despeja una ruta, con toda evidencia a un sótano. Construida sin preocupaciones de elegancia pero con esmero. Cuenta con una escalerilla provista de una balaustrada, que un resorte hace sobresalir del piso de esta sala desde la que descenderemos, cuidando de que no se baje ni un peldaño sin apoyo. Nos toca el turno y Veronika, cuya k aprecio ya mayúscula, nos cede el paso. Tras unos escalones más de los que calculaba pasamos a una enorme bóveda con puntal de varios metros que deduzco habrán sido bodegas, los depósitos de vino de esta casa quizás propiedad urbana de grandes cosecheros, tan gigantesco es el sitio.

Me equivocaba y con el desmentido inicia al fin Veronika sus explicaciones. Las escuchamos, mi mujer igual que yo, con aprensión. Si bien la elegante y ordenada compañía ha disipado nuestro primer temor a una celada, la situación en que nos vemos no acaba de resultarnos convincente; cómo saber que no nos estamos hundiendo en cenagales, tan resbaladizos como para hacer naufragar nuestro viaje. Veronika aclara: no son bodegas donde estamos, es parte del antiguo metro de Berlín. Tal como ha sucedido a las calles arriba, muchos de sus túneles han quedado clausurados por muros de ladrillo, réplicas del Muro superior como si lo prolongasen a través del asfalto. Nos encontramos en uno de los desvíos donde venían a repararse vagones estropeados, ahora boquete inútil. La red del metro, cortada en infinidad de puntos, sirve de poco comparada con lo que fue, con lo que debe ser cualquiera. Muchas de las transferencias proyectadas cuando sus constructores lo planearon han dejado de existir y en cada uno de sus dos lados ha quedado limitado a hacer las veces de local tranvía, que transporta a la gente en elementales recorridos.

En este sitio las vías han sido recubiertas para dotar a esta bóveda de todo su posible espacio, tan vasta que se diría hangar de dirigibles. En un extremo se alza un estrado de madera y sobre él una mesa, en torno a la cual, cubriendo el suelo en derredor y varios metros por detrás, se amontonan cajas y paquetes, grandes y pequeños, dando a ese preciso perímetro aspecto de depósito ferroviario.

Ante la mesa están colocadas en anfiteatro alrededor de un centenar de sillas y hacia allá vamos los tres, a sentarnos en una de las últimas filas, obedientes a las menudas señas de nuestra guía.

El programa previsto, el que sea, empieza pronto y desde el principio procede con animación. Se abren dos puertas al fondo en uno de los costados de la bóveda y una especie de comité de recepción va a dar la bienvenida a un cortejo que entra al salón y sin vacilar va a ocupar las primeras filas del auditorio, muchas de cuyas sillas habían quedado vacías, ahora sé que reservadas para estos personajes. Se tienen con los recién llegados exquisitas cortesías; está claro que son de buena posición aunque observándolos se deduce que como con algunos de los que vi arriba, menos por alcurnia que por mucho dinero. Son del otro lado, nos dice Veronika, quien alardeando de su k nos da a conocer el suculento dato de que por la puerta por la que esa gente ha entrado se accede a Occidente. No consigo imaginar a dónde llevará ese pasadizo; si acaso alcanzo a adosarle a su otro extremo una teatral casita de muñecas semejante a la que nos franqueó la entrada a este escondite.

Una vez en sus puestos los occidentales, comienza la subasta. Pues a eso asistimos, una colosal subasta de expolios y despojos, en caudal imprevisible. Según vamos enterándonos, a medida que procede y sin necesidad de demasiadas aclaraciones de Veronika con k, trasiegan aquí en secreto los dos mundos rivales mercancías cuya negociación les apasiona y que su ostensible enemistad —testigo de lo que presencio, llamarla así es pecar de tonto— no les permite comerciar públicamente. Infinidad de detalles me quedan por conocer. ¿Qué afanes guían a los participantes, qué propósitos inducen a ambos gobiernos —de que están los dos de acuerdo en un sinfín de cosas sólo podrían caberle dudas al fanático— a permitir esta especie de mercado de valores subterráneo? No me bastará una noche para acceder a la respuesta y no lo intento, sólo aventuro hipótesis. Mejor que este cavilar es concentrarme en lo que en esta única ocasión tendré delante.

Identifico una porción ínfima de los objetos que desfilan ante el subastador. Quedo perplejo al ver pasar el neceser de baño de Francisco José y cómo para entusiasmar a los postores sacan de él la navaja y las tijeras con las que los barberos del emperador, escultores de una imagen perdurable, le arreglaban el bigote, las patillas y la barba. Acto seguido veo a ese invitado mano en alto que se ha deslumbrado lo bastante como para ofrecer por este peculiar tesoro una cifra que entiendo tiene muchos ceros. Se muestran cuadros de autores para mí desconocidos y escuelas igualmente ignotas. Con contadas palabras me ilustra Veronika con k: son obra de artistas alemanes de los tiempos nazis, algunos favoritos de la entonces alta jerarquía. Entiendo así esa figuración tardía de cuerpos heroicos y escenas bucólicas con aroma a folclor falso y tradición de pacotilla. No obstante su escasa calidad, despiertan enorme interés; será más por su valor histórico que estético pero lo cierto es que sus aficionados se arrebatan las piezas de esta singular pinacoteca y advierto que el entusiasmo procede de ambos lados; si de simpatía por herencias ideológicas se trata, no podría acusarse de ello a una sola de las partes. Más esotérica pero igual de provechosa para quienes organizan la subasta resulta la partitura manuscrita e inédita, previsiblemente minúscula, de Anton Webern, hallada en su habitación con la firma al pie del pentagrama al rato de caer el compositor baleado por un soldado americano en plena calle. Y entusiasmo es poco para describir la conmoción que desata la aparición de dos caricaturas de George Grosz que, de creer las explicaciones de Veronika, acarrean un historial increíble y según el subastador, probado: refugiado en Estados Unidos el pintor, son, más que sarcásticas, venenosas representaciones de Hitler y Hess. Lo asombroso es que desde allí fueron enviadas subrepticiamente a Goebbels por los retorcidos caminos que la guerra iba trazando y éste, aunque denostase en público del estilo de expresión que Grosz con ferocidad capitaneó, tuvo la astucia de conservarlas entre sus papeles personales y quién sabe si, en secreto, el talento de apreciar, guardándolas como botín a negociar en tiempos de más calma que no llegaron a tocarle.

Corroboro tendencias y gustos en las dos partes en puja. Los de Occidente prefieren los objetos preciosos, obras de arte mayores o menores. Los de acá, obedeciendo a esa deificación de que sus doctrinas dotan a la historia, enloquecen tan pronto ven aparecer, lo mismo documentos preciosamente encuadernados como papeles arrugados y sueltos metidos en un precario archivo, aunque me pregunto si los ansiarán por placer intelectual o si su mira es ocultarlos, temiéndolos inconvenientes depósitos de datos que lo mejor es sepultar.

No escucho rumor de admiración sino silencio venerable cuando saca el subastador de su caja un cuadro que hasta un inexperto como yo puede sin la menor duda situar: la cabeza decapitada que sostiene la mujer me lo insinúa y me lo confirman los transparentes velos y la figura estilizada, el marcado trazo en capullo de esa boca que hace a su autor inconfundible. Es la *Judit* de Lucas Cranach. Como a los demás me emociona contemplarla, sabiendo cuánto hace que fue dada por desaparecida para siempre entre las llamas que consumieron Dresde.

Cuando les comunico al oído mi sorpresa, a mi mujer primero y luego a Veronika con k, ésta no puede menos que reír ante mi ingenuidad. ¿Te crees que los curadores eran tontos?, pregunta, dejándome deducir el resto: cómo aprovecharon el generalizado desconcierto para sustraer obras y ocultarlas, o darlas por extraviadas en uno de los apremiantes traslados a la indecisa seguridad de la lejana horadación de un monte o al amanecer después de un bombardeo. Demora la puja por *Judit* hasta alcanzar cifras impresionantes y ser vendida. Gano en perplejidad ante el modo en que procede la subasta aunque desde un comienzo debiera haberlo comprendido; no va a aparecerse aquí quien sea —en este caso parece el comprador un nórdico y para siempre imaginaré a *Judit* metida en latitudes sin mediodía— con semejante carga de dinero, no le cabrían en un maletín los billetes. Este mercado se conduce con pulcritud bursátil: se transan compromisos, se aceptan pagarés, confianza cabal de unos en otros, ésos que afuera se piden la cabeza y en ocasiones hasta se la cortan unos a otros.

Falta la que para mi mujer y para mí será la sorpresa de la noche y a la salida no podrá negarme Veronika con soberana k que lo sabía de sobra. Así lo haga mil veces, quedaré convencido de que conocía los pormenores de cuanto se planeaba subastar aquí esta noche, así como la aparición de un personaje más inesperado aún para mí que Cranach. Es Isis, nuestra cónsul. Parece llegar tarde; entra con prisa por un costado del salón cargando un cartapacio lleno de papeles y mediante un asistente entrega al subastador su lote. A partir de la emocionada agitación palpable en no pocos postores, da la sensación de ser un material esperado con fruición.

No es para menos. Lo que Isis trae y antes le habrá traído alguien de Cuba es una colección de papeles de puño y letra de Paul Lafargue. A mi mujer el nombre no le suena y debo explicarle: fue yerno de Marx y cubano. Esto porque nació en Cuba, no por mucho más. De Haití vino su familia, que en el Oriente de Cuba se asentó, y francés, mucho más que el español, el idioma de Lafargue. No sólo el habla. En cuanto puede, y es pronto, se larga a Francia, de donde no regresará, la prefirió a Santiago. Si primero vino el amor y luego la vocación política, o al revés, como me pregunta mi mujer, lo ignoro. Sé que se casa con la hija menor de Marx, Laura, y que del filósofo es dedicado discípulo, lo mismo en teoría que en la práctica. Aunque su suegro, dejando traslucir, así fuese judío, visos de casta alemana, lo apoda el Moro, con quizás algo de broma pero también cierto desdén ante el mestizaje de su tez. Azarosa vida la de los Lafargue, que después de largas luchas proletarias en variadas ocasiones y países —les tocan tiempos turbulentos para la diseminación de las doctrinas socialistas—, acaba de insólita manera: entrado el siglo xx, en su undécimo año, la pareja se suicida. Son, si no ancianos, algo viejos, fuera de fecha para pactos mortales de este género que puedan basarse en desengaños, de amor u otro cariz. La explicación que suele darse es la curiosa del cansancio y la decepción. No podían más; desesperaban de no ver en el horizonte ni siquiera distante el advenimiento de su ansiado comunismo. Se demuestran así poco avizores e impacientes; pocos años faltan para que consiga Lenin su victoria; con algo de paciencia, hubiesen ido a dar sus restos junto a las murallas del Kremlin.

Veronika con k nos cuenta. No es la primera vez que Isis se aparece con despojos cubanos como éste. Luego, al proceder la venta, nos la traduce punto por punto. Presenta el subastador el cartapacio como una colección de papeles de Lafargue conservados en Santiago por su familia, sobre todo cartas a parientes con los que, por ellos se sabe, mantuvo de manera permanente cierto caudal de contacto. Mayormente cartas a una tía, después a una prima hija de ésta, compañera única de juegos que se deduce inocente amor de infancia. Lo más jugoso de la correspondencia son las francas opiniones que contiene; parece que Lafargue, aunque para vivir hubiese preferido Francia, mantuvo con su gente de Cuba mayor grado de confianza, atreviéndose a confiarles opiniones de las que en París nadie se enteró. Seguro no las dijo; de una figura con tantos enemigos se hubiesen sabido hasta sus conversaciones con la almohada.

A la tía, en el primer manojo, no le habla del todo bien de Marx. Apóstol de sabiduría lo considera, maestro que le ha revelado cuanto sabe. En cuanto a suegro, otro es el cantar. Despótico, altanero. Si por su hija debemos guiarnos, discrimina a la mujer; a Laura la trata como un capataz al último de sus peones. Lo de llamarlo Moro le parece muestra de rechazo a quienes como él proceden de países donde cunde el mestizaje, dándole lo mismo que sean negros o indios. No en balde los considera en sus escritos pueblos atrasados e incapaces de alcanzar mientras no transcurran siglos la civilizada meta comunista. Por suerte, dice Lafargue a la tía, en una frase rotunda que el subastador lee de entre notas seguramente preparadas por Isis para valorar su lote, es Marx filósofo; de ser político y conquistar el poder, asegura su yerno, tendríamos entre nosotros a un nuevo Gengis Kan.

Íntimo y lamentable lo que confía luego a la prima, puede que a escondidas hasta de su mujer: los motivos del suicidio. Con ello se confirma honesto, no rendido al capital. Tampoco misántropo; considera a las pobres gentes merecedoras del sacrificio de cualquiera y no se arrepiente de los muchos suyos ni de su mujer. Lo que a los dos mueve a abandonar la vida es una terrible constatación, que crece en ambos hasta poseerlos: la certeza de que la doctrina que han contribuido tanto a difundir y defender adolece de mil boquetes y es impracticable como tal. Se lo demuestran sus numerosos esfuerzos fallidos, la patente imposibilidad de que, por denodados que sean los empeños, la toma proletaria del poder sea posible con las pautas de la doctrina marxista bajo el brazo.

Da el toque de queda a los afanes de su vida una de las últimas frases de la carta. Sus cavilaciones le han llevado a concluir que no es dable alcanzar eso que Marx soñó de los proletarios al poder o por lo menos tal como él lo concibió, sin estructuras políticas de un rigor y solidez que desvirtuarían la doctrina, serían su negación. Se lo dice a la prima con palabras pesarosas: «Pensaría haber perdido el tiempo de no ser porque luché por quienes tanto lo merecen y ni de lejos me arrepiento. Sólo el hecho de haberles dedicado a los obreros nuestras vidas da a éstas un destino noble. Sé ahora sin embargo algo terrible que, de haber conocido en un principio, nos habría conducido por derroteros distintos. Lo que mi suegro concibió, tal como su mente lo hizo, es irrealizable sin mentes y puños de hierro que vuelvan esa dictadura del proletariado, que tan bien suena a oídos revolucionarios, un horror, una terrible tiranía que sofocará y sojuzgará como a ninguno a esos mismos proletarios, aherrojándolos en la más abyecta de las servidumbres. ¡Ay de ellos si se persiste y se alcanza en algún país ese objetivo con el cual hemos soñado! Nos desespera, tanto a Laura como a mí, sentirnos así sea en parte responsables de haber promovido tal traición a nuestros fines, que esta carta es para despedirme, en nombre propio y en el de ella, aunque jamás te conoció. No nos queda más remedio, menos a nuestras conciencias. Somos además viejos, incapaces de corregir nuestra tarea, ¿de qué serviríamos? Adiós, nuestra vida ya está escrita». Al final aparece una frase que hubiese preferido no escuchar. Dice Lafargue a su prima cubana: «Ojalá no toque, ni a ti ni a tus descendientes, vivir los espantosos trastornos que anticipo. Mi esperanza es que la distancia que nos ha lamentablemente separado sea en este caso una fortuna, un océano que vuelva improbable una desgracia semejante».

15

Una de las tres o cuatro figuras adultas que sobresalen de mi más remota infancia es la de la robusta terapeuta alemana amiga de mis padres. Mi memoria la recupera con su uniforme blanco de enfermera y zapatones masculinos que acentúan su robustez. De pelo rubio corto y ojos azules brillantes y rasgados, y tan cuadrada que casi carece de cintura, en nada desdice de la imagen que me iré haciendo a partir de fotos e ilustraciones de la guerra y la posguerra de la mujer alemana; estampa que se graba en mí y ni mi paso por Alemania ni tener delante a muchas de sus mujeres, lo mismo de pelo azabache como marcadas curvas, conseguirá borrar. Para mí las alemanas lo son más cuanto mejor se ajustan al aspecto que de aquella mujer guardo.

Casada con un español, llegan a Cuba huyendo de las guerras y los fascismos, cada cual del suyo, episodios consecutivos de una misma batalla. Claro que por entonces y dada mi corta edad cuando los conozco, España y Alemania eran para mí contiendas distintas que bien pudieran haber estado separadas por un océano, y la realidad persiste en corroborármelo: consolidada la paz en Europa,

Franco sigue ahí triunfal, ajeno a la hecatombe del bando perdedor. A partir de esta distinción no atribuía yo a la terapeuta alemana y a su marido español más parentesco que el de pertenecer al cortejo de las víctimas, los obligados a escapar de unos conflictos que a cada cual por su motivo les hubiese significado desastres o la muerte.

A su casa voy mucho y cuantas veces la visito con mis padres la alemana nos cocina, con un orgullo que la suculencia justifica, ese plato nacional alemán de col agria con carnes, salchichas y papas que, afrancesada o rencorosa, llama ella por su apelación francesa de choucroute. Y es sólo al cabo de años de tenerla por alemana de pura cepa cuando me entero de que esta mujer para mí arquetipo de su raza es justamente lo que para muchos alemanes se había vuelto en aquellos oscuros tiempos que la expulsaron de su país negación de lo alemán: judía. Diciéndolo de este abrupto modo falseo las cosas: parecería que al enterarme, el dato me desconcierta, y no es así. Por entonces, saber que es judía no varía en lo más mínimo la idea que me hago de ella, de sus tradiciones y costumbres. En aquel remanso cubano poco rozado por los odios europeos y en la dicha de mis pocos años saberla judía implica si acaso entender difusamente las razones de su fuga de Europa, pero en ningún sentido le niega su condición de alemana, puesto que en aquel país nació. Para mi entendimiento hubiese sido como decirme que un chino nacido en Cuba pudiese no ser cubano, disparate que atribuiría las nacionalidades a caprichos del ancestro y no a la inobjetable realidad del suelo en que se nace. Enterarme después de que en la ciudad israelí de Haifa tiene a dos hermanas deseosas de que se mude con ellas tampoco me la cambia. ¿No está ella en Cuba, más alejada de Alemania que esas orillas extremas del Mediterráneo?

Con el tiempo y seguro ya de tener bien aprendidas las persecuciones que vivieron y las razones que los indujeron a refugiarse en Cuba me choca enterarme, poco después de llegar la revolución a la isla y recibirla yo con entusiasmo, que se van a la carrera. Su partida me resulta un contrasentido: ¿una judía alemana y un republicano español huyendo del inminente poder de las izquierdas? No lo entiendo. El día que voy a su casa a despedirlos escucho a la mujer contar, al conversarse acerca de qué rumbo tomarán, que, enteradas de su coyuntura, de nuevo sus hermanas la invitan a que emigre a Israel. A ella la idea de irse allí ni le pasa por la cabeza. No recuerdo sus palabras exactas pero me es fácil evocar su rotunda negativa. No le interesa ese país, visitado alguna vez. Lo considera un sitio ajeno a sus costumbres. Lo que sí me asombra es enterarme de a dónde piensan mudarse, ella y el republicano antifranquista: a la España todavía en manos de Franco. Sus convicciones, que creía ubicadas, se me descoyuntan, reconozco que algo atado por las camisas de fuerza de las ideologías. ¿Quién es esta mujer? ¿Cómo piensan ella y su marido? Me quedo sin saberlo.

Supuse que no los vería más y resulta que con ellos me vuelvo a encontrar, y como hubiese sido de esperar, en Madrid. Son casi ancianos y mucho me alegra la facilidad con que pronto estamos conversando por encima de los años, los transcurridos y los que nos separan. Tratándome como si yo siguiera siendo el chiquillo de antes dedican elogiosas prédicas a la ruptura de mis lazos con la revuelta antillana y al enterarse de que en mi salida hacia Occidente pasé por Berlín Oriental, se deshacen en alabanzas al Occidental. Pienso que sea a manera de enseñanza ejemplar para mi provecho, con su implícita censura al mundo comunista, pero mi sorpresa es pronto grande: el antifranquista y la judía se relamen hablando del renacimiento de Alemania, la Federal, evocando entusiastas recorridos por Berlín Occidental. Les maravilla esa ciudad; habiéndola conocido antes de la guerra y sabiendo cómo quedó, no escatiman loas a su modernidad y su opulencia. El hombre, más bien menudo, crece un palmo cuando alza los brazos para referirse a la magnificencia de sus noches y sus iluminadas avenidas, ella se extasía en la animación de calles y teatros. ¡Una ciudad con tanta vida!, dice sin reparar en la distante paradoja. También visitaron, no hace mucho, Israel, a donde ella fue para acompañar en sus últimos momentos a una de sus hermanas. La escucho referirse a ese país con más admiración que antes pero detectándole también poca emoción; más bien el apoyo a una causa que le resulta justa y próxima. Si acaso deja escapar una ternura que las veces anteriores no capté, un cariño más materno que filial hacia una tierra a la que se siente unida por lazos en todo caso espirituales.

De nuevo me sorprenden cuando al contarles cómo dejé Cuba les brotan emociones como quemaduras de la piel, por las que expulsan un rencor sin atenuantes hacia quienes con sus empeños revolucionarios los obligaron a dejar un lugar que consideraban ya el suyo para siempre. Amor que expresan con efusiva candidez y no por haber sido allí poderosos o ricos, que nunca lo fueron. Lo que les indigna, en estos segundos destierros, es que el vuelco cubano haya venido a expulsarlos ya en su madurez de la tierra adoptiva y desmantelado las que habían hecho sus definitivas maneras de vivir. Su pasión lo hace patente: sus años cubanos fueron para este español otrora antifranquista y la judía nacida alemana en mal momento los más incomparables de sus atareadas vidas, los que les permitieron acceder a una cotidianeidad sin sobresaltos, y habérselos visto arrancados de cuajo los enoja hasta las lágrimas, como nunca vi que lo consiguiera la anterior obligación de abandonar sus respectivas tierras natales con sendos estigmas de proscritos. Desnudar las rutas seguidas por sus vidas y fidelidades me enseña lo frágil que pueden ser las convicciones cuando se las enfrenta con los sentimientos. El libre regreso a su España y la alegría de ver resurgir a su Alemania vencían cualquier impulso racional de esta pareja de romper del todo con los países natales que los habían echado de su seno y detestarlos para siempre, mientras los años disfrutados en aquel trópico a donde su fuga los condujo habían sido para los dos tan placenteros que verse desgajados de aquel mundo era lo único que en su vejez no estaban dispuestos de ningún modo a perdonar.

16

Lleva más de una hora empecinada en que le den más toallas. Es un hábito, por no decir manía, que la sigue a dondequiera que viaja: cuantas veces nos hospedamos en un hotel lo primero que hace es pedir más y más toallas, y las usa. No sólo para secarse. Una para enrollársela en la cabeza, de manera que el pelo mojado se le seque enseguida. Otra para tirarla sobre la cama después del baño, cuando tiene la piel cubierta de aceites, con tal de no embarrar la sábana. Una, a veces dos, para colocarlas como alfombra si el baño no la tiene, y a veces hasta si la tiene, de repuesto por si la otra se empapa. Y hasta para enchumbarla en agua fría y doblársela sobre la frente cuando algún exceso, de sol o de bebida, le provoca dolor de cabeza. Insistencia que le atrae disgustos con la servidumbre de más de un hotel. En esos casos en que evitan complacerla, atiende al cruce por el pasillo de los carritos de limpieza y sale del cuarto al primer descuido de la empleada, hurtándole una toalla que luego, para no delatar su acto, se llevará escondida en la maleta, por de pronto de reserva para algún otro hotel. Llevo no sé cuánto esperándola y supongo que entre su nulo alemán, lo curioso de la petición y las visibles carencias berlinesas, no tengo por qué considerar excesiva la tardanza; todavía no es como para alarmarse, aunque sigan pasando los minutos.

Termino por inquietarme, así sea tonto; no se habrá perdido y aunque así fuese, no concibo que pueda ocurrirle un percance en este hotel, con su apacible aire de casa de familia. No podría jurarlo; pero entre el sereno ambiente general, la perpetua calma de ese personaje del polvoriento butacón, y el trato de la conserje, que nos atiende como si fuese nuestra asistenta personal, he terminado por creer hotel residencial de contados y permanentes huéspedes éste a donde los singulares cálculos de Isis nos han conducido. Que haya algún que otro transitorio como nosotros no lo niego; a veces he escuchado cuchicheos y taconeo en los corredores, barruntos de conversaciones, puertas que se abren y se cierran, pasos en el techo. No me he encontrado sin embargo a la entrada ajetreo de maletas y es como si la gente venida a alojarse aquí ni llegara ni se fuera.

Dura ya veinte minutos por lo menos esa excursión suya a buscar toallas. Me pongo una camisa y salgo al corredor. Está nuestra habitación en un recodo; debo recorrer unos metros y torcer por otro pasillo para encontrar el descansillo de las ampulosas escaleras. Asomado a la barandilla podré ver la recepción. Más bien a la persona, si hay alguna, atendida por quien esté en la recepción, ésta queda oculta. Antes de asomarme distingo la voz de mi mujer en plena charla; se alterna con la de un hombre. Me sorprende: ha encontrado a esa persona que creíamos no existía en este hotel, un huésped que conversa en un idioma que no es el alemán. Tratándose de ella, sólo caben dos: español o inglés. Dada la distorsión con que las voces llegan hasta mí por el vano de las escaleras no alcanzo a distinguir una palabra. Antes de asomarme a la barandilla la escucho despedirse. Dice okey, okey, dos veces, con acento concluyente. Es sin embargo el hombre, su interlocutor, quien tiene la última palabra: en un eco de esos terminantes dos okeys, le da las gracias: *thank you*, escucho, ahora nítidamente. *Thank you, thank you*, también un par de veces. Me pregunto a qué vendrá, cuando es ella quien tendría que estarle dando las gracias. Pronto la veo subiendo con sus preciosas toallas dobladas entre las manos. Estará feliz: son dos o tres. Y entonces, en el momento en que pasa por delante de la recepción, logro ver al dueño de la voz que conversaba con ella, o eso deduzco, aunque no el tiempo suficiente como para identificarlo. Pudiera tratarse del otro conserje, el entusiasta admirador del Berliner, aunque no me lo pareció. Mucho me extrañaría que mi mujer hubiese logrado extraer de su letargo al personaje postrado en el butacón y mucho más que éste supiese inglés y luego hubiese tenido algo que ver con su búsqueda de toallas. Si algo alcancé a distinguir es que quien me pasó fugazmente ante los ojos no llevaba uniforme que sugiriese ropa de trabajo, empleado de mantenimiento o de limpieza. He seguido inclinado sobre la barandilla e inesperadamente, pues pensaba quedarme con las ganas, la misma persona vuelve a pasarme por delante y no sólo la descubro bien vestida, lista para salir a la calle, sino que desde un ángulo más favorable y cuando desaparece de mi vista noto que está poniéndose el sombrero y por mucho que me asombre, no me caben dudas de quién es: el eterno huésped.

Proyecto sobre las escaleras mi sombra. Mi mujer mira hacia arriba y me sonríe. Muestra con pícaro gesto el tesoro de sus toallas. Voy, me dice, adivinando mi impaciencia. Luego no comprende mis preguntas. Claro que hablaba con un empleado. Será porque el huésped se iba por lo que lo vi pasar poniéndose el sombrero pero no era con él con quien hablaba. Al empleado que la atendió no lo había visto antes, lo trajo la conserje cuando no pudieron entenderse, cuenta. No se fijó en el del sombrero pero tampoco me va a discutir que no estuviera, otras eran sus preocupaciones. Y cuando le pregunto por qué fue el empleado quien terminó dándole las gracias, y no ella, se cansa: porque le di una propina, por qué va a ser. Dos marcos, aclara, anticipándose a la avariciosa pregunta mía que ve venir, conocedor de sus propinas botarates, no por espléndida sino por no dedicar esfuerzo a calcular el monto, mucho menos, como en este caso, el cambio de moneda. Comprendo las efusivas gracias del empleado: pocas propinas recibirá, por no decir ninguna, de esos escasos huéspedes hasta ahora imaginarios. La alegría de recibir esos dos marcos habrá sido para él ganarse la lotería.

Ya en el cuarto insisto en mis preguntas. Demoraste un siglo, le digo. No le hace falta la interrogación para saber que lo es, aunque está claro que la harto. De qué quiero enterarme, replica, ¿si estaba enamorando al camarero? No me tomo el trabajo de responderle y logra lo que quería: no se habla más. En realidad tomó como falta mía de confianza lo que no era sino curiosidad. La siento a mi lado: esta noche vamos al Berliner y mi insistencia no dará lugar a que salgamos distanciados por un malhumor. Tampoco ella quiere disgustarse; aprovecha la profusión de nuevas toallas para exhibirse envuelta bastante a medias en una, sonsacándome con paseos intencionados, desfilando de acá para allá ante mí. Me provoca, pero sólo tendré tiempo de disfrutarla con los ojos antes de salir los dos para el teatro.

17

En el vestíbulo del Berliner, cuando voy a entregar mi abrigo al guardarropa, mi mujer se me acerca por detrás y prácticamente me obliga a que la deje ayudarme, terminando de quitarme el abrigo como si fuese mi valet. No comprendo a qué viene tanta ceremonia y me incomoda; me hace lucir torpe, incapaz de quitarme un abrigo por mí mismo sin lanzar dos o tres manotazos peligrosos a mis vecinos de salón. Como si fuese un impedido o cuando menos de articulaciones trabajosas. Su insólita solicitud, que se le habrá antojado un detalle de buen ver propio de sitios elegantes como éste, se me hace penosa: remilgos provincianos le atribuyo, puntillosidad nacida del azoro de verse en su primer teatro alemán, si no suntuoso, repleto de espectadores de fuste.

Sin necesidad de que alguien nos lo diga es evidente que eso son, un público solvente, puede que algunos de entre los occidentales que vimos asistir a la subasta. De esa presencia occidental en este lado nos enteramos por nuestros amigos: coincidiendo inoportunamente con los tensos enfrentamientos de estos días, por estas mismas fechas toca uno de esos permisos pactados por ambas Alemanias, a partir de los cuales miles de occidentales pueden venir a visitar a sus familiares en el Este. De manera apenas insinuada, al menos en esta imprudente ocasión se dan tintes riesgosos a esa abundancia de ciudadanos de la Alemania rival: algo pudiera sucederles, se sugiere en corrillos oficiosos, de sorprenderles aquí un conato de conflicto, así sea un simple encontronazo diplomático. Podrían quedar a la buena de Dios. Tengan o no sustento estos rumores, sin necesidad de insignias ni membretes nos es fácil identificar a muchos entre la festiva concurrencia que va llenando el vestíbulo como residentes de Occidente; bastan las telas y la confección de los abrigos, unas maneras desenvueltas y alegres, ausentes de este lado. Un ambiente lucido y feliz y nada afín a cuanto vemos, de día, de noche o cuando sea, en nuestros paseos por la parte Oriental. Consciente del relumbrón, más me desagrada ese afán de mi mujer de darse aires y ayudarme a sacar las mangas del abrigo. No se me ocurre actitud más lejana de la habitual en ella, cuyas reacciones son por lo general de excesiva soltura, hasta desafiantes cuando se le sugiere acatar normas de etiqueta que recibe como hábitos vetustos. El razonamiento que me hace, cuando forcejea con mi incomodidad y mis esfuerzos por esquivar sus atenciones, carece de sentido: déjame doblarlo bien, me dice. Como si ese abrigo de lana tosca traído de Cuba pudiera arrugarse, ni haciendo con él un bulto.

Su inexplicable antojo de servirme de mucama parece no tener fin. Se me anticipa, quitándose su abrigo antes que yo, y va con los dos al mostrador del guardarropa. Esta ceremonia de los abrigos se le ha vuelto una misión y por una vez, en vez de dejarme a mí la tarea de comunicarme como mejor pueda en mi alemán inexistente, toma la iniciativa y, *bitte*, dice al hombre que los recibe, con una prisa como si estuviesen tocando timbres para anunciar que empieza ya la función. Tan pronto el empleado la atiende, va a lo práctico, y confiando estar en un ambiente más internacional que el de la sombría uniformidad de la zona oriental, con un *two* le pide un par de fichas, esgrimiendo dos dedos de la mano izquierda en una v de la victoria. Sin mostrar reacción, el hombre retira de un gesto nuestros dos abrigos y va a colgarlos. Vuelve con una sola ficha de consigna; la entrega a mi mujer y corresponde a su inglés: *one*, le dice, señalándole la ficha única e indicándole también con los dedos que los dos abrigos van en un solo perchero. Imita los dos dedos de ella en v y luego esconde uno, y hace el gesto un par de veces para que quede claro. Al fin sirvo de algo: mi mujer me da la ficha para que me la guarde en el bolsillo.

18

Tres hondas impresiones me deja el *Arturo Ui* que presenta el Berliner en estos años sesenta: la primera es Helen Weigel, viuda de Brecht, actriz que encarnó a Madre Coraje y, asegura la fama, como ninguna. Aquí interpreta a un personaje pasajero: una mujer del pueblo que irrumpe en escena, vocifera ante un micrófono una breve arenga, transformando el escenario en tribuna rebelde, y desaparece para siempre. Desde hacer su entrada es un torbellino y en segundos se apodera del escenario entero, llenándolo como difícilmente lo haría una multitud de figurantes; es un torrente de expresión sin manierismos que no nos deja mirar hacia otra parte. Niega además hasta cierto punto esta actuación suya las prédicas de su marido, que casi toda la obra prevalecen y son la médula que guía a los demás actores: para ella de distanciamiento nada, es pasión pura. Al verla ignoro quién es pero me inmoviliza, pasmado escucho su parlamento aunque sea en un idioma del que no entiendo una palabra. Terminada la pieza, la localizo en el programa: Helen Weigel. Con tanta película vieja rescatada por los vídeos, no he podido encontrar nunca, a pesar de haberla buscado sin parar —sé que la filmación existe, rodó por Cuba—, esa interpretación suya de Madre Coraje que tantas alabanzas acumula.

La segunda impresión que me llevo nace de la incomparable destreza con que este grupo teatral consigue, con más impacto y habilidades de cuantos he visto llevando a escena a Brecht, y no son pocos, las simbiosis escénicas que éste con tanto ahínco propugnó: el espectáculo combina elementos del circo, el café cantante, el teatro de variedades más farsesco; ni por un instante dejan de echar chispas los actores, no paran de moverse con la acelerada elasticidad y exhibicionismo de los funámbulos de feria, ésos obligados a no ceder nunca en su frenesí pues sus espectadores andan libres por la calle y es esencial que su pantomima los detenga hasta concluir la representación y llegue la hora de tenderles el sombrero; un segundo muerto puede significar la fuga de muchas monedas. Uno de los secuaces de Ui canta trepado a un palco lateral escénico a la altura de un tercer piso y se luce haciendo equilibrios piernas fuera a la vez que entona su balada, sin que ni la voz ni el cuerpo le tiemblen, proyectado por los aires y tan volatinero como actor.

La tercera impresión que conservo de esta representación la debo, no a una actuación memorable sino a un recurso ingenioso que, aunque mero efecto, expone con meridiana claridad lo que pretende comunicar la obra: un espléndido Mercedes de los años treinta, época en la que transcurre la obra, entra de pronto en escena viniendo del fondo y avanza hacia el público con sus deslumbrantes faros encendidos; dirigidos hacia nosotros, nos ciegan. Cuando en nuestra confusión oímos un tiro, imposible saber quién lo ha disparado ni quién lo ha recibido. Sólo cuando el auto da marcha atrás y abandona el escenario, dejando la escena de nuevo alumbrada por los focos teatrales, recuperamos la visión y descubrimos, desmadejado sobre las tablas, el cadáver de uno de los enemigos de Ui.

De sobra sabemos los espectadores que los asesinos fueron Arturo Ui y sus compinches; pero aunque asistimos al crimen y sabemos qué pasó, nuestros ojos no vieron, no supieron con certeza quién fue quien disparó; no podríamos declararlo bajo juramento ante ningún tribunal. El resistible ascenso de Arturo Ui, patente metáfora de Hitler, nos enfrenta mediante este ardid teatral a nuestra docilidad frente a las convenciones, nos echa en cara nuestro respeto por los leguleyismos; en parecida situación, quedaríamos igual de mudos aunque todo lo supiésemos, frenados por la timidez que imponen los códigos y al mismo tiempo avergonzados de haber sido amordazados por la triquiñuela de un tramposo.

Estas son mis tres impresiones específicamente teatrales de esa noche; hay una cuarta, igual de inolvidable, que aunque ligada al teatro no lo está con la escena. Hablo de los espectadores.

Asistimos a la representación en cuarta fila. Los asientos nos han costado una buena porción de nuestro fondo en marcos orientales pero al ir a comprar las entradas nos informó el taquillero que ese día el teatro estaba repleto e igualmente vendidas las representaciones de días sucesivos, quedando disponibles sólo algunos de los asientos más caros. Entre hacer el gasto o irnos de Alemania sin haber visto el Berliner escogemos lo primero. Nada más entrar a la platea y ocupar nuestros exclusivos asientos se nos hace evidente, más todavía que en el vestíbulo, cuánto desentonamos. Se trata de una función como cualquier otra pero a estos alemanes de Occidente que ocupan junto a nosotros las primeras filas, aprovechando el raro período de apertura parcial del Muro, no les preocupa lo elevado de los precios; lo que para ellos será ropa de noche corriente son para mi mujer y para mí opulentas galas. Pudiera ser también que quieran pregonar la superioridad de su sistema y de paso pavonearse. Lo cierto es que el lunetario del Berliner tiene ese aspecto de joyero del que presumen teatros de mayor vena aristocrática. En medio de tanta ostentación, nuestras modestas ropas cubanas, confeccionadas por sastres y modistas desentendidos de cualquier canon de la moda, nos harán lucir venidos de puestos de frontera. Antes de oírnos hablar en español, nos tomarán por proletarios premiados con este par de selectas butacas como reconocimiento a una hazaña laboral.

El poder de la obra me lleva a relegar mis reflexiones. Sólo al caer el telón volverá a acaparar mi atención el engalanado público y lo hará entonces con la contundencia de una bofetada. Faltando poco para el final de la obra y con Ui en la cúspide de su irresistible ascenso, el actor que lo interpreta sube a una tribuna y desde esas alturas pronuncia ante sus seguidores un desaforado alegato triunfal. De pronto, el discurso en vivo se metamorfosea gracias a la manipulación de grabaciones y altavoces. Brecht ha decidido que su obra deje de ser metáfora y la transforma en dedo acusador, encendida crítica a la dormida conciencia de sus conciudadanos, su pasividad y su tolerancia ante el ascenso imparable de Hitler. Mediante una disolvencia sonora, la voz de Ui, ese actor que tenemos delante vociferando, se trueca por vía de los amplificadores en la de Hitler en la grabación de uno de sus discursos, una arenga frenética que nos aplasta a todos en las lunetas. Identifico enseguida la voz pero aunque no la conociese, igual lo haría; no puede ser otra. Hitler chilla y no lo entiendo pero sé que llama a sus fieles de una manera u otra a emprender la guerra total, a buscar por el camino de las armas la absoluta grandeza de Alemania, a aniquilar cuanto se ponga por delante de sus milenaristas planes. Sería quedarme corto decir que la escena me emociona. Consigue más; la voz de Hitler me apabulla, me congela. Lo que oigo da miedo, me lo daría en cualquier parte; escucharlo en este suelo de Berlín subleva mi razón, como si arrancado de mi tiempo me hubiesen transportado a aquél y viviese la época en que ese discurso detonaba.

Cae el telón. Atolondrado por el escándalo y la dinámica de esa escena final e incapaz de asimilarla como episodio teatral, metido todavía en la realidad de esa época que la pieza me ha dejado entrever, quedo inmóvil, incapaz de aplaudir. Justo entonces el teatro entero estalla en una ovación. Todos aplauden con fervor, emocionados ante el poder de la tremenda escena recién vista, entusiasmados ante la fuerza de la representación. Entusiasmados e indemnes. El llamado de atención de Brecht, su clamorosa acusación, no parece haberles hecho mella; la han disfrutado como cosa ajena, sobresaliente ejemplo de arte teatral exterior a la conciencia.

No lo asimilo. Si aprendí a detestar a Hitler no fue por sufrirlo en carne propia sino a través de informaciones de distinto género que fueron calando en mí según crecía; disertaciones, libros, películas. Su guerra y sus funestas consecuencias no las conocí directamente, me las ahorraron la niñez y la distancia. A mi edad, lo que de esas batallas pudiera alcanzar a Cuba apenas me rozó; escaseces de índole menor, que habituado a ellas desde tener uso de razón no padecí; temores de los mayores por lo que pudiera pasar, de los que poco entendí. Era yo quien debiera de haber presenciado esta última escena y escuchado las razones para mí indescifrables de Hitler, su griterío amplificado acompañado por los rugidos de la multitud alemana vitoreándolo, con mirada distanciada y racional; ésa que postulaba Brecht y que la pasión del trance escénico le hizo también en este momento desechar, arrastrado por su cuerda teatral. Son en cambio quienes me rodean, ésos que de mil modos lo padecieron, algunos de la manera más brutal, quienes reciben la aplastante evocación con la calma del más mundano espectador; como si con ellos no fuera, como si la historia de los desmanes de Hitler no tuviese por qué conmoverlos más que los crímenes achacados por Eurípides o Shakespeare a su Medea o su Macbeth.

Se ponen de pie sin parar de aplaudir a los actores, salidos en conjunto a saludar y que con sus aplausos corresponden a los nuestros. Todos contentos: ellos en el escenario, nosotros en la sala. O las calamidades padecidas por esta gente les han enseñado a no inmutarse y mantener a raya sus pasiones, o delante tengo una demostración palpable de cuánto en el arte, la literatura, el teatro en este caso, es bruma pasajera. Ni hiere ni perturba y si en algunos casos eleva a un espíritu y llega a convertirlo, ilusorio atribuirle la facultad de redimir pueblos. Materia de sueños, diría Shakespeare, como nosotros mismos. Mejor no ilusionarnos. Nada está seguro, ni naciones ni vidas, el mañana nos puede traer cualquier cosa.

19

Son varios dedicados a lo mismo, atender a los apremiados por dejar el teatro, muchos urgidos de tomar el último tren para regresar a sus casas en Occidente. No obstante este desorden, da la casualidad de que el mismo empleado a quien mi mujer entregó nuestros abrigos es quien, tan pronto nos ve acercándonos, viene a recoger nuestra contraseña. Pareciera que nos recordase como suscriptores del teatro, rostros habituales a los que concede particular atención. Me estoy poniendo el abrigo cuando se me traba la mano y explorando qué pasa, descubro un descosido en la costura interior del hombro derecho. No estaba ahí cuando lo entregué, de eso estoy seguro. Demasiado engorroso me hubiese resultado al ponérmelo en casa el gesto de meter el brazo por la manga sin introducirlo por la falsa abertura que hace el roto.

A pesar de su humilde catadura, mi abrigo es de riguroso estreno. Naturalmente que no lo tuve en Cuba, no lo hubiese necesitado nunca; lo compré para el viaje. Por eso sé que el descosido acaba de producirse, al colgarlo o descolgarlo ese empleado de su perchero. No vale la pena reclamar. difícil de demostrar, y lo que harían en todo caso sería pasárselo a una remendona del teatro, dejándome a que me las arreglase a pecho descubierto con el frío de Berlín. Con tanto gentío en cola detrás, complicada además de inútil cualquier queja. Me invade además una mala sensación cuyo origen no preciso que me impulsa a irme del teatro lo más pronto posible; no sólo tengo la absurda impresión de estar atrayendo miradas del público que circula por el espacioso vestíbulo sino siento como si sus voces se hubiesen acallado para dedicar a mí todo su interés, aunque entiendo que ninguna de estas dos ilógicas cosas suceden. Sin embargo, más allá de toda lógica persisten en mí estas imposibles impresiones hasta que llego a preguntarme si no se deberán a lo más tonto: me avergüenza que alguien haya reparado en mi torpeza y en el forro descosido, que alguno de esos relumbrones se haya enterado de que mi abrigo, además de feo, está roto. Antes de alejarme de la guardarropía me vuelvo para observar una vez más a ese particular empleado que he hecho nuestro y lo veo dedicado a su tarea veloz y repetida de descolgar abrigos y entregarlos sin preocuparse en lo más mínimo de mí. Quiero detectarle una manía, un gesto torpe que pudiera, cuando los cuelga y los descuelga, desgarrar el interior de los abrigos. Tanto mirarlo según me alejo me devuelve al fugaz desconcierto que la representación me había hecho olvidar. A este hombre lo conozco, lo intuí entonces para olvidarlo después. Esta vez no dejaré las cosas ahí. Detengo a mi mujer antes que dé otro paso y le pregunto si lo reconoce, si no le dice algo esa figura enjuta y descolorida, ese pelo color cereal adherido a la cabeza, su entrecortado andar como en puntillas, la exagerada estrechez de un torso que da a las hombreras de su chaqueta aspecto de armadura. Lo mira ella como si tal cosa antes de responderme con total despreocupación que no, pero le insisto. Lo vuelve a mirar, cansada con esa obstinación que le impide salir a la calle, y reitera su negativa. No. nunca lo ha visto, está segura. Camino del hotel me pregunta de dónde pude sacar semejante idea, a quién conocemos en Alemania como para pensar que recuerdo una figura o una cara, y para recalcar, los enumera: los estudiantes de Babelsberg, tu cónsul –así me dice, como si ella viniese de las Filipinas–, los demás de la embajada, los empleados del hotel. No lo supondré alguno de los marineros venidos con nosotros en el barco que se dedica en tierra a esta otra vocación, termina burlona. Y un hombre tan raro. Esa cara no hay quien la olvide, luce salida de un dibujo medieval. Eso será, respondo, queriendo desechar mis aprensiones. El parecido con alguien visto en un cuadro.

Vuelvo entonces a mi disgusto por el roto en el abrigo. Y dale con el pobre hombre, me riposta, regodeándose en llevarme la contraria cuando achaco al empleado haberme descosido la costura. ¿En qué brazo es?, averigua, metiendo una mano por la manga cuando me abro el abrigo y le digo que el derecho, para tantearle la costura. No hay problemas, ha traído aguja e hilo y como en el forro no importa el color, lo coserá, no se vaya a seguir yendo.

20

Nos gustaría aventurarnos en las peculiaridades de la cocina alemana pero la parquedad del menú, escrito sólo en alemán, nos limita a lo sabido, platos elementales que se encuentran en cualquier restaurante del mundo que se pretenda alemán, así tenga poco de ello. Cuando llegan nuestros platos nos enteramos de que esa palabra del menú que no entendíamos era papas. Humeantes y relucientes con la condensación del agua en la que hirvieron, seducen al hambre acumulada en todo un día de retrasar el gasto de la cena con cafés que a estas alturas nos estragan los estómagos.

Después de probarlas, no caemos en cuál será la diferencia entre nuestras dos salchichas de prefijos diferentes escogidas al azar, aunque tampoco nos importa. Pocas cosas nos distraen en el atestado restaurante y empezamos a enterarnos de quiénes nos rodean según vamos quedando satisfechos y nos dedicamos a nuestros platos con más calma, saboreándolos en un ambiente tan novedoso para nosotros como el de este comedor, aislado del frío que sopla sin clemencia desde caer el sol.

La clientela es ruidosa, bastante. Contrasta su animación con esa reserva prevaleciente dondequiera de día, como si el resguardo de la noche en una taberna cuyo propósito es pasarlo bien diese rienda suelta a una algazara contenida durante la jornada. Se diría que el mero hecho de entrar aquí diera permiso a estos alemanes a desatar instintos que en otros lugares, no sé si por arraigadas normas de conducta o el peso de una desdicha a la que no ven el final, se sienten obligados a encubrir.

En una mesa arrinconada próxima a la nuestra y quién sabe si escogida a propósito por su ocupante para pasar inadvertido veo a un hombre que desentona de la alegría general, de ánimo acorde con ese natural taciturno de los días. Lo veo de perfil y su aire abstraído me permite estudiarlo sin la preocupación de que note mi grosería. Dos veces, mi mujer, al ver dónde pongo los ojos, reprocha mi curioseo. No le hago caso. De espaldas al hombre, no puede como yo saber hasta qué punto anda él por otro mundo. Le calculo unos cincuenta años aunque no sabría decir si con exactitud; esta población poco tiene en común con la mía y a lo mejor envejece antes o después. En todo caso, asignarle edad y situarlo en esos tiempos que a mis cálculos interesan se vuelven operaciones simultáneas: habrá estado en la flor de la edad militar, los veintitantos años, cuando estalló la guerra. Que esté vivo me asombra, así de estereotipadas son mis percepciones. Como si no me topase a diario con un sinnúmero de varones de parecida edad, sobrevivientes de un modo u otro a la debacle. Su ensimismamiento, que lo desentiende de cuanto tiene alrededor, me deja seguir sin necesidad de disimulo la persistencia maniática de su pose. Concentra los ojos, como ante un diamante al que calculase sus quilates, en el fondo de la jarra de la que bebe.

    La sostiene en el aire, unos palmos por encima de la mesa, y la inclina lo bastante como para que su vista quede en línea con ese fondo que tanto le interesa. Pero la jarra está vacía, ni siquiera gotea, y si su interior esconde algo sólo pudiera ser un fragmento minúsculo de vidrio con el que los labios del hombre se hubiesen tropezado al darse el último trago. Su quietud, su impavidez de modelo, me hacen descartar esta suposición. No sólo están fijos e inmóviles sus ojos, también sus párpados. Nada registra, está perplejo, congelado ante esa jarra que ha vaciado de cerveza, quién sabe si con el único fin de estudiar su fondo hasta extraerle algún secreto.

    Lo había olvidado investigando qué comen en las mesas vecinas cuando con el rabillo del ojo le detecto un movimiento. Otra vez me vuelvo y veo que sin alterar el cuerpo, está alzando los brazos para llevarse a los labios su jarra vacía, poniéndola boca abajo del todo, en un empeño que no me luce ni sediento ni avariento sino nacido de otro afán, a lo mejor dejar la jarra pulcra, sin una gota que la empañe. Acaba por meterle la lengua dentro y la relame en redondo con una avidez que nada parece deber a la urgencia de la sed. Se obstina en dar vueltas a la lengua por su interior, sorbiendo mínimos restos de espuma y entregado a ese ejercicio con la devoción del cura que bebe del cáliz hasta dejarlo vacío de lo que su bendición convirtió en sangre de Cristo. Sigue revolviendo su lengua por dentro de la jarra, despreocupado de que un curioso como yo pueda estar siguiendo su soez faena. Y cuando la baja y la pone sobre la mesa, pareciendo a punto de dar su tarea por terminada, de pronto se la empina de nuevo, dejando que resbalen y caigan hasta su boca abierta los corpúsculos de cerveza que unos segundos con la jarra derecha pudieran haber dejado en el fondo. Queda unos momentos a la espera de esa última gota, real o ilusoria, y aleja entonces la boca de la jarra, aunque la sigue sosteniendo en alto boca abajo a la manera de una antorcha, sabiendo que ya nada resbalará de su interior para venir a mancharle la camisa. Al fin la baja con un gesto al que algo entiendo de definitivo, la pone sobre la mesa y queda contemplándola, quién sabe si complacido con su labor o interrogándola.

Qué buscó, qué encontró en su jarra, lo he pensado; es una imagen que recupero con frecuencia. En cuanto a mi mujer, aunque no se fijase en él, nunca dudó. Para ella, la sucesión de gestos que, fuera ya del restaurante, le enumero, representándoselos incluso, son prueba de una vida solitaria, así de simple. Teniendo en cuenta que estamos en Berlín no hay más vueltas que darle, la cerveza y la jarra son la compañía de ese hombre. Dudarlo es como preguntarse por qué se frota la frente alguien que viene de darse un cabezazo. Está segura de que lo que yo con tan malos modales vigilé fueron las muestras de soledad de un hombre que quizás perdió a toda su familia en la guerra, a cuantos le significaban tener lazos con el mundo. Cuando la creía olvidada del asunto se me aparece con otra idea. Quién sabe si todo lo perdió no por culpa de la guerra sino hace menos y por una circunstancia menos trágica. Su soledad le vino al alzarse el Muro; por uno de esos azares, ese hombre al que me entretuve en observar dialogando con su jarra de cerveza es el único de una frondosa estirpe en haber quedado de este lado imposibilitado de cruzar. Escucho su hipótesis y le pongo reparos. Puede que sí, que el Muro lo haya dejado tan solo como para sentir desde entonces su vida sin asideros. Pero la guerra dejó a muchos peor, sin el consuelo de que los seres perdidos estuviesen cerca aunque no pudiese verlos. Por las calles cundirían miles de hombres igual de atolondrados. La singular dedicación con que este bebedor perseguía algo me da a pensar que lo que intentaba descubrir en el fondo de su jarra era qué le decían sus ojos, qué le decía su mirada. Aprovechaba la intimidad de su mesa arrinconada para desentrañar qué había ocurrido a su persona desde aquellos tiempos de niñez en que empezó a palpar el mundo, se esforzaba por saber a dónde había ido a parar aquella primera vida suya tan bruscamente truncada, tan distinta y remota de la primera que no logra reconocer a aquel ser ido que por un tiempo él se creyó, situar las sensaciones que le significaron nacer en Alemania, preguntar a su cerveza si de veras sigue siendo parte de este mundo o un extraviado que un cataclismo vino a depositar aquí.

21

Christopher Isherwood epiloga sus *Berlin Stories* con un relato sobre su retorno a esa ciudad una vez concluida la guerra y es éste uno de los fragmentos más estremecedores de tan extraordinario libro. Sus narraciones berlinesas son otro ejemplo de esa circunstancia, más frecuente de lo que se cree, en que un extranjero evoca una época y una situación mejor que muchos del lugar; no sólo los acontecimientos sino su aroma y el trenzado dentro del cual deambulaban sus habitantes a diario.

Relata Isherwood en esa amorosa conclusión cómo, concluida la contienda, lo dudó bastante antes de volver a Berlín, ciudad que tanto había querido. El miedo a enfrentarse con sus ruinas, su desoladora destrucción, a que su ánimo no supiera tolerar el espectáculo de la desaparición de un mundo que tan suyo había sentido, lo acongojaba y detenía. A la larga se decide y el resultado le resulta inesperadamente fértil y feliz.

Entre los asuntos que menciona aparece la inesperada y grata impresión de la gran vitalidad que encuentra en la demolida capital; la descubre en medio de la infinitud de los destrozos, en sótanos precariamente sostenidos, edificios a los cuales faltan pisos o la totalidad de su tejado. La derrochan, como si las ruinas no existiesen, personas con entusiasmo inquebrantable ante las ideas y novedades que les pueda traer ese resucitar a la vida; tantas son y tal grado de fervor muestran que reconcilian a Isherwood, así sea en parte, con el desastre físico al que se enfrenta. Esto lo cuenta cuando todavía Berlín, aunque dividida entre las potencias victoriosas, sigue siendo, así sea con abundantes restricciones, una sola ciudad: existe relativa libertad de movimientos entre sus varios sectores, relaciones cotidianas entre individuos que, si bien regidos por regímenes contrarios, cuentan con un trasfondo cultural y social común, identidades compartidas; por encima de diferencias exteriores e impuestas, todos son berlineses.

Desde leer este libro, lo que ocurrió bastante después de la inicial visita mía a Berlín que aquí reproduzco, no he dejado de preguntarme y con presentimientos bastante pesimistas qué habría escrito Isherwood de haber decidido su viaje más tarde, estando ya en pie el Muro. A partir de mi experiencia, sus entusiastas párrafos, en lugar de inducirme a suponer que poco supe ver en mi rápido paso por Berlín y que tras el exterior sombrío y triste que le conocí y quedó en mí como huella dominante existiese un fermento del cual no me enteré, me orientan por otro camino, a concluir que pese al mortífero horror que les significó la guerra, el Muro resultó a los berlineses del Este un instrumento mucho más dañino para su ánimo y el transcurrir de sus vidas, más aplastante que los bombardeos y la derrota, pudo más en el empeño de desmenuzarlos como entidad y como pueblo, se demostró de un poder triturador muy superior.

22

La estación de trenes, a la que llegamos con tiempo de sobra, está repleta. Nuestro amigo, empeñado en acompañarnos, pregunta a una anciana sentada sola ante una de las mesas de café diseminadas por el inmenso vestíbulo si las demás sillas están libres. Es una cortesía; es evidente que la mujer está sola y se adivina más: ni va ni viene, anda de paseo o visita un sitio cuyo ajetreo la entretiene y en donde a juzgar por su aspecto, más humilde que el del promedio, la calefacción funcionará mejor que en su vivienda. Asiente ella con rostro ido y nos sentamos, luchando mi mujer y yo contra el nerviosismo. Si las cosas marchan bien, en poco más de una hora estaremos en un tren camino de París.

Nuestro amigo va a buscar jugos de fruta y dulces. En ellos hemos invertido nuestros restantes marcos orientales, monedas sin valor alguno en cuanto crucemos la frontera. Tan pronto mi mujer y yo quedamos solos con ella, la anciana parece revivir. Se interesa en nosotros y en tono cariñoso nos conversa en alemán. Con indecisión y alguna que otra inútil palabra en español le hacemos saber, o lo intentamos, nuestra insolvencia en ese idioma suyo: no le entendemos ni una palabra. Prosigue ella no obstante su discurso sin preocuparle nuestra sordera, desempolvando frases amables y atreviéndose incluso a acariciar las manos a mi mujer, elogiando quizás su suavidad y pequeñez. A tanta gentileza respondemos pobremente, con sonrisas e inclinaciones de cabeza.

El regreso de nuestro amigo interrumpe la afectuosa charla. Viene con la merienda entre las manos y me sorprende verlo detenerse bruscamente a espaldas de la mujer, como acechándola sin dejar que ella note su presencia y atento a lo que dice. Al cabo, sin soltar ni las botellas ni los paquetitos de celofán que trae, se adelanta y se pone a imprecarla, y no necesitamos comprender una sílaba de su perorata para saberla un torrente de improperios.

Nada lo detiene, ni la necesidad de poner sobre la mesa la merienda. En su alemán de acento romance, donde ni vocales ni consonantes suenan afines a la fonética germana, dirige a la mujer frases iracundas, algunas visiblemente amenazantes y dichas entre dientes, que en su sorpresa no atina ella a responder. Más aturdidos que ella estamos nosotros. Intentamos sn éxito interrumpir a nuestro amigo; algo habrá escuchado mal, su ira nace de un equívoco. Me preocupa además que este conato de escándalo provoque un incidente en el momento menos a propósito, éste de nuestra partida; a pesar de la entrecortada discreción de sus imprecaciones, proferidas sin un grito, algunos de los sentados en las mesas próximas se han dado vuelta y nos observan. Mi mujer y yo seguimos sin entender qué pasa mientras continúa nuestro amigo vertiendo su cólera sobre la vieja. Sin alcanzar a descifrarla del todo, la entonación de algunas de sus frases me lleva a deducir que repite a la mujer una pregunta desafiante, deteniéndose luego a la espera de una respuesta que nunca llega. Al fin la vieja se levanta y recogiendo sus matules, un par de bolsas de papel que le dan aspecto vagabundo, se marcha, asumiendo en su andar una pose altiva con pretensiones de ofendida, aunque también un tanto cautelosa y hasta se diría que culpable. Con un tonto ademán final probamos mi mujer y yo a despedirnos de ella pero nuestro amigo nos lo impide tajante.

Sin apremio, ordenando primero esa merienda que casi tiró sobre la mesa, viene su explicación. Esos modales cariñosos, esas palabras que creímos dulces, eran puro teatro de la vieja, nos dice. Tras su exterior gentil, la muy cabrona, así la llama, no paraba de insultarnos. Sucios, gentuza, negros, nos decía. Nos deseaba lo peor, no nos quiere ver en su país. Váyanse de aquí, basura, fue lo que le oyó decir cuando llegaba y que desató su rabia. Acariciaba las manos de mi mujer para insultarla al verla sin alianza: no tienes anillo, eres una puta.

Nos resistimos a creerlo; estará loca, víctima infeliz de incalculables desgracias, y viene aquí por las tardes a calmar sus desvaríos. Nada de eso, refuta nuestro amigo, cuyo diagnóstico más bondadoso es el de una mortal envidia por vernos como a extranjeros que considera inferiores en mejor situación que ella, Sigue sin convencernos; cuesta entender tan elemental origen a semejante carga de odio. Nos trata él de ingenuos, bien sabe lo que dice. La mujer nos oyó hablar, vio nuestras maletas, nos oyó decir París. No pudo soportarlo. A ella, una alemana, no la dejarían marcharse a ninguna parte por mucho que quiera, menos a Paris; ante ella se alza un perenne Muro que se lo prohíbe, fijando a su vida reducidos límites. Traído por los pelos sigue pareciéndonos tanto rencor hacia unos desconocidos. Más lógico considerarla, si como él dice insultaba nuestro origen, una racista no curada. Pudiera haber tras sus groserías un sinfín de sinrazones, más tratándose de una persona de su edad; por mucha bajeza que demuestre, deberíamos comprenderla o intentarlo, hacernos una idea de su carga de padecimientos. ¿Quién sabe cuántos golpes de la azarosa historia de Alemania delata su reserva de hiel? Pasada la discusión y merendando ya con calma, me asusta calibrar cómo me va persuadiendo, según pienso en ella, el diagnóstico a rajatabla de nuestro amigo. ¿Cuántos habrá como ella parapetados tras el Muro chorreando veneno, qué sordo rencor supura esta ciudad?

23

En cuanto avisan nos ponemos en cola para tomar el tren que partirá rumbo a Occidente y nos depositará en París una vez cruzadas ambas Alemanias. Primero pasará por Berlín Occidental y cumplida esta parada, se adentrará de nuevo en Alemania Oriental, de donde no saldrá, me avisan los horarios, hasta el amanecer del día siguiente, tras lo que anticipo una noche de traqueteo, arrastrados por una humeante locomotora de carbón.

Mi mujer y yo saltamos al unísono al llamado de los altavoces; demoramos el tiempo de dar un rápido abrazo a nuestro amigo y asegurarle, sin decirle dónde ni en realidad saberlo, que nos volveremos a ver pronto. Confiamos para ello en su persistente tono de desencanto y su poco interés en ocultarlo; algún día, que no tardará mucho si las cosas no se lo impiden, emprenderá la misma ruta que nosotros.

No obstante nuestra prisa, la fila organizada ante la mesa de los agentes de inmigración ya es larga. Nuestro tren descansa en un andén contiguo, listo para recibirnos; nos impide subir a él sin más tardanza la minuciosa revisión de documentos de estos funcionarios, aunque mejor llamarlos policías o soldados; son gente de uniforme y entre nosotros y el tren rondan otros armados con fusiles. El ambiente es como si de escapar de la Viena del Tercer Hombre se tratara y naturalmente que es un poco así. En esta frontera entre dos mundos, salir sigue siendo tan difícil como hace veinte años; la ocupación, descarnada en esta zona, más discreta del otro lado y dispuesta más bien para situaciones de último recurso, continúa en ambos sectores tan vigente como cuando se firmó la rendición.

Con pereza reciben los agentes el pasaporte de cada viajero y lo hojean pausadamente, estudiando una a una sus páginas. Si el que está siendo motivo de trámite les dirige una pregunta, fingen no escuchar e incluso lo interrumpen sin oírlo, como si los pensamientos y las palabras de ellos fuesen lo único importante, reservándose el derecho a ser quienes a su antojo hablan o preguntan y haciéndolo con frases que sueltan al descuido mientras miran al cuestionado por encima, en espera de una respuesta que a fin de cuentas poco parece interesarles. Su dejadez es tanta que se diría que tuviésemos por delante la noche entera, viajeros de un tren sin horarios; saldrá cuando esa oficialidad disponga. No es así, engancharemos nuestro vagón por un pelo. Esa vena apacible engaña a la mujer que tengo delante de mí en cola. Me cede su sitio para ir unos puestos más atrás, a reunirse con unos amigos que, como ella, se ven occidentales. Esa displicencia la hará perder el tren.

Cuando abandona la mujer su puesto mi vista localiza más adelante la espalda de un hombre que la presencia de ella me ocultaba. No lo identifico de inmediato pero sé que ante mí tengo una espalda conocida, la de alguien a quien he visto varias veces y siempre así, de espaldas. No lo ubico y me recorre el cuerpo el malestar de la interrogante no resuelta. Distingo su cogote rasurado, unos cabellos ralos color cobrizo pálido, varios tonos más claros que su abrigo. Y es al fijarme en el abrigo cuando caigo en cuenta: es el huésped del hotel, ése que pasaba horas en un butacón, agazapado como quien no quiere ser visto de frente. Si se va, evidente que no es, como pensaba, un oriental jubilado o residente permanente del hotel, sino un visitante de Occidente. O cumplía en Berlín Oriental un discreto encargo, de negocios o político, o estaba de visita. Posibilidades ambas que contrastan con la imagen de ocio y sobre todo privación que transmitía. Hasta la saciedad he comprobado que los visitantes del otro lado, del género que sea, lucen siempre de estreno. Fue justamente lo raído de su abrigo, ése que siempre llevaba y me permite ahora reconocerlo, lo que me llevó a creerlo desde el principio ciudadano del Este, con su aspecto de prenda única que dada la frugal economía palpable aquí por doquier le tocó para enfrentarse a los inviernos. También podría suponerlo ciudadano efectivamente oriental a punto de emprender viaje, aunque muy extraño que este infeliz que malvive en un hotel poco más que regular y sin facha de privilegios se haya agenciado ése tan exclusivo de cruzar el Muro. Quién sabe si tras infinitas gestiones le dejan irse para siempre, con esa triste indumentaria como único equipaje. De repente se vuelve hacia su derecha y al descubrirme su perfil, que no creo haber visto nunca, me desconcierta, entonces sí del todo. Comprendo de un golpetazo qué fue lo que me provocó aquella indefinible desazón que sentí en el Berliner cuando el empleado del guardarropa se me acercó y creo entender asimismo aquella solicitud tan personal que nos demostró. Aquel hombre era este mismo, el huésped del hotel, ese inquilino de presencia ausente. Echaba el día en su butacón a la espera de su horario nocturno en el teatro. Al venirme de golpe sus dos identidades sufro un sobresalto. Su extraña presencia me inspira peligro; siento en el hombro, como si me diesen un tirón, el inesperado descosido en el forro de mi abrigo, ahora zurcido.

Tener cerca de mí en la estación al furtivo personaje tiene que resultarme más que raro. Que un profesor, un médico u otra persona de rango, vaya y venga al amparo de sus conocimientos o antiguos contactos que subsisten entre ambas Alemanias —no tan pocos como podría pensarse, aseguran mis amigos, aunque les quede poco; en breve el Muro se cerrará de modo terminante casi sin dejar brecha–, cabe dentro de lo imaginable; pero que ande de acá para allá un simple empleado de la guardarropía del Berliner tiene poco sentido, por no decir ninguno. Lo mismo para el teatro como para él. A no ser que en ambos lados se respete a ese conjunto teatral como la venerable institución que es y se haya aceptado mantener inalterable su plantilla, con actores, directores y hasta el último de sus empleadillos, no importa dónde vivan, libres de alojarse en el Este o el Oeste. Me siento especulando sin un mínimo de base y nada más decirme esto yo mismo me contesto que mis hipótesis son descabelladas. De nuevo observo su espalda, lo veo meciéndose sobre sus pies en la cola y vuelve a sobrecogerme un hálito de desasosiego; hay algo en él que me perturba. No sólo esas inquietas vueltas de acá para allá que da sin parar y dan a pensar que de todos nosotros es el único preocupado por que se le vaya el tren. Pudiera también ser por haberlo visto en el Berliner y no haber reparado entonces en quién era. Al habérseme escapado su identidad de entre los dedos le quiero atribuir dotes huidizas.

Por ahora la tardanza no es como para inquietarse; en medio de la flojera de los agentes la cola avanza con relativa rapidez. Hasta tocarle el turno a él. A partir de ese momento, el trámite, repetido en la rutina de abrir desganadamente un pasaporte, cotejarlo con el rostro de quien lo porta y al parecer con unos documentos que los agentes tienen en su mesa y colocarle con meticulosidad un cuño, se paraliza.

Lo primero que me sugiere la súbita demora es inquietante: aunque esté lejos, comprendo que el hombre está siendo sujeto de un interrogatorio. Por los urgentes estremecimientos de su espalda deduzco que responde a más de una pregunta, algunas impacientes. Un oficial, sentado junto al que tramitaba hasta entonces las revisiones y que parecía puesto ahí con el único fin de corroborar la labor del compañero, abre la boca por primera vez, sumando sus averiguaciones a las de su colega y en ocasiones haciéndolas al mismo tiempo. La situación pronto se complica. No sólo interrogan al hombre del precario abrigo los dos agentes sentados tras el escritorio sino que de un costado surge un tercero, oculto hasta entonces por una mampara y que asoma ahora su callada figura vigilante. Se coloca de pie detrás de los otros e interviene; su actitud más decidida lo define como superior.

Con elaborada parsimonia, como si el reloj no caminase ni el tren estuviese al partir, este tercer responsable recoge el pasaporte en apariencia cuestionado y se va con él hacia unas oficinas al fondo, tras una puerta de cristales nevados. Nos disponemos a lo que parece lógico: los agentes que quedan echarán a un lado al sospechoso y procederán a tramitar los pasaportes de quienes seguimos en fila. Claro que no lo hacen. Quedan inmutables, con las manos en reposo sobre la mesa, a la espera de zanjar el caso pendiente y decididos a no continuar su tarea mientras esto no suceda. Delante y sobre todo detrás de mí, los cuchicheos me dicen que la turba se impacienta. Los primeros en cola terminan por reclamar. Piden a los agentes ociosos que hagan a un lado a ese viajero que les cierra el paso y procedan a revisar los documentos de quienes estamos en regla y debemos tomar ese tren que ya enciende sus motores. No necesito entenderlos para saber que se expresan con disgusto y reprochan a los policías su desidia. Así los comprendiese al dedillo, jamás los secundaría. Al contrario, trato de empequeñecerme. Mi situación no es como para meterme en broncas y además, por estúpido que sea mi temor, me preocupa que sea ese preciso individuo el que esté metido en un lío, como si por haberlo tenido como vecino de hotel su dilema y sus apuros pudiesen alcanzarnos y abarcarnos el infortunio de que le nieguen la salida.

La reacción de uno de los agentes al tumulto es mandar a todos a callar, orden que acompaña de un vuelo de la mano sin violencia ni amenaza; más bien cansancio. Su rechazo incomoda todavía más a los que esperan aunque ni maldito caso hacen los abúlicos agentes a sus quejas, y no tengo por qué suponer que esta serenidad parta de una orden, más bien tiendo a creer que aprovechan el tropezón para robar minutos al trabajo. El escepticismo de mi mujer, cuando la entero de mi sospecha, atribuye en cambio esa indolencia a vigilancia: sin su compañero disimulado tras la mampara, ese tercer par de ojos invisible pero capacitado para dar el definitivo vistobueno, no se puede aprobar la salida de ninguno de los que esperamos. Su pesimismo ahoga mis pocas esperanzas; el viajero en entredicho, nuestro conocido, sigue allá de pie, cerrándonos el paso como un segundo Muro.

El aparente superior regresa al fin, acompañado de alguien que luce aun más por encima, dotado de un definitivo poder de decisión. Es él quien trae entre las manos el debatible pasaporte, esgrimiéndolo con reprobación. Al verlo llegar, los agentes a la mesa quedan rígidos, como si se cuadrasen sentados. Se planta entonces el jefazo a interrogar cara a cara a quien sin duda es para ellos un inquietante sospechoso, aunque mucho me agradaría saber de qué.

La protesta a mis espaldas, en vez de apaciguarse en presencia del alto funcionario, se enardece; se nota que quienes la protagonizan, ya no en fila sino amontonados, poco temen. Su impaciencia se justifica: si nuestro tren pretende ser puntual, saldrá en cuestión de minutos. Por fin, la desoída rebelión es atendida. El interrogador escucha la sugerencia de uno de sus subalternos, que le indica algo al oído a la vez que hace un gesto de cabeza hacia nosotros como si ese superior, embebido en sus alturas, no se hubiese percatado de nuestra ruidosa presencia. Aleja entonces el jefe su vista del enjuto sospechoso y como enterándose recién entonces de que somos muchos esperando, ordena al detenido que se haga a un lado para dejarnos avanzar. La fila se mueve a partir de ese momento con cierta celeridad y cuando llego hasta los revisores escucho al oficial haciendo urgentes y sucesivas preguntas al hombre del abrigo, casi sin darle tiempo a responderlas y a las que el sospechoso contesta con frases apocadas que apenas pueden escucharse y gestos de nerviosismo que lo presentan a punto del desmayo.

Necesitados de acelerar el proceso, los agentes revisan y acuñan nuestros pasaportes deprisa, dedicándoles apenas un vistazo y menos a nosotros. Su velocidad es tanta que si a ése que al parecer presumen delincuente tocase ahora el turno de pasar, se les escaparía. Así y todo no son lo bastante diligentes. A muchos viajeros se les hace demasiado tarde y para la mayoría de quienes nos siguen en la cola, la flamante eficacia terminará por resultar inútil. Nosotros dos y, por la puerta del vagón vecino, la pareja que nos sigue con un niño de la mano, somos los últimos en subir al tren, ya en marcha. Lo tomamos al vuelo, saltando al pescante detrás de nuestras maletas, que hemos lanzado más que subido a la plataforma del vagón con precipitación de estibadores. Los de más atrás, la mujer que me cedió su puesto y sus amigos, no llegan a tiempo. Su carrera hasta el andén sólo les deja ver cómo se les escapa el tren. Quienes vayan cerca, al otro Berlín, y supongo será la mayoría, deberán esperar al próximo, que partirá puede que en un par de horas. Aquéllos cuyo destino sea más lejano, como ese París que nos espera, tendrán que pasarse, si no un día entero, por lo menos la noche en Berlín.

24

Nos sentimos a buen recaudo aunque sin saber dónde está nuestro vagón. Debemos buscarlo y pronto. Inexperto en trajines ferroviarios, no olvido lo ocurrido a un amigo habanero a quien similar novatada costó cara. Dejó su asiento en el tren para irse a pasear de vagón en vagón, convencido sin pararse a pensarlo de que el tren era una pieza única que lo llevaría sin tropiezos de Leipzig, donde acababa de asistir a un festival de cine, a Praga, su destino. Habituado como yo a recorrer nuestra isla en autobús, no concebía al tren como en realidad es, un conjunto de piezas eslabonadas, dispuestas para armarse y desarmarse a voluntad. En un entronque cualquiera, el tren se detiene, y él entretiene la parada sentado en un vagón para fumadores. Contempla, con ojos del fotógrafo que es, las paredes mustias; gente desaliñada vaga por esta estación de provincias con aire de desaliento, como si en vez de estar allí para abordar un tren hubiesen llegado de casualidad y no supiesen qué hacer, si subir o cruzar al otro lado de las vías para proseguir andando hacia destinos igualmente desteñidos.

Echa el tren a andar y al rato de monótono paisaje, mi amigo, listo para una siesta, decide volver a su vagón. Va de coche en coche hasta que al abrir una nueva portezuela, se encuentra con que se le acabó el tren; no hay más vagones. Sufre dos escalofríos y más lo asusta no entender qué le sucede. De una sola cosa está consciente y así y todo de forma difusa: cada segundo que pasa lo aleja de su vagón, de su equipaje, hasta de su indispensable abrigo. Este tren tozudamente en marcha se lleva sus posesiones quién sabe adónde. Menos comprenden su situación los inspectores a quienes aborda descompuesto para pedir explicaciones; no entienden nada de lo que les dice, les disgustan sus gesticulaciones y sus ristras de frases en inglés y en español, idiomas que distan de entender. Termina por salir en su auxilio un compadecido viajero; primero intenta sin éxito calmarlo y luego le explica. Al hacerlo le hace perder la poca paz que conservaba: el tren avanza, a toda la velocidad que le permiten sus añejas máquinas, hacia Bulgaria. Mi amigo no puede creerlo. Menos los conductores, a quienes el bondadoso pasajero sirve de intérprete; que exista en el mundo alguien tan torpe como para no entender que quien viaja en tren debe estar siempre al tanto de su vagón y de sus cosas, saber que los trenes se desarman y recomponen y estar especialmente atento en las paradas, no les parece posible. La complicada solución que plantean trae poca resignación a mi amigo: podrá tomar una combinación de trenes para alcanzar con bastante demora su destino praguense pero antes deberá adentrarse sin remedio por regiones que le resultan a cada trecho más ignotas, de hablas incomprensibles y entre gentes a quienes resulta un discutible forastero, caído allí desde la otra faz del mundo.

Consigo a un conductor que revisa mis billetes y nos guiará a nuestros asientos. Al ver que traemos tres maletas pone cara de disgusto, pese a que, sin ser corpulento, enseguida logra lo que yo, mucho más joven, jamás podría: sujeta bajo el brazo una de las valijas, levanta del suelo las otras dos, una con cada mano, y echa decidido a andar entre las filas de asientos con nuestro voluminoso equipaje a cuestas. Llevará encima casi doscientas libras, tiene que maniobrar con incomodidad para abrirse paso por los pasillos de sucesivos vagones, más todavía para abrir las portezuelas con dos dedos de una mano, y así y todo avanza con rapidez. Nos ayuda sin discusión pero se conoce que molesto, sin cortesías: en medio de su marcha grita de cuando en cuando, como para que se entere el coche entero y con voz que mezcla crítica, cólera y no poco desdén: *Mit drei Köffern nach Paris!*. La nitidez inequívoca de sus imprecaciones, más que cualquier parecido fonético con sus correspondientes en inglés, me dejan entenderlo, así se exprese en recio alemán. No sé si su censura intenta proclamarnos palurdos no habituados a viajar e incapaces de hacerlo con una carga más ligera. A cada vagón repite su colérico grito de ¡Con tres maletas a París!, y no verme todavía en territorios occidentales me despierta el temor de que su vocerío sea de denuncia. Si nos largamos con tres bultos, no hay alternativa: abandonamos Europa Oriental, estamos saltándonos, subrepticia y definitivamente, el Muro. Lo que realmente vocifera frenético es: ¡Estos dos se largan, arréstenlos! En nuestro camino de un coche a otro por el angosto pasadizo que dejan los asientos nos deslizamos con dificultad entre viajeros ya en sus sitios y otros todavía de pie, obligados a apretujarse para abrirnos paso y que al oír los exaltados gritos del conductor y verlo pasar bufando con su carga se vuelven para escudriñarnos. El pasaje, que luce en su casi totalidad de occidentales, deducirá del frenético anuncio lo mismo que mi alarma; de ahí que nos estudie y se pregunte quiénes somos, qué fortuna particular nos permite, con nuestra estampa macilenta, atravesar el Muro como si no existiese. Lo cierto es que el conductor ha hecho de la marcha hacia nuestros asientos una humillante picota. Vamos tras este pregonero intentando como mínimo no andar cabizbajos sino asumiendo aire distante, mientras él proclama a la población nuestras vergüenzas.

25

Atrás dejo una escena de mis merodeos por Berlín que mi mujer no presenció. Si no se la conté no fue por ocultársela sino por culpa de los importantes o menudos incidentes que iban aplazado los ratos de descanso y diálogo, y se me fue quedando en el tintero. Aunque quién sabe si mi silencio nació de la rareza del caso y el temor a que cuando se lo refiriese lo llamase fantasía, elucubración mía de situaciones cotidianas. Revivo para mí el incidente estando en la cola del tren, en un repaso de los últimos días al calor de la partida. Los recuerdos vuelven solos, como si lo natural fuese dedicarles mis últimos minutos en Berlín.

Una tarde compruebo, al abrir la ventana de nuestra habitación, que la temperatura fuera es tan agradable como promete el sol, brillante como nunca desde nuestra llegada, no diría a Berlín sino a Europa entera. Puesto que saldremos de paseo esa noche, pensábamos descansar en el cuarto buena parte de la tarde; leer un poco, tirarnos en la cama. Mi mujer ha sacado además a relucir el estuche donde guarda agujas de coser y carreteles de hilo, tres: uno blanco, otro negro, el tercero de un color pálido indeciso, y los esgrime cuando le propongo salir a disfrutar de un ambiente de cariz tan agradable. No, aprovechará para zurcir el descosido de mi abrigo. Temo que con eso intente retenerme, sin él no podré salir. Pero en vez de pedirme que me quede a hacerle compañía, me anima a hacerlo. De verdad la tarde luce como para salir, me dice, no te va a hacer falta abrigo. Se llega a la ventana y saca medio cuerpo fuera. Si lo llevas, te ahogas.

Echo a andar sin plan fijo, confiado en identificar después de varios días de caminatas edificios que me indiquen los cuatro puntos cardinales. Al cabo de una cuadra enfilo hacia la Puerta a investigar cómo van las cosas por allí, si el nerviosismo amaina o crece. De sobra sé que sigue la tensión pero parecen haberse esfumado sus peores signos exteriores: los vuelos rasantes y las explosiones, la aparición por cualquier esquina de tanques rusos. Llegado a la plaza veo a los soldados apostados como de costumbre a ambos lados del arco, con dos tanquetas cerca. Cumplen su papel de guardianes de la Puerta, más numerosos que el primer día que los vi e ignoro si alemanes o rusos, pudieran ser las dos cosas. Cruzo la avenida y me meto por caminos nunca recorridos. Paso primero por un sector con edificios de corte elegante y algún hotel de presencia reciente. Voy cobrando confianza y decido seguir, seguro de no extraviarme. Al cabo de varias manzanas me meto por una zona muy diferente; no más cruzar la calle empiezan a rodearme construcciones de aspecto precario; habrán quedado medio derruidas y así se han conservado, empeorando su equilibrio con los años. Signos de vida, nulos por dondequiera pongo la vista. Difícil saber si este vecindario alberga gente capaz de habitar sus recovecos, imposible deducir si esas desmoronadas paredes guardan restos de lo que existió antes de la guerra, muebles y todo tipo de objetos despedazados, como las familias que los poseían. A medida que sigo, los caminos se desdibujan; un desorden de escombros se desborda sobre las aceras obligándome a sortear obstáculos y haciéndome difícil distinguir entre una callejuela o un patio interior metido entre edificios cuyos muros se confundieron según se iban desplomando.

Es posible que en algunas de estas casas viva gente. Unas cuantas estructuras conservan elementos tan tolerablemente en pie como para servir como conatos de vivienda. Muchos habrán soportado en Berlín espantos peores de la posguerra como para resultarles aceptable un techo y cuatro paredes no dispuestas a venirse abajo al primer soplo. Deduzco que la suerte de estos marginados habitantes que no localizo pudiera ser ingrata: en la cola de la reubicación oficial en viviendas nuevas o reconstruidas. Lo cierto es que no hay vida, ni una voz sale de las entreveradas grietas, ni una persona pasa camino de una puerta ni aparece por alguna de esas escaleras que sin marco divisorio unen el interior de un edificio con la calle y cuyo ventilado aspecto me devuelve al trópico. Ni un suspiro delata que haya familias en los intersticios de este rompecabezas. Pudiera ser una zona desolada por decreto que un celoso acuerdo entre el gobierno y los residentes de Berlín prohíbe habitar, como si sus paredes estuviesen contaminadas por algún veneno físico o moral. De cuando en cuando no tengo más remedio que colarme entre dos restos de paredes sin saber qué encontraré detrás, si la sala de una casa con sus perplejos moradores sentados dentro o una calle vacía, pero es la única apertura que se me presenta y cuando desemboco en un angosto y retorcido callejón vuelvo a preguntarme si esta barriada será una reliquia del Berlín medieval, compuesta de calles imposibles de diferenciar de patios interiores. Para mayor enredo, las bombas convirtieron posibles rutas de salida en zanjas infranqueables que en lugar de despejarme el paso me lo cierran y me obligan a desviarme, a sortear una pared, a avanzar trabajosamente hasta llegar a un muro que no sé si algo sostuvo ni qué protegerá, hasta que me asomo a lo que parecen los restos de una placita. Dadas sus escasas dimensiones, ¿habrá sido verdaderamente plaza o patio de coches de una aristocrática mansión?

En uno de estos giros que me garantizan estar perdido –no me importa, más puede mi curiosidad; este laberinto me hace sentir descubriéndole los intestinos a Berlín–, escucho, distante, una vocecita, como si alguien recitase; o canta o da una lección de canto. Andar, no sin dificultad, lo que calculo será una media cuadra, me responde: es una canción. Viene de una voz tenue de mujer, con timbre lírico de sala de conciertos aunque proyectada con mesura, no queriendo atraer atención más allá de los mazacotes acumulados que la rodearán en el interior de una manzana más inhabitable que la mayoría.

Accedo a una especie de rotonda entre ruinas y ante mí tengo a la dueña de la voz y en torno a ella a sus espectadores, algo más de una docena, esparcidos y quietos de pie. En silencio siguen su canción, atentos como si asistieran a un concierto y de verdad lo hacen; la diferencia consiste en no estar entre las paredes de un teatro sino rodeados por bocetos de edificios, paredes sin suelos ni techos a la espera de un arquitecto capaz de concluir un diseño quedado en estructuras exteriores. La cantante posee eso que los críticos acostumbran a llamar, no siempre con fines elogiosos, timbre de jilguero. Presumo sin embargo que esa fina media voz nace en parte del afán de la mujer de no dejarla escapar de este improvisado circo al aire libre. Acentúa su melancólica ligereza el cuidado puesto en atenuar aquellas notas cuya elevado registro pudiera obligarla a darles más volumen y que al saber mantenerlas en una ajustada filatura delatan años de conservatorio. Tampoco tantas; su canción queda por lo general en las escalas centrales, sugiriendo la sencillez de tonadas extraídas del folclor asequibles a voces populares. Pero en este caso su sencillez estriba sólo en ese posible origen. Según se suceden variaciones se revela la elaboración de un compositor de corte clásico; la mujer canta una pieza concebida para ese teatro lírico donde bien pudiera estar, ante un auditorio exigente que ella, junto a sus entregados espectadores, hace revivir en este campo a cielo abierto.

Su vestuario ayuda a la ilusión. Lleva vestido largo, de una tela que desde donde estoy luce terciopelo, rojo a trechos, con partes tan gastadas que relucen con brillos malva o rosados, acentuando la tornasolada cualidad del terciopelo. Ropas que en cualquier momento pudieran abrirse en desgarrones, volverse un andrajo que estando en un lugar como el que estamos, no desentonaría. La melodía de la mujer se abre en largas frases musicales que se reconocen estrechamente acompañantes de la intención del texto; retorna un estribillo de variaciones contrastantes, sugiriéndome que el relato narrado por su canción –pudiera ser un antiguo romance, una historia de amores y aventuras– la va guiando, haciendo su expresión dolorosa o divertida, meditativa o animosa, a partir de esa lírica a la cual la música obedece o a la que conduce en oscilación de dominantes, un revoloteo que mantiene al reducido público clavado en sus puestos y siguiendo las sílabas de la tonada al tiempo que las modulaciones de la voz.

Termina la mujer su canto en un agudo modulado en el que ha osado alcanzar un tope de la escala antes no rozado y que corrobora la refinada educación de su garganta. No lo dudo: pasó, a fondo, por el conservatorio. Habrá sido hace bastantes años; luce unos 50. Cuando acaba, los espectadores aplauden entusiasmados, aunque con la misma cautela de la mujer al cantar: los aplausos, pese a ser emocionados, apenas se escuchan; se entrechocan las palmas cuidando de no escandalizar. De repente toman todos una decisión; se van acercando a la mujer e inclinándose ante una lata herrumbrosa que ella tiene pocos pasos por delante y antes no vi o creí un trasto abandonado, dejan caer una o varias monedas antes de perderse por los desfiladeros de lo que fueron callejuelas o pasillos. Desde llegar aquí quedé atrás retirado y es sólo ahora que algunos reparan en mí. Su ausencia de reacción nada me dice, no sé si los perturbo. Cuando todos se han ido, noto en la cantante, todavía inmóvil como si siguiese agradeciendo unos aplausos extinguidos, lo que pudiera ser un matiz de preocupación. Con la plazoleta ya desierta, no se agacha a recoger esas limosnas dejadas en su lata y aunque no me mire de frente, me da la impresión de que por momentos vuelve de soslayo sus ojos hacia mí, esperando con impostado aspecto distraído una reacción mía. Saber si voy a increparla, a incautarle su dinero, si soy un extraño sin propósitos o un policía enviado a vigilarla y arrestarla por transgredir quién sabe qué disposiciones contra la mendicidad. O espera a ver si yo también le obsequio algo. Me siento tan desconcertado como debe estarlo ella y sólo atino a dar media vuelta para irme por donde vine, lo que no lograré ni mucho menos. Nada más volverme veo que ante mí tengo paredes sin rendija. ¿Por dónde pude entrar a este lugar? No descubro un solo acceso, ni una brecha entre los muros que pudiera haberme cedido antes el paso. Me doy vuelta otra vez, ni sé si con la ilógica esperanza de pedir ayuda a la cantante, y la descubro desapareciendo por el otro extremo de este anfiteatro. Antes de perderla de vista descubro que cojea, y bastante, de la pierna izquierda. De tener una lesión visible, la ocultaba su vestido, esa gala rojiza que la sigue en una breve cola.

Con esta imagen en la pupila y la certeza de que sobre mí se cierran las paredes, de que comienza a atardecer y ni noción tengo de dónde estoy ni cómo salir de aquí, registro un agujero medio escondido y todavía conmovido por la escena que acabo de presenciar, me viene la idea que sin paréntesis se me hace convicción de que estoy en otro tiempo de este sitio. Aquí estaré, pero eso que acabo de vivir ocurrió hace mucho. Sin importar en qué época irrumpí en esta plazoleta o que estemos en 1965. Datos como éstos pierden en estos abatidos territorios su importancia y su sentido. He vivido la realidad de este lugar tal como se vivió hace veinte años, en las épocas de penurias e impotencia, cuando daba lo mismo perseverar día y noche en busca de mendrugos que permitiesen volver a amanecer como extasiarse y dejar pasar la tarde ante ese lucero de una voz a punto de apagarse en medio de una ciudad que había dejado de existir. No tiene valor el ordenado transcurrir del tiempo, vengo de atravesar 1945 aunque el calendario afirme hoy otra cosa; este Berlín sin reconstruir, cuyas desbaratadas piezas se enmarañan y desgarran las líneas de lo que debe ser toda ciudad, desquicia el tiempo, lo disloca. Si por lo que sea tantas apariencias se mantienen en el mismo estado de descomposición que al acabar la guerra, ¿por qué creer que aquí el tiempo avance en su aceptada regularidad? El desquiciamiento de Berlín lo altera, por sus meandros serpentea a su manera, apresurado en unos, lento en otros; casi detenido, como acabo de ver, en algunas de sus márgenes. Berlín contiene rincones así, donde los días y los años son conceptos perdidos. Se traspone un muro, se supera una montaña de pedruscos y es posible toparse con humaredas, restos aún candentes, fogatas de sobrevivientes confundidas con las llamas sin apagar de una explosión.

Busco salida por esos esbozos de senderos por donde vi desaparecer a la cantante y allí me espera un hallazgo: en mi caminata relativamente breve de un extremo a otro de la plaza he alcanzado los linderos de esta barriada ruinosa. Sólo tengo que trasponer unos cascotes para que el camino se me abra en vía transitada. No lejos descubro, en una cuña entre dos calles, la torre de uno de esos edificios descalabrados pero aún hermosos que se conservan cerca de mi hotel. Sigo esa dirección y noto cuánto ha variado el clima en lo que calculo hayan sido menos de dos horas fuera. Los consejos de mi mujer no fueron previsores: se ha levantado un frío intenso; se hiela el aire. Si no llego a casa pronto me echaré a temblar por el camino. El frío me ayuda a apurar la marcha y en menos de la mitad del tiempo que me tomó llegar al descampado del concierto estoy doblando la esquina de mi hotel. Entro a disfrutar de la tibieza del vestíbulo y me encuentro a la conserje, que entiende cómo los cambios climáticos pueden sorprender al forastero. Al verme sin abrigo se exalta y me dedica una mímica clarísima: ¿cómo se me ocurrió salir a la calle en mangas de camisa? Me encojo de hombros y pongo cara de infeliz; por tonterías de extranjero. En la habitación, mi mujer no se preocupa; encerrada entre sus cuatro paredes no puede creer en un frío tan de repente. Debe aceptarlo cuando abre la ventana y siente el aire helado, sobre todo cuando entra al cuarto la conserje unos pasos detrás de mí. No se le ve la cara; trae entre los brazos un enorme edredón, lo echa sobre nuestra cama y emite un ¡brrr! expresivo con el que nos advierte: se anuncia más frío. Da muestras de confianza; se me acerca y sin dejar de mirar a mi mujer, me frota un hombro y parte de la espalda, haciéndonos a ella y a mí patente el disparate de haberme aventurado yo por las calles, siendo aún marzo, sin abrigo, no importa el sol que hubiese. Cuando se va, me tiro sobre el edredón y me envuelvo en él. Es un lujo inesperado: liviano y mullido, seguro que de plumas. No pesa, me abriga como si tuviese encima siete mantas. Mi mujer ha dejado colgado sobre una puerta del armario unos pantalones suyos cuyos dobladillos, tras remendar mi abrigo, aprovechó para recoger. Le pregunto qué ha hecho en todo este rato además de coser, reconociéndole así que mi demora ha sido larga. Boberías, responde.

26

La parada del tren en Occidente es en el Tiergarten, el zoológico, no sé si porque sigue ahí o por alusión a un antiguo emplazamiento. No luce estación con destino internacional, como la presumía, sino un elevado con aspecto de parada de metro. Aprovecharé lo fácil que me será saltar de vuelta al tren si su súbita partida me coge desprevenido para salir a dar un primer vistazo al lado occidental.

Llevo separado de este mundo apenas cinco años y sin embargo presiento sorpresas y torpezas. En este escaso tiempo viví en mi isla un cisma que me fue metiendo con lo imperceptible de los días en un espacio estricto en el que sólo sobrevivía un limitado conjunto de conceptos y palabras repetidas de modo inacabable dentro de un parejo ambiente de escaseces y bajo un paraguas de combate permanente, que con su extendida hostilidad y sus penurias invadía hasta la paz del sueño. Me siento como si media vida me separase de los que fueron primeros hábitos míos y de la población entre la que me movía entonces, compartidos así fuese a su menor escala con países como éste que ahora piso y que en el turbulento intervalo que espero a punto de concluir llegué a ver como se mira a otros planetas.

Mi propósito de saltar fuera del tren contraría las súplicas de mi mujer; teme que una arrancada brusca nos separe. No le hago caso y a punto estoy de dejar nuestro compartimento cuando veo pasar por el andén, escudriñando con rostro intranquilo el interior de los vagones, a mi vecino de hotel, el empleado del Berliner, ése hasta hace unos minutos atribulado pasajero cuyo arresto lucía inevitable y que creí haber dejado en la estación de Friedrichstrasse en manos de sus interrogadores. Insólita por decir lo menos su presencia: ¿cómo y en qué momento agarró el tren, si lo dejé anclado con aquellos implacables agentes orientales cuando eché a correr para a duras penas engancharme junto con mi mujer al coche en marcha? ¿Qué veloz carrera le permitió subir, si nosotros apenas pudimos? Una sola alternativa me luce posible: entre mi desesperación temiendo que se me fuese el tren, correr y lanzar las maletas a la plataforma del vagón, no me enteré de que hubiese resuelto su problema y nos estuviese alcanzando.

Cuando pasa por delante de nuestra ventanilla un estremecimiento de sus hombros prueba que nos ha visto. Me lo corrobora: nos reconoció en cuanto llegamos al Berliner por mucho que pareciese que nos daba la espalda en el hotel. Primero me reconoce a mí; sin abrir la ventanilla, me había puesto de pie para estudiar el exterior. Detecto en sus ojos un vistazo relampagueante a mi mujer, quieta en su asiento, una mirada en la que no sé por qué capto el destello asustadizo de una interrogación. Qué podrá ser esa duda, no lo entiendo; no pensaría verme sin ella. A mi mujer no necesito hacerle la pregunta para que me la responda; sí, yo también lo vi. Apurado por ir a descubrir Berlín Occidental antes de que el tren arranque salgo al andén sin dar más vueltas al asunto ni atender los repetidos reparos de mi mujer, y sólo estando fuera caigo en cuenta de que en sus ojos leí una preocupación mayor de la que pudiera atribuirle por la tozudez mía de bajar del tren. Será rasgo de una emoción contradictoria sólo en apariencia y consecuencia del alivio; le salen a flote inquietudes de las últimas semanas que aunque trató de sepultar, la rondaron en todo momento pese a lo bien que lo pasamos en Berlín. Pudiera también sentir otro género de miedo: volver a ver a este hombre y para colmo curioseándonos la asusta sin saber por qué. Lo imaginará agente encargado, desde la engañosa comodidad de su butacón, de seguir nuestros movimientos en Berlín. En mi caso tengo que reconocerme que su urgente mirada, estando ya los tres de este lado, me sugiere más. No sólo en Berlín fue nuestra sombra, nos seguirá a partir de ahora dondequiera que vayamos. Que hayamos dejado su geografía no significa dejar atrás las pesadillas del otro lado; se nos va a mantener bajo la mira, la esencia de ese sistema es el secreto; ignorantes de cuánto secretos conocimos en aquella mal aconsejada excursión nuestra a los subterráneos de Berlín, quieren cerciorarse de que no los divulguemos. Nos pasa como a los espías cuando pretenden dejar las agencias a las que han servido: no se les permite. Si por obsesiones parecidas andan moviéndose las aprensiones de mi mujer, sólo me queda confiar en que la lógica las disperse pronto y que para cuando regrese yo a mi compartimento la mala impresión le haya pasado.

Miro a los extremos del andén y a lo lejos localizo al peculiar personaje. Revisa uno a uno cada compartimento, no deja pasar una ventanilla sin dirigir a su interior miradas ansiosas; mejor no lo haría un revisor. O sea que con nosotros no es. De pronto caigo en por qué desde volver a verlo aquí me confundió tanto su apariencia. Se ha quitado el perenne abrigo color tabaco que llevaba puesto en la terminal de trenes, dejándome ver lo que tiene debajo: un traje gris de elegancia bien contrastante con la tosquedad de su viejo gabán. Transformación teatral se diría, evoca sus lazos con el Berliner. Como si su indumentaria debiera ser en el Este de una humildad acorde con la languidez de ese sector y aquí lo correcto fuese exhibir ropas distinguidas, presentarse sin disimulo como la persona de medios que me extraña pueda ser. Si logró alcanzar el tren en el instantáneo tiempo que debió necesariamente demorar la solución de su tropiezo fronterizo habrá sido porque carece de equipaje o por lo menos no carga maletas agobiantes como las nuestras, si acaso un maletín de mano. Más allá de mis cavilaciones me alegra que este hombre, al que de tanto encontrármelo empiezo a tener por conocido, haya resuelto un conflicto que tan grave parecía. No obstante y por la razón que sea, el feliz desenlace no parece haberlo calmado, su presuroso andar delata intensa agitación. Llevo suficiente rato observándolo como para constatarlo: no se encamina decidido hacia el lugar que sea ni ha salido a tomar el aire. Una vez llegado al final del tren vuelve sobre sus pasos y según se me aproxima procuro disimularme entre los demás viajeros. Pocos segundos me deja para seguirlo cuando lo tengo cerca; bastan para convencerme de su honda preocupación: no da cuatro pasos seguidos en la misma dirección sino se detiene y se vuelve para mirar atrás antes de echar a andar de nuevo. Da otros pasos cortos, se para otra vez y va a la barandilla del andén a escudriñar la calle. Se asoma, no como quien contempla el cruce sino con la urgencia de quien lo registra. No se pierde un rostro de cuantos bajan de los vagones, a algunos los sigue yendo por las escalerillas a la calle. Sin tenerlo al lado noto crecer su inquietud; persiste en su vaivén de caminatas rápidas e interrumpidas. Ni siquiera ha vuelto a reparar en mí hasta que en una de sus imprevistos giros, me descubre mirándolo. Comprendiendo que lo estoy observando, se turba y se aleja como el sorprendido en un delito, aunque su resuelto andar delata también relámpagos de cólera. Entre la ajetreada multitud termino por perderlo de vista.

Así sea simple escala, parecería que estamos en una importante terminal. Bajan muchos alemanes venidos de ahí mismo, del otro Berlín. Suben otros tantos, que nos acompañarán toda o buena parte del viaje. Berlineses occidentales que después de atravesar el largo trecho restante de Alemania Oriental bajarán en la Occidental o, como nosotros, seguirán viaje más allá. En este fárrago olvido al atolondrado personaje. Mucho más reclama mi atención esa ciudad que resplandece abajo con mil luces.

Atrás la quietud y la penumbra prevalecientes en el Este. Ante mí se extiende una avenida iluminada por faroles de una luz naranja que me resulta nueva, así como los de los autos que pasan en filas interminables y apretadas. Todos estos brillos traen la animación de la urbe, el bullicio de sus múltiples sonidos, todos ésos que me acostumbré a escuchar durante mi juventud en una ciudad como La Habana y que paulatinamente sentí atenuarse y dejé camino de extinguirse y transformarse en desvalidez a cielo descubierto. Entiendo cuánto esta imagen y las emociones que despierta puedan ser tan superficiales y vacías como los incesantes e inacabables discursos escuchados estos últimos años en los que se injuriaba sin descanso a esta parte del mundo. Pero me invade el entusiasmo de revivir las alborotadas calles que en mi adolescencia conocí y sin tregua recorrí, hirvientes de parecida animación incluso cuando padecíamos las desgracias de una primitiva dictadura. Ni que dudarlo, viendo mi perplejidad: meses como quien dice moviéndome por los nuevos rumbos que sigue el país que dejo se llevaron por los aires el ritmo de mi vida anterior, como si nunca hubiese existido.

Dejo que estas emociones me recorran sin contradecirlas ni cambiarles un acento; son las mías espontáneas, asomado al andén en

Berlín Occidental. Desconocía entonces la existencia de otro rincón mío más escondido que con el tiempo y las vivencias irá cobrando fuerza y que de presentárseme en aquel momento me hubiese parecido un disparate. Ganará terreno en mi ánimo a medida que los rasgos más frágiles y pasajeros de este frenesí, su reverencia por la dinámica instantánea, por las incesantes novedades valoradas sólo por serlo, se me vayan haciendo empalagosas y huecas. Añoraré entonces la mortecina calma de barriadas berlinesas orientales, esa sensación que la ciudad desprendía de permanecer al margen, la lobreguez de sus fachadas renegridas, sobre todo la posibilidad que me daban de fundirme con ellas como figura detenida de un daguerrotipo. Extrañaré el apagado murmullo de sus calles sin otra cosa que ofrecer que acunar pensamientos sin prisa. Esa impresión de impavidez donde el mundo ha dejado de girar. Lo que andando el tiempo me atraerá de este desdoblamiento será su particular parálisis, ese disfrute de sentirnos piezas anacrónicas movidas por un ritmo desentendido de nosotros.

Da el tren la señal y como si de mí se despidiese descubro en la calle al pie de la estación al empleado del Berliner. Se queda en Berlín Occidental, aunque está claro que algún problema tiene, lejos de estar resuelto: alguien se le extravió, algo se ha dejado atrás. Me descubre y sin que me quepa duda distingo en sus ojos un furor colérico contra mí. No es posible, será error de la distancia; qué podré importarle. Si tan perturbado está, será con otro, nada le significo. Quizá el trajín con su pasaporte le hizo extraviar una concertada compañía. De nuevo recorre su vista el andén de un lado al otro, en una última esperanza de encontrar a quien se le perdió. Se da por vencido. Al nuevo silbato del tren, se da vuelta y camina un corto tramo, pero antes de doblar la esquina lanza por encima del hombro un último vistazo y cuando me roza, otra vez recibo su inexplicable ráfaga de indignación.

Me alejo de la barandilla para volver al vagón. Mi movimiento es demasiado brusco: la bufanda que traigo sobre los hombros –

no hace tanto frío como para enredármela al cuello– se desliza y vuela por los aires. La veo caer hacia la calle, estirada como una alegre serpentina. Mucho lamento perderla, era uno de los pocos fragmentos que hubiese querido llevarme de recuerdo. Me la tejió como regalo de despedida una tía solterona para este viaje que aunque jamás yo se lo revelase, por la experiencia de sus años ella entendía definitivo. Desconocedor de los inviernos y no habituado a bufandas, me la traje como recuerdo suyo, creyendo que poco la usaría. Dos semanas en Berlín me han enseñado el valor de su regalo. Pero no será su bufanda la que me abrigará los próximos inviernos; se queda en Berlín Occidental y verla flotar por los aires es la última imagen que me llevo de esta ciudad. Difícil concebirla más trillada, como quizás haya sido ese paso nuestro por Berlín Oriental que me creo tan especial. Pronto los dejaré a los dos, el Este y el Oeste, pedazos de una ciudad que aunque dividida nadie me convencerá de no creer una. Esa convicción sembró en mi ánimo la súplica del marinero berlinés, la afianzó a mazazos la evidencia de vallas, muros, alambradas: separan por la fuerza a quienes son lo mismo y cuyo insuperable deseo es el de unirse. Claro que a Berlín apenas la he rozado: unas cuantas calles, cuatro cruces; más allá me perdería tan irremediablemente como si me hubiesen abandonado en la selva. Pero aunque la dejo tan ajena como cuando llegué, con lo que pudieran ser tres tarjetas postales adornando mi memoria, algo en mí insiste en que por canales mutuos, Berlín y yo nos hemos identificado y conocido. Contiene soplos, vibraciones, rumores, que me han tocado como si hubiese vivido en ella mucho tiempo.

De vuelta en el compartimento, donde viajamos solos, sorprendo a mi mujer disimulando: me esconde que lloraba. Sólo a dos cosas puedo atribuirlo: la conciencia súbita del cambio, su esencia decisiva. Una vida termina. O temor a lo desconocido; un miedo nacido al disiparse las demás preocupaciones. Lo más probable: una mezcla de ambas cosas. Cuando le pregunto, sin hacer caso a sus intentos de fingir, pues de entrada achaca las lágrimas a hollín o al maquillaje, descarta mis sugerencias molesta: la tomo por tonta al suponerle simplezas de dramón, no estar preparada para lo que se nos viene encima. Eso que me creo son boberías. No sabré más; rechaza mis conjeturas. No quiere hablar del asunto, quiere borrarlo mientras se seca del todo, con igual intensidad con la que habla, los restos de lágrimas. Lo abrupto de sus gestos delata cuánto le perturba haber sido sorprendida. Disipa nuestro forcejeo de palabras apuntando a la ventanilla: con la discusión no me había dado cuenta; el tren se ha puesto en marcha.

27

La fascinación de Dickens con el parecido físico entre dos personas y sus posibles resonancias novelescas aparece en su obra más de una vez. No para explorar embrujos de ultratumba al estilo de Poe, así transcurran sus argumentos entre la espesura de la niebla londinense, ni picardías como las devanadas por Shakespeare a partir de las confusiones que generan mellizos de distinto sexo. El interés de Dickens nace de los enredos con los que, igual que la niebla, disfruta de enturbiar sus narraciones. Las confusiones que desata el parecido entre dos personas o ni siquiera, dos corpulencias, las persigue como ardid con el que armar un sazonado laberinto. Sazón que dispensa con generosidad: jugosos y bien condimentados sus capítulos, uno tras otro. Las noches las prefiere de tormenta; cuando menos brumosas y tétricas. Sus paredes rezuman hollín, sus calles están empantanadas por el fango. Si de un bosque se trata, abundarán los ramajes secos, de manera a entrelazarlos como si fuesen telarañas. Con sus personajes, otro tanto. En tres renglones transforma un hábito en manía, cuando no obsesión. El gesto lo prefiere rictus. La mirada, el andar, los ademanes, en rutinarios no se quedan, devienen gesticulación, salto, sacudida; semblanzas teatrales menos de actor serio que de funámbulo entregado a la pirueta.

No es Dickens el único novelista en proceder así. Pero al tocarle ese Londres fabril del XIX que cubrió la ciudad con su nube espesa, atribuida entonces a incidencias del clima y disipada en cuanto se comprendió que sus chimeneas la atizaban, esta visión de un mundo opacado por la bruma estimula en él entornos lúgubres, aglomeraciones de covachas donde a la llave se le hace difícil hallar la cerradura.

En dos de sus novelas —que yo sepa y recuerde; dedicarme a un estudio pormenorizado no vendría al caso— aprovecha un parecido para espesar su trama. En ambas, esencial, precipita el desenlace.

Una de esas novelas es *Nuestro común amigo*. Sombría como pocas de las suyas, en ella esa semejanza entre dos protagonistas radica no tanto en el parecido de sus rostros como en la similitud de sus figuras y su porte. De espaldas cualquiera los confunde y eso es lo que sucede, no en un momento cualquiera del relato sino ése decisivo en que uno de esos personajes, empapado tras recorrer las callejuelas londinenses bajo una de sus frecuentes noches borrascosas, pone su abrigo a secar, se coloca el del amigo que imprudente le ofrece el suyo seco, y gracias a esta alteración de su exterior salva la vida. Justo a esa hora en que intercambian los dos su indumentaria aparecen en escena unos forajidos cuyo encargo es matar al ahora escondido sin haberlo pretendido bajo el abrigo que su descuidado amigo —amigo sólo de palabra— le ha cedido. Seguros los malhechores de que esa prenda les indica cuál de los dos hombres en la tenebrosa habitación es su compinche, en vez de matar a quien deben apuñalan al sosías, su cómplice, para su desgracia desprovisto en ese fatal momento de su característico abrigo. Arduo enredo éste, enredado hasta de resumir y me temo de entender.

El otro caso es el de esa otra novela suya más famosa cuyo título mismo sugiere la existencia de una realidad partida en dos. Hablo de *Historia de dos ciudades,* aunque haya habido quien prefiriese traducirla *Relato* y hasta *Narración.* Debiera dar lo mismo; tanto en español como en inglés las palabras *tale* y *story,* o historia y relato y narración, cuento incluso, pueden considerarse sin excesivo rigor intercambiables, relaciones de hechos reales o ficticios. Pienso que relato hubiese sido más próximo al deseo de Dickens: nos entrega un relato edificante, un cuento moral como tantos de los suyos; mero producto de la imaginación, por muy ligado a acontecimientos históricos que esté. Peor es que cuanta versión española conozco omita el indefinido artículo inicial, ese *A* puesto por el escritor como exacta palabra inicial de su *A tale of two cities.* No pretende ni mucho menos historiar a esas dos ciudades, es lo que sin vacilación indica esa palabra, nos abocamos a un cuento indisolublemente asociado a ambas. Al soslayar el artículo y no precisar que esa historia o narración es una más de las infinitas pasibles de ocurrir en cualquiera de las dos ciudades, se concede a una obra de ficción equívocas pretensiones de verídica a las que su autor nunca aspiró.

Recojo aquí otro malestar ligado por mí desde hace mucho a la novela, la convicción de que para otra interpretación fue mal leída. Aunque nunca fui de niño espectador frecuente del cine en español y el hablado en inglés abarcaba la casi totalidad de mis numerosas visitas al cine, en una de éstas, diría que en el tránsito a la adolescencia, tropiezo con una versión en español de las dos ciudades de Dickens. Me atrevería a asegurar que la película era mexicana, no la recuerdo con esos otros acentos para mí más distintivos argentino o español. La película me complace de entrada, sobre todo la posibilidad que me da de releer en imágenes una novela que tanto me ha gustado; pero también me causa una desazón que de inicio no defino. Hasta que sin dedicar a ese malestar muchas cavilaciones comprendo de dónde viene cuando, días más tarde, recuerdo en blanco y negro algunas escenas.

Para esta versión fílmica que a partir de ahí consideraré desafortunada, su director decidió, creyendo la idea quién sabe si ingeniosa o económica, que un mismo actor interpretase a sus dos protagonistas, idénticos como si se tratase de mellizos según Dickens: el francés condenado a la guillotina y su amigo inglés que le salva la vida al aceptar ser ejecutado en su lugar. Representados los dos por el mismo actor, sus semblantes y figuras son indistinguibles y fácil al inglés sacrificarse de esa manera extrema sin que adviertan la impostura sus verdugos.

No tengo que pensarlo demasiado para entender por qué me incomoda la película; si bien Dickens insiste en el parecido entre los dos hombres, lo deja en eso, una singular proximidad entre dos rostros distintos, en ningún caso idénticos. Leyendo la novela mi imaginación los había dejado en eso: dos personas cuyo asombroso parecido puede confundir. El que un mismo actor los interprete a los dos, en vez de confiar a otros recursos del cine como el de un hábil maquillista la tarea de igualar a dos intérpretes de facciones parecidas anula lo que había recibido yo como pieza básica de la obra: son dos los personajes, asombrosamente parecidos pero eso es todo; nunca calco uno del otro, nunca el mismo. La película hubiese sido fiel a Dickens de haber hecho igual, usar a dos actores para los dos papales.

Esos intérpretes distintos y casi espejo uno del otro sí hubiesen comunicado una impresión como la que se lleva el lector de Dickens. Dos hombres que de primer momento parecen el mismo hasta irse diferenciando según se les observa. Lo que el libro sugiere de modo certero y falta a la película es la incomodidad del imperfecto parecido, la desorientación nacida de la sugerencia, de la confusión a que pueden dar pie ambigüedades de la mirada o nuestras propias carencias de memoria. Es esto lo que nos hace leer sin aliento los capítulos finales de la trama dickensiana: saber que esos dos hombres no son tan totalmente iguales; hasta el final es posible que se descubra la impostura. El lector vive entre escalofríos los riesgos que, camino de la guillotina, corre el condenado sustituto. No el riesgo a que lo maten, pues eso busca y van a hacer, sino a que se frustre su plan de sacrificio, a que sea desenmascarado y su amigo termine por ser también ejecutado. Palabra en este caso paradójica: no tiene el sustituto máscara, no le hace falta.

III.

París

1

Poco sentido veo a lo que hace pero se obstina, negada a admitir discusión. Aunque de los dos sea yo quien mejor domina, mejor decir maneja, algo de francés, es ella quien echa mano al diario tan pronto lo compramos y sin atender al demasiado frío que hay como para ponerse a leerlo al aire libre va a un banco del parque y se sienta a hojearlo. Ni el trabajo se toma de dedicar un segundo a la amabilidad de explicarme qué anda buscando.

Su año de estudios de francés le permitirá si acaso entender los titulares. Más allá, lo dudo. A partir de la rapidez de su rastreo, esos ojos que suben y bajan persiguiendo noticias, deduzco que a ese buceo se limita. Sin interrumpirse ni mirarme me aclara por fin qué busca: informarse de lo sucedido anoche, la momentánea detención en la estación de trenes de ese perenne vecino empleado del Berliner que nos acompañó a Alemania Occidental. Trato de hacerle ver que lo que pretende es absurdo. ¿Cómo piensa que un diario vaya a ocuparse de un arresto que a la larga ni lo fue, quedándose en pasajera detención sin consecuencias? Mis razones caen en saco roto; sigue descifrando titulares y averiguando la procedencia de cada noticia. No me cabe en la cabeza: cree posible que este periódico de tan pocas páginas dedique siquiera un párrafo a contar que en la frontera entre los dos Berlines, un hombre fue detenido cuando dejaba el sector oriental para un interrogatorio que duró pocos minutos, dejándosele partir luego. Tendría este diario que tener el tamaño de una enciclopedia para meterse en semejantes naderías.

Impaciente me manda a callar, algo ha encontrado. No lo que buscaba, estoy seguro, otra cosa le habrá llamado la atención. Dobla el diario y poniéndome ante las narices lo que quiere que le lea, me lo pide de palabra para ponérmelo bien claro: Léeme esto, por favor.

Decir que el titular me asombra es poco: menciona el arresto la noche anterior en un cruce hacia Occidente de Berlín Oriental de un ciudadano de Alemania Occidental. Sigue pareciéndome increíble que a aquella detención que acabó en nada se dediquen cuatro líneas y este despacho tiene unas cuantas más, aparte traerme la sorpresa de que el detenido fuese de Occidente, contradiciendo su constante presencia en un hotel del sector oriental y más aún su labor como guardarropa del Berliner. En mi caso, no sé el de ella, la noticia logra lo contrario de lo que debe perseguir cualquiera: me confunde, dando por buenos unos datos que mi experiencia contradice. Un ciudadano occidental, dice, fue detenido a la hora tal –la que sabemos– en el sector oriental de Berlín, cuando se disponía a tomar un tren rumbo a Occidente provisto de un falso pasaporte. Las autoridades orientales no han querido explicar de momento por qué un ciudadano en toda regla de Berlín Occidental que visitaba la parte oriental de la ciudad viajaba con documentación falsa pero retienen al hombre, impidiéndole volver a su casa. Se añade que los occidentales han protestado y exigen acceso al detenido. Ahí acaba la nota y ahí me quedo yo, queriendo concretar entre brumas incidentes tan dudosos. Sólo una cosa se me hace evidente y es que mi mujer sabía y sabe de este embrollo mucho más que yo; de otro modo no hubiese ido con convicción de sabueso tras su rastro.

Poco importa que los abrigos nos calienten ni que París sea menos fría que Berlín. Para primera lectura ha valido el banco a la intemperie pero cuando pido a mi mujer que me aclare las cosas lo que propone es que vayamos a un café. No parece estar tratando de dilatar explicaciones por el gusto de entretenerse a costa mía. Al contrario, se la ve perturbada, embebida en reflexiones que espero pronto conocer mientras camina al lado mío hacia el café con la vista puesta en el asfalto. No atiende a las novedades que nos rodean, ni árboles en flor, ni fachadas de equilibrio riguroso, nada de estas hermosuras que París nos pone ante los ojos.

Acomodados, empieza. Las veces que prefirió quedarse en casa y dejarme solo a mis paseos por Berlín tuvieron su motivo. Voy enterándome de que éste partió de nuestro vecino de hotel, quien en un acercamiento inesperado la indujo a dar un paso que llamar arriesgado es quedarse más que corto. Lo menos que consigue su relato es sorprenderme, me indigna mucho más: tuvo la audacia y la imprudencia de jugarse nuestro viaje con tal de acceder a la súplica de un desconocido. Ruego que ni siquiera hubiese podido jurar que no fuese una celada, tendida por Isis o los mismos alemanes, sospechosos como siempre de todos y de cualquiera, para sorprendernos en falta y atraparnos.

Jugando a novelista, inicia su relato con la consabida frase de que las cosas comenzaron así: una tarde que bajó al vestíbulo a buscar toallas, y aunque fuesen más de una las veces ésta la recuerdo, demoró. Fue cuando la sorprendí en conversaciones acerca de las cuales por lo visto me mintió. El caso es que ése que creíamos huésped permanente del hotel se le acercó para una petición que en realidad era imploración. En un español que ella recuerda pobre pero suficiente, el hombre se explica: es ciudadano de Berlín Occidental y está en el Este de visita. Para corroborárselo le enseña su pasaporte. Atropelladamente, pues sabe no contar con mucho tiempo, le confía su dilema: ha escuchado nuestro plan de asistir a una función en el Berliner, y aquí viene la gran revelación, sin más rodeos. En ese teatro, no como actor sino en el guardarropa, trabaja un hermano suyo a quien al alzarse el Muro, las circunstancias, como a tantos otros, dejaron varado en el sector oriental. Prefiere no detenerse en las incidencias que atraparon al hermano en ese territorio, en su opinión peor que cualquier cárcel. Y más que hermano a secas. Su idéntico gemelo. Lo urgente para él, y lo revela apurado a mi mujer, así sea con los frenazos a que le obliga su precariedad en el idioma, es ese pasaporte que ella tiene entre las manos con su foto. Lo ha traído para hacérselo llegar a su hermano que provisto de él, podrá escapar. A la evidente pregunta se anticipa: posee él otro idéntico, solicitado con la trillada excusa de que el suyo se extravió.

La interrumpo: ¿si los dos pasaportes eran legítimos, por qué descubrieron a uno de ellos, es que no se parecían a pesar de ser gemelos?, para entonces caer en cuenta: a estas alturas estoy perdido, ignoro cuál de los dos fue el arrestado, de lo que digan los orientales poco me puedo fiar. Tampoco yo lo sé, responde ella, taciturna de nuevo al atenuarse el impulso que le daba contar. De lo que me ha dicho no acierto a entender cómo, de no haber estado hipnotizada, pudo confiar ciegamente en las palabras de un extraño. Un hombre cuyos antecedentes desconoce que se le presenta de buenas a primeras, le cuenta semejante historieta y busca comprometerla en un delito de graves consecuencias. Nada de ser devuelta a Cuba, una buena dosis de cárcel alemana le esperaría, nos esperaría a los dos. De poco me hubiese valido alegar ignorancia y para qué; mejor quedar cerca uno del otro. Le alegra escucharme esto y sobre todo creérmelo, y a mi pregunta de qué la movió a arriesgarse de ese modo contesta fácilmente: Es que si no puedo actuar así, ¿para qué me fui, en qué me he convertido? Demasiadas implicaciones tiene su respuesta como para ponerme a descifrarlas. Mejor que siga contando.

Cuando la vi subir al cuarto traía el pasaporte entre sus felices toallas. Pronto, al irme yo por ahí, agarra mi abrigo –el suyo no, se notaría; es muy finito, no me puedo imaginar el frío que ha pasado–, lo descose una manga por debajo de la hombrera y oculta en el descosido el pasaporte. Mi caminata le da tiempo a pespuntear de nuevo el forro de ese abrigo que con su contrabando entrega al empleado del Berliner, a quien ver de lejos basta para reconocer, vivo retrato de su hermano. Comprenderé, me explica, por qué el huésped no quiso ni aparecerse por allí y necesitaba un mensajero. Teniendo en cuenta los probables años de relación visible a todos con su hermano de inconfundible parecido, muchos en el Berliner lo identificarían, sabiendo además que reside en Berlín Occidental. No sabe si entre ellos hay algún dogmático celoso, dispuesto a irse de lengua al menor indicio de que se prepara una de esas múltiples maniobras que sus autoridades tachan de indebidas.

He superado la cresta de la ola, o eso creo. Quiero decir, sus pautas generales. Me falta, y pronto sabré que a ella también, más de un detalle. No necesito escuchar cómo se manejó luego mi abrigo, de sobre lo sé: el del Berliner desgarra el forro y saca el pasaporte enviado por su hermano, que incluye un par de falsedades: el nombre escrito en él es el de su gemelo y de éste también la foto que en él aparece, aunque en este último aspecto puedan ser intercambiables.

Llegada en su relato a la estación de trenes, me defrauda: de lo ocurrido allí sabe lo que yo. Ni idea de por qué descubrieron al que vimos tratando de fugarse, qué los indujo a sospechar. Tampoco sabe cuál de los jimaguas logró cruzar, para quedar luego esperando inútilmente por el otro. El que el diario asegure que el arrestado fue el de Occidente cuando pretendía volver a su sector, después de conseguir —esto no lo cuenta el diario, lo sabemos nosotros— la fuga de su hermano, no nos aclara nada: pudieran estar mintiendo los agentes, pudiera estar mintiendo el mellizo fugitivo en un intento de aprovechar la confusión y favorecer a su hermano con la condición de occidental.

En lo marchito de su voz aprecio cuánto le duele el fracaso del plan; fallido al menos por ahora. Quizás Occidente consiga la libertad del detenido, le sugiero. Vuelvo entonces a mi cara a cara en el elevado del Tiergarten con aquél de los mellizos que se fue y le menciono eso que entonces, al verla tan alterada, no le dije. Le cuento cómo sorprendí al hombre dos veces mirándome colérico, expresión que para nada comprendí. Ansiosa me pregunta si estoy seguro de esa furia y no espera a que le conteste para desplomarse. Es lo peor, dice, y me quedo sin entender de qué me habla hasta que de repente lo sé. La desconsuela que pueda pensarse de ella mal: enterada de la rabia del mellizo fugitivo se le hace patente qué sucia sospecha le andará rondando; concretarla se le hace repugnante. Después de haberse jugado tanto al hilo de la pura intuición para ayudar a quien como ella, quería largarse, la creerán delatora. Tiene razón; mientras no se convenzan más allá de toda duda tanto el preso en Berlín Este como su gemelo libre en Occidente de a qué se debió el arresto de uno de ellos, sobre nosotros recaerá ser tomados por chivatos. Sabemos nosotros que por algún otro motivo fue descubierto el hombre pero si no le revelan cuál los agentes alemanes y los supongo con las bocas cerradas por candados, callando a propósito el resquicio por si otro cae en igual red, lo primero en que habrán pensado los mellizos es en una delación. Y de quién sino de mi mujer, con sus pretensiones de desinteresada colaboradora. Me desaliento igual que ella. Me enfurece que nos crean delatores, algo que nunca fuimos ni quisimos ser. No nos queda más opción que seguir pendientes de nuevas noticias, comprar el periódico sin saltarnos un día para registrar indicios, datos escritos a medias, cualquier cosa por ínfima que sea que nos permita ir llenando agujeros y no quedar en esta incertidumbre.

2

Lo que mejor nos dice que estamos en París es el rostro de deshollinador que la ciudad nos presenta nada más bajar del tren, ése que tantas veces le hemos visto en fotos y en el cine. Un rostro embetunado por siglos de alquitrán, carbón y grasa, que tiznan las fachadas de sus casas aunque más espectacular en las de sus monumentos, donde la caligrafía de la suciedad en columnas, alféizares, frisos o tejados convierte el hollín en trazos al carboncillo que esculpen relieves. La impresión que me causa esta peculiar belleza de París dejará huella; pasados bastantes años escribiré sobre este semblante ennegrecido en un relato con bastante de ficción y no poco de autobiográfico en el que narraré episodios de una posible etapa posterior del todo distinta. No mencionaré sin embargo en esa narración cómo al llegar aquí por primera vez con mi mujer, se nos hacen a los dos inseparables ese rostro de sombría hermosura que tan vivamente nos recuerda los maquillajes de las vampiresas del cine mudo con los interminables besos que tantas parejas con que nos topamos se dan por dondequiera, ajenas a cuanto no sea su beso, despreocupadas hasta de esa cercanía con los demás próxima al aliento que les da besarse en un vagón del metro, malamente sujetos a una de sus bamboleantes arandelas.

Estas muestras de pasión que se nos aparecen lo mismo por aceras que parques, a las horas de soleada animación del desayuno o en el secreto de las madrugadas, se nos vuelven incitante invitación que enseguida aceptamos. Después de haber sido reprendidos en La Habana en más de una ocasión por agentes de policía que a la vez que se las daban de revolucionarios se escandalizaban cuando nos ven besándonos en la impudicia de una calle o a la orilla del mar, pronto aprendemos aquí a que nos dé igual enredarnos uno con otro en el banco de un parque mañanero, donde los niños juegan sin hacernos caso hasta golpearnos el zapato con sus pelotas, o contra las embadurnadas paredes de la rue Mazarine, alejada como pocas del trajín gracias a la curva en que se enrosca cuando va a desembocar al río. Convencidos sin tener ni que decírnoslo de que las preocupaciones las hemos dejado atrás, nos desentendemos del pasado y del futuro, del tiempo mismo, cediendo al presente absoluto de esos besos que nos ausentan, sombras a las que no obstante la exaltación de su abrazo nadie ve, ni los dueños de esos pasos que escuchamos pasar a nuestro lado, sabiéndonos tragados por muros del mismo color alquitranado que nuestros abrigos o nuestras cabezas. La sensualidad que a tantos rincones de París da su gastada belleza, esa voluptuosidad de la ciudad que ha vivido y es vivida y que por sus poros presume de no ser inmaculada, nos entra a nosotros por los nuestros.

Tal y como los viví entonces revivo ahora en mi memoria y en mis notas la pasión de aquellos besos que nos dábamos al ardor de un impulso, rasgo inseparable de aquellos días y que al espontáneo ejemplo de París debemos agradecer. Y si rememorando ese placer de experimentar una liberación, lo mismo en esos besos de mañana tarde y noche como entregados a la despreocupación de días dejados pasar al garete, puede venirme la idea de que pensamientos como éstos sean trillados y banales, lo que me respondo es que justamente abandonarnos a la ligereza de aquella conducta engrandecía nuestra felicidad, devolviéndonos al olvidado disfrute de entregarnos sin pensar en responsabilidades a la imprescindible libertad de ser trillados y banales y gozarlo, de que simplezas así nos hiciesen sentir tocando el cielo sin necesitar para nuestra salvación del gesto trascendente.

3

No nos defrauda nuestro amigo, nos reconoce en cuanto abre la puerta y nos recibe con la misma efusividad con que lo despedimos cuando dejó La Habana; en un solo abrazo prueba a abarcarnos a los dos. A quien primero se dirige, en cuanto entramos a un apartamento al que por su tamaño llamar así sería eufemismo bondadoso, es a mi mujer. Con sonrisa tan diáfana como su saludo alza el índice derecho ante su cara y sacudiéndolo en el aire con gesto doctoral, le recuerda, con un te lo dije que bien anticipábamos, lo que una vez le pronosticó. Cuando reciba en París una llamada frenética de auxilio en la que sin más explicación me rueguen sácame de aquí, el cable no necesitará traer ni firma ni lugar de procedencia para saber enseguida que eres tú. Acertó, aquí nos tiene.

El encuentro con Jaramillo, en cuya búsqueda fuimos después de unos días solos, resulta un sostén apreciable y necesario. Tal como promete todo nos lo brinda, empezando por su casa, más bien su habitación, oferta que nos luce utópica: la abarrotan su cama y sus útiles, entre ellos un enorme lienzo a medio terminar puesto en su caballete junto a la única ventana. Ni pensar, le respondemos, en meternos a la brava así en tu vida. Nos limitamos a pedirle que nos guarde una maleta, para la cual encuentra espacio en lo alto de un armario. Cuando se entera de que nos quedan otras dos en la estación se ríe de lo que llama nuestra ambición de cargar la vida encima. Y nosotros que creíamos haber dejado todo atrás. No importa, les buscará espacio en el sótano junto a algunos cuadros no vendidos, que nos confía son la mayoría.

No nos pasaremos la tarde hablando de maletas. Escucha nuestras aventuras –callamos dos: la subasta en los subterráneos de Berlín y lo sucedido a los mellizos; queremos saber más de éstos antes de mencionarlos, no vayamos a meter la pata– y lo noto siguiendo nuestro relato con visible nostalgia ante las peripecias de cualquier fuga, actividad de la que mucho nos podría enseñar. Comparado con sus experiencias, lo nuestro es puro juego.

Llegó a Cuba con fama de aguerrido y perseguido combatiente. Izquierdista sin ambivalencias, con una ristra de causas a su espalda y aureola de temible; algún que otro muerto se le achacaba, aunque temible no nos lo parece nunca. Si lo es, en su cuerpo conviven dos naturalezas y nosotros preferimos atenernos a la que nos exhibe, ésa que parece haberse adueñado de él tras su destierro: la mansa de amigo pintor, cuyos cuadros lo presentan sosegado, paisajes tan imposibles como para asemejarse a la ciencia ficción, poblados con alguna que otra figura de dimensiones ilógicas que por su desproporción resulta en ellos lo único inquietante. Acabamos de conocerlo cuando desaparece tres meses de La Habana para irse, junto a otros venidos como él de todas partes, a construir una escuela en la campiña.

Su regreso, que es cuando se vuelve gran amigo nuestro, lo trae algo disgustado, como él mismo reconoce. Empieza a hacer gala de la libertad sin cortapisas de un espíritu que, negado a disciplinas, en estas coyunturas revolucionarias puede volverse impredecible. A esas alturas, sus apreciaciones de un sistema al que dedica frecuentes burlas nada cautelosas y a menudo venenosas, nos acercan. Los meses de campo le han puesto ante una generalizada prepotencia militar de la que por instinto recela; si algo no toleró nunca Jaramillo fueron los uniformes y nos lo reitera con un giro que pese a la broma no esconde su rechazo: ni los de portero.

Juntos de nuevo en París pareciera que el desamparado es él, como si nuestra compañía le resultase consuelo urgente. Copiosas dosis de desilusión ha acumulado desde aquellas tardes en nuestra sala de La Habana, habitación que le agradaba por lo fresca y abierta a los cuatro vientos, grata incluso cuando fuera hacía calor. Se lo decíamos: vienes por la brisa más que por nosotros. Asentía; era hombre de climas de montaña, poco habituado a los sudorosos bochornos del Caribe.

Me he vuelto librepensador, dice de pronto, acudiendo a una definición que nos suena absurda, no habiendo creído él nunca ni en vida eterna ni en la paz de los sepulcros. Se ríe cuando nos descubre en la mirada la sensación de estarle oyendo agua pasada. Sabe lo que dice con eso de haberse vuelto librepensador, no se refiere a catecismos. Habla de su antigua religión, así define ahora sus viejas creencias. Me recuerdo conspirando, nos dice, y me veo como un jesuita empeñado en redimir a los paganos. Con énfasis castiga su rigurosa fe de entonces; la de un fanático, asevera. Se preparaba para penurias y combates como los flagelantes anticipan los azotes. Evito decirle, no vaya a pensar que me burlo, que su tono de ahora no dista tanto del de una religiosa confesión. Y por mucho que quiera presentarse como renacido, detecto que subsiste en él el peso de las frustraciones, aunque de momento no se lo comentaré. Cuando semanas más tarde recupere confianza y se lo diga, asentirá. Siente que le falta algo, se le escapó aquella dichosa sensación que lo acompañaba de cercanía con sus semejantes, una hermandad que daba a su vida bienestar. Mi mujer y yo somos su compensación, nos dice con un afecto que prueba cuánto nos conocemos: nosotros, así sea en menor medida, estaremos pasando por un desgarramiento parecido. Sólo insensibles pudiéramos desprendernos sin dolor de una pasión tan fuerte como la que vivimos, terminada en completo desencanto. El caso es que no nos podremos ir, se niega a acompañarnos a buscar hotel barato, no habrá sitio donde podamos carenar, ayudarnos es su fuente de indulgencias.

4

Según pasan los días nos gana una penosa certidumbre: nunca nos enteraremos con certeza de lo ocurrido a los mellizos y no sólo por culpa del previsible hermetismo de los orientales. Para empezar, seguimos sin saber con certeza cuál de los dos fue el capturado en la estación ni cuál el que cruzó el Muro; tampoco qué ha ocurrido al preso, si las gestiones de Occidente han dado fruto y sus captores lo han soltado o si por el contrario se pudre en una celda mientras a su hermano lo consume la culpa. Si quien consiguió irse y vimos en el elevado fue, contradiciendo lo publicado, el mellizo occidental, vivirá agobiado imaginando las espantosas consecuencias que para su hermano está teniendo el fallido intento de fuga. Si como dijo la noticia fue el oriental quien quedó a salvo, sopesará la idea de entregarse, no aceptar semejante sacrificio y regresar para sustituir en las mazmorras orientales a su hermano. Gastamos más de la cuenta en periódicos sin encontrar novedades hasta que una revista que nunca hemos comprado y la única que Jaramillo, mal lector de prensa, trae de vez en cuando a casa para luego abandonar casi sin leer, nos regala un copioso artículo dedicado a los mellizos alemanes.

Trae el reportaje un puñado de respuestas a nuestra avidez. Pensándolo bien, puede que ni eso. Leído dos veces, patente es la ligereza de algunos de los sesgos que sigue la noticia. Para empezar menciona, pretendiéndose reveladora aunque no para nosotros, que el plan de fuga fue protagonizado por un par de idénticos mellizos, para enseguida precisar que desde hacía tiempo vivían separados por el Muro. El que pudo cruzar a Occidente valiéndose de un espurio documento, agrega leguleyesco el despacho, fue el que vivía en el Este. Añade entonces un dato que desconocíamos y nos explica la presencia de uno de ellos en el elevado del Tiergarten: el de los dos que pudo irse lo había hecho la víspera del drama en la estación, provisto de un pasaporte occidental legítimo, aunque si era el gemelo oriental no llevaba el suyo sino el de su hermano e iba amparado en la fraterna protección del impenetrable parecido. Cuando su gemelo prueba a hacer lo mismo al día siguiente, con un documento igualmente en regla aunque duplicado y en el que a diferencia de la impostura de su hermano se le identifica verazmente, es detenido.

La prolija reseña expone una versión que se pretende capaz de llenar lagunas sobre las razones que indujeron a los agentes orientales a detener a un viajero que se presentaba ante ellos con un pasaporte válido en el que su rostro aparecía. Su propietario legal además; el falso se les había escurrido entre los dedos horas antes. Hace suya el periodista la explicación que han accedido a darle las habitualmente mudas policías orientales, sin dejar de todos modos de insinuar que bien pudieran estar aprovechando esta oportunidad para hacer gala de destreza. Proclaman que no sólo el cemento hace infranqueable el Muro; también la infatigable dedicación de sus agentes. Tanta vanagloria me induce no más leerla, como parece le pasa al periodista, a dudar de la explicación, que dice así: si quien intentaba, no escapar, pues en realidad no hacía sino regresar a su domicilio en Occidente, es detectado, fue porque uno de los policías fronterizos, al hojear el pasaporte del que pretende viajar y leer el nombre y apellidos inscritos en él, escucha en su mente un timbre de alarma y azuzado por esa turbación, acaba por recordar: el día antes ha tenido ante sí otro pasaporte, no sólo con los mismos nombre y apellidos sino con un portador de esa misma cara. Lo poco habitual de éstos y sobre todo su inmediata sucesión le sugieren la urgencia de comprobar si lo que se le muestra es un documento en regla o un subterfugio del género que sea. La comprobación continúa y también el relato del diario hasta su sabido desenlace. Acaba la nota citando a un superior, sin duda aquél que vimos salir de la oficina detrás de los agentes, que se deshace en elogios a la perspicacia de su subordinado, si bien restándole méritos cuando especifica que la sagacidad que en aquel trance demostró no es excepcional sino prueba de la astucia y solidez de la vigilante población de la República Democrática Alemana, consciente de la necesidad de frustrar cualquier intento criminal del enemigo.

Al momento desecho semejantes alabanzas. Años de escucharlas me dejan reconocerlas como lo que son: aprendido catecismo. Sin atender ni mi mujer ni yo a esta versión se nos ocurre otra, la más probable por lo simple: hubo una delación. De quién, vaya usted a saber, nuestra sabemos que no fue, y sin más recurso nos quedamos en las especulaciones: la conserje del hotel, tan amable con sus huéspedes como celosa de su posición de centinela; los compañeros del ahora fugitivo en la guardarropía del Berliner, encargados no sólo de colgar abrigos sino de vigilarse unos a otros. Alguno pudiera haber visto al jimagua desgarrando la manga de mi abrigo para sacar algo de dentro; a un seguidor de la causa bastaría esto para irse a sus superiores con el cuento.

Vuelve a abrumarnos lo peor, la eventualidad más que probable; la más humillante para nuestra sensibilidad y, así suene altisonante, nuestro honor: que los mellizos nos crean los chivatos. Y de no contar con una segunda pista que les disipe esta sospecha, qué otra cosa podrán pensar. En su momento creí osadía irresponsable de mi mujer confiar así como así en las palabras de un extraño y sus súplicas de ayuda; vistas las cosas del revés, también el gemelo occidental dio insensatas pruebas de confianza; fiándose quién sabe por qué de nuestras apariencias se jugó el todo por el todo y depositó la libertad de su hermano en las espontáneas garantías que le dio, no más escucharlo, mi mujer. Se estará reprochando su costosísimo error, dando vueltas en su celda a cómo aquella cubana de exterior compasivo lo burló, demostrándose adiestrada y fiel militante al asentir sin pensarlo a su delictivo ruego mientras calculaba ya cómo entregarlo. Nuestros rostros habrán sido los primeros en venirle a la mente a los hermanos con el derrumbe de sus planes. No otra cosa pude leer en los destellos de cólera que me lanzó desde la calle el empleado del Berliner, si es que lo era, a quien el arresto de su gemelo, el que fuese, frustra la euforia con que anticipaba recibirlo.

5

Le hablamos a Jaramillo de nuestro contrabando y en cuanto se entera del tesoro que contiene esa maleta nuestra puesta en lo alto de su armario se encarama en una silla, la baja, y la abre con la avidez de los piratas cuando destapan el cofre cargado de riquezas que con ayuda de un arcano mapa en clave acaban de desenterrar. Nuestra valija trae algo por el estilo; sorteando estrictas prohibiciones vigentes en Cuba, sacamos de la isla dos cajas de los mejores tabacos. Puros, los llama él, extasiado al contemplarlos, no porque los fume sino calculando su valor. Las cajas vienen envueltas en un papel ordinario de cartucho, en el cual, como en el sobre de una carta, aparecen escritos a mano el título y el nombre del embajador cubano en París, alguien a quien él conoce y yo también traté. Los cree Jaramillo enviados de verdad al embajador; supone que pensamos apropiárnoslos y no parece que el hurto le preocupe. Lo desengañamos y mucho le divierte enterarse de que fue ese membrete diplomático el truco que usamos para sacar nuestro botín de Cuba. Poco antes de partir, envolvimos las cajas, y en ese tosco sobre escribimos el nombre del embajador, con su título bien visible. Cuando al irnos nos revisan las maletas en el muelle y tal como habíamos previsto aparece el envoltorio, el aduanero que las registra lo extrae y con aire profesional teñido de sospecha y un dejo de triunfo nos pregunta: ¿Y esto qué es? Siguiendo al hilo nuestros planes, le respondo que lo ignoro. Acto seguido menciono el nombre de nuestro máximo superior en el trabajo, un personaje a nivel de ministro de todos conocido. Es él quien nos hizo el encargo, decimos, de entregar ese paquete a nuestro representante en Francia. En confidencia calculada también de antemano, me adelanto para hacer saber al aduanero que comparto esa sospecha que le asoma. Creo que son tabacos, le digo, sin preocuparme que esté prohibido sacarlos del país; no son asunto mío. De haber delito, culpable será esa alta figura que nos ha pedido llevar este regalo. Mi confianza lo convence. Guarda el paquete en el sitio que ocupaba bajo unas camisas, cierra la maleta y da por concluido el registro. Tal como calculamos, se ha conducido como invariablemente hacen en casos como éstos los encargados de nuestra vigilancia tan pronto se les hace presente la sombra del poder: la sumisión es más poderosa que cualquier ley.

Por suerte, Jaramillo ha aprendido a manejarse con su vieja faceta clandestina en esta tierra extraña y sin pensárselo dos veces nos conduce a un café cercano que frecuenta. Hace salir al propietario, lo lleva al medio de la calle y en cuanto el hombre contempla el contenido de las cajas, se cierra la transacción. Faltan años para que los puros cubanos vuelvan a circular libremente por Francia y esas cajas que ofrecemos son para un fumador como este francés el equivalente de los tesoros que del Oriente traía Marco Polo. Los paga a precio de oro en barras y así terminamos en poder de unos cuantos billetes que llevan impresa la estimulante efigie de Napoleón. Jaramillo nos corrige: Bonaparte. Siempre creí a ambos el mismo, pero él recalca: para ellos, queriendo decir los franceses, no es así. Napoleón lo será luego, cuando se proclame emperador. Esa efigie cabello al viento de los billetes es la del militar aguerrido, el corso, el Bonaparte que fue ascendiendo hasta alcanzar esa corona ceñida por él mismo. Será una sola persona pero para los franceses son dos personalidades y de esa manera las distinguen, como los cristianos con su Dios.

6

Son los clochards. A nadie, venga del idioma que venga, se le ocurriría otra manera de llamarlos. Si en español, ni vagabundos, ni vagos, ni desamparados. Es como cuando Estados Unidos se cubrió de aquella marea de desplazados que iban de ciudad en ciudad en clandestinos vagones de tren y acampaban entre matorrales, alrededor de fogatas con las que se calentaban ellos y los trozos de comida que hubiesen podido agenciarse con buenas o malas artes. Los integrantes de aquella tropa nacida de la Depresión tampoco fueron vagos ni vagabundos ni sin techo; fueron los hobos y nunca oí ni leí a nadie referirse a ellos de otro modo. Y aunque esta descripción con la que los he dibujado pudiera deber mucho a aquel personaje de los muñequitos de mi más alejada memoria que fue, por su nombre traducido, Pedro Harapos, y que desapareció en cuanto el fin de la guerra trajo prosperidad y desalojó del primer plano a personajes como ésos, en más de una película vi a los hobos representados igual que Pedro Harapos: chaquetones zurcidos, sombreros maltratados, cabo de tabaco entre los dientes.

Con los clochards pasa otro tanto. Tienen características y costumbres propias que los vuelven una raza, aunque entre ellos se distingan personalidades. Más o menos huraños, más o menos descuidados, algunos siempre contentos, otros en disputas eternas con el clochard vecino, junto al que dejan correr los días compartiendo el mismo respiradero del metro. Todos, eso sí, con el trago de vino en mente; dárselo, si les queda algo en la botella, pedir con qué darse el siguiente cuantas veces alguien les pasa cerca. No asoman en igual abundancia por todos los barrios y en algunos casi no penetran. Pero por los que mi mujer y yo nos movemos más –el Barrio Latino, la Cité– proliferan, dominando sus aceras o plazas favoritas. Pudiera ser la que voy a hacerme una reflexión a posteriori, inválida para aquel momento, pero afirmaría sin temor a estármelo inventando que cuando los conocemos, los clochards contribuyen a liberar nuestro ánimo de atavismos y aceptar sin tener por qué considerarla una tragedia la disyuntiva de dejarnos caer un día cualquiera en medio de la calle si no encontramos otra solución o incluso si se nos antoja, sin sentir la impostada culpa de habernos vuelto lumpen, sino al contrario, sabiendo que cierta dosis de lumpen hace falta a toda sociedad que se respete.

Estos clochards que tantos quieren –buena regla de medir son para saber quiénes, por franceses que se crean, no lo son tan de raíz–, que a nadie hacen daño, que hacen sonreír con sus ocurrencias y sus dotes para la mímica, se nos convierten en otro rasgo esencial de París que hace a la ciudad lo que es en este momento de su historia en que nos ha tocado conocerla. Más que los monumentos, que existieron antes y ahí quedarán. Una plaza donde abundan tanto que es mencionada como santuario particular que los acoge, tanto que sospecho que la municipalidad pudiera tolerarlos en ese recinto para presentarlos a los turistas como elemento pintoresco, es la place Mouffetard. Nuestro apartamento –el de Jaramillo–, nos obliga a cruzarla con frecuencia y pronto terminamos mi mujer y yo por notar la presencia en ella de un clochard que nos luce más joven que la mayoría, de menos de cuarenta teniendo en cuenta cuánto desgasta la intemperie, y que a la tercera o cuarta vez que le pasamos cerca vemos que en cuanto nos localiza, no nos pierde de vista. Hasta que una tarde cedemos a su interés y nos le acercamos para saludarlo y preguntarle sin ánimo de desafío qué ha visto en nosotros y por qué le interesamos.

Nos responde en un español si se quiere más correcto que el nuestro, un poco como si viniese de otros tiempos, aunque le cueste algo de trabajo irlo pronunciando. Lo habrá aprendido en las aulas y practicado poco. Sin haber conversado mucho, apenas saludarnos y decirnos unos a otros que nos encontramos bien, que el día es hermoso y el tiempo agradable, celosos él y nosotros de guardarnos nuestra identidad por el momento, interrumpe la conversación poniéndose de pie, decidido como si fuera a despedirse, pero lo que hace es ir al centro de la placita y desde allí llamar por señas a mi mujer, con ojos en los que brilla un relumbrón travieso. No lo piensa ella dos veces y en cuanto la tiene al lado, el hombre se le inclina al oído, como si ni su aislamiento lo convenciese de que el secreto que piensa decirle no se escuchará, y le cuchichea. Que lo que le dice tiene que ver conmigo es indudable. No sólo no deja él de mirarme mientras sigue cuchicheándole al oído sino me mira ella y según lo escucha le crece la sonrisa que empezó a dibujársele en cuanto comenzó a escuchar su confidencia. Al final, su respuesta a la declaración que sea que él le haya hecho es asentir, de palabra y con la cabeza.

Le pide él entonces, por lo que deduzco de sus gestos, que lo espere allí sin moverse, y ella obedece, dirigiéndome una segunda mirada en la que, sin ser muy expresiva, me pide que también siga yo esperando donde estoy. Con andar resuelto que compagina mal con esa haragana dejadez de los clochards, que les hace lucir añorando el piso tan pronto se ponen de pie, se acerca el hombre a una vendedora de flores de una de las tienditas que bordean la plaza y le pide algo. Niega la mujer su petición, igual que antes asintió mi mujer, con la cabeza y de viva voz, aunque sin dejar de sonreírle al hombre como al conocido que sin duda es. Persiste él, inclinándose en una exagerada reverencia e indicando a la mujer un cubo de latón puesto a un lado de la entrada de la tienda, del que brota un ramito de flores, el más pobretón de los expuestos. Muestra a la florista un índice, con lo que está claro que le pide una sola de las florecitas del ramo, inclinándose de nuevo ante ella, ceremonioso como ante una gran dama y pudiendo hacernos creer a mi mujer y a mí que entre los dos representan una escena ensayada para nuestro beneficio. Termina la florista por ceder y va a sacar la florecita de su manojo en el cubito de metal. Tan corriente la flor, de apariencia tan silvestre, como para suponer que de haber dedicado el clochard el mismo esfuerzo a buscarla por el césped de la plaza, la hubiese encontrado igual.

Radiante regresa junto a mi mujer trayendo la flor en alto y sujetándola con delicadeza entre dos dedos, y se la entrega con la galantería de quien regalase la más primorosa orquídea. No luce interesado en sumar palabras a su gesto, así que después de agradecerle el obsequio con su correspondiente reverencia, vuelve mi mujer al lado mío, trayendo su flor con el cuidado que pudiera dedicar a un pichón recién nacido. Tomándome del brazo me anima a echar a andar, mientras dedica al clochard una mirada de adiós por encima del hombro que sin necesidad de ver sé que lucirá su más rozagante sonrisa.

Por el camino me cuenta lo que él con tan elaborada precaución le murmuró al oído. Cuando te aburras de él, dijo refiriéndose a mí, y deduzco que fue entonces cuando ella se volvió para mirarme, vienes a buscarme, de día y de noche estoy aquí. Te prometo que si lo haces, dejo la plaza, pongo todo mi empeño y vivirás alegre y feliz como una reina, y te prometo también que a nuestro cuarto traeré una flor azul. Con todo y su escenificación de travesura, está convencida mi mujer de que las promesas del clochard fueron sinceras. A lo mejor lo conquisté, dice presumida, y sugestionado por esa segunda adolescencia que estamos viviendo los dos desde poner pie en París, lo creo también yo, aunque por fuera me ría. En casa lo primero que hace es echar mano a un vaso alto que haga de búcaro para colocar su flor. La guardará hasta que se deshoje y de ella quede sólo el tallo, un hilito verde. Una vez que la ha puesto en el sitio que le va mejor se la ve contenta y me lo dice, estoy muy contenta. Y agrega, más contenta todavía, ya no tengo por qué preocuparme, ya tengo en Francia a mi caballero andante.

7

No se limita a albergarnos Jaramillo. Sus relaciones editoriales, por llamarlas con esa rimbombancia, le han hecho amigo de un viejo –así nos referimos a él aunque no lo sea; en un abrir y cerrar de ojos estaremos igual– que se dedica a la compraventa de libros antiguos o ediciones limitadas. También obras prohibidas de las cuales subsisten no pocas en Francia, eróticas o políticas, no sólo las más punzantes de Sade o Céline sino hasta el Festín de Burroughs, que aunque libre de venderse debe hacerse por debajo de la mesa, no se permite anunciar o exhibir la obra en anaqueles o vitrinas. A la primera oportunidad me lleva a conocerlo. Se ha enterado de que el librero necesita un ayudante que haga un poco de todo; yo podría venirle bien, recibe encargos del extranjero y quizás necesita alguien que conozca otros idiomas. Él sólo habla francés, un francés cuyas marcadas erres del sur, a mi oído idénticas a las españolas, suena provinciano, y los pedidos de fuera lo enredan y malhumoran.

Mi relación con el librero será providencial. Nos permitirá a mi mujer y a mí sobrevivir y en cuanto alcancemos cierta holgura, reubicarnos y dejar de ser una carga para Jaramillo. Resuelvo al librero problemas de correo, en última instancia no tan multilingües pero que lo atosigan, alérgico como es a labores de oficina. Le traduzco cartas, sobre todo de países de habla inglesa o que usan el inglés en su correspondencia. De España u otro sitio donde se hable español apenas llegan; en mi primer mes con él, si acaso una de México. Le adivino como puedo lo que le solicitan algunas de Italia o Portugal y en este último caso mi asistencia le resulta inapreciable: termina comprando una biblioteca privada de Lisboa que le representará sabrosas ganancias. Su propietario, un anciano que incapacitado ha dejado de leer, atesoraba bastantes volúmenes en lengua francesa, de relativo interés comercial en Portugal pero apreciadísimos aquí, algunos difíciles de encontrar desde hace años.

El librero, M. Rousselet, me habla con el empeño esclarecedor de quien viese en mí a un discípulo. Cuando llegan de Lisboa los libros y cumplo mi labor de cargarlos y ordenarlos por las estanterías, me va señalando aquéllos que, al recibir del antiguo propietario el catálogo de sus posesiones, le hicieron agua la boca. Entre ellos, varios volúmenes del Tiempo Perdido. Son de la primera edición pero tomos sueltos y no entiendo por qué valiosísimos. M. Rousselet, con el aire zorruno de quien consuma una hábil treta, me guía por sus anaqueles: allí está, incompleta, la primera edición de la obra de Proust. Los volúmenes sueltos llegados de Lisboa le permitirán completarla. Con esos pocos libros, dice radiante, cubro lo que me ha costado la biblioteca portuguesa entera. Tenía hace tiempo el encargo de un bibliófilo que por la primera edición completa de la obra de Proust pagará varios millones, sigue, expresándose en francos viejos, ésos con muchos ceros que dejó la guerra y hace poco se simplificaron pero a él se le hace insufrible calcular. Cuando venda esto, lo demás será ganancia, podré dejarlo ir sin regateos, explica en uno de esos arranques de locuacidad que he aprendido a conocerle y que se apagan igual que comienzan, dando paso a horas de silencio huraño.

Voy a trabajarle cada vez con más frecuencia y tal como convenido hago de todo, aunque la mayor parte de las veces sea cargar libros de un lado a otro, de una habitación a otra, del piso principal al sótano, a veces empacar o desempacar. No está su librería abierta al público. No quiere gente manoseándole sus libros, estropeándoselos o robándole. Trabaja por cita previa, *rendezvous*, y los puñados de clientes fijos que recibe le bastan junto con los ocasionales para cubrir los gastos de su empresa, entre ellos yo. M. Rousselet reorganiza sin parar sus existencias, siguiendo pautas arcanas, como si se sintiese obligado a estar moviendo sus libros permanentemente de lugar para tenerlos domesticados; cuando vende una remesa, casi siempre por correo, es como si el hueco dejado en los libreros por los tomos vendidos lo impacientase. Me tiene trasegándolos sin tregua, sacando libros de un armario para llevarlos a un estante, y al día siguiente o tres después volviendo a sacarlos de su efímero rincón para disponerlos de otra manera en un nuevo lugar, a partir de razones que por mucho que me empeño, descifrando lomos para encontrarles parentesco, nunca consigo entender.

Puede ser el viejo tan afable como arisco y por lo general consigue ambas cosas a la vez. A su carácter exuberante no van términos medios. Debo mantenerme al hilo y si a ratos me exasperan sus urgencias, las tolero sin hacerme mala sangre, consciente de sus inminentes contrapesos. Paso una hora andando de un lado para otro cargado con más libros que un mulo sin que me deje respirar; trepado a una escalera para almacenarlos precariamente junto al techo, y cuando le señalo que detecto en las paredes una humedad que podría estropearlos me manda a callar. No le digo nada nuevo, esos libracos que me lucen tan valiosos tienen poco interés y esa esquina enmohecida es la que se merecen. Mis observaciones le parecen —no me acusa, pero de no darme yo cuenta sería tonto— trucos para tomarme un descanso. Y cuando menos me lo espero, saca a relucir sus cambiantes ritmos; me interrumpe en medio de un viaje al sótano, sofocado bajo tres bultos de textos escolares que pesan un quintal y venderá a precio de papel, y en tono de reprimenda me ordena que me tome un descanso: no me permitirá seguir esas carreras sin unos instantes de respiro.

Descansando estoy en una escalerilla, en la que cada uno de sus vacilantes peldaños ha sido aprovechado para amontonar dos o tres libros a los que no encuentra mejor sitio, cuando descubro en mi escalón, en esos minutos que me ha ordenado tomarme para recuperar aliento, una portada luminosa: el *Ulises* de Joyce, el *Ulysses*, en inglés, y cuando lo abro, pues su portada verdosa y modesta trae sólo el título y el nombre de su autor, leo que es la octava impresión –tratándose de este libro y recordando sus avatares, equivale a menos– de las publicadas por su editor original, Shakespeare and Co.

Me descubre M. Rousselet volviendo sus páginas y apurado lo pongo donde estaba; no acostumbro a hojear sus libros y temo hacerle creer que planeaba robarle una joya. Pronto me entero de que para él no lo es. La ha reconocido de un vistazo y sabiendo que leo inglés y presumiendo que pudiera interesarme, me dice que me lleve el libro. Lo codicio pero vacilo ante su oferta; en demasiado la valoro, por una vez presumo de saber más que él. No me tolera dos palabras cuando empiezo a razonarle; no pretenderé venir a darle clases. Este caso es como el del coleccionista lisboeta, sólo que a la inversa. No tiene tantos clientes interesados en textos en inglés y ese libraco le resulta un trasto incómodo y frágil, por dondequiera que lo pone lo ve desparramarse. Detecto un ápice de nacionalismo a su rechazo, así haya sido el libro editado a pocas cuadras, en la rue de l'Odéon. No le interesa y visto el caso, no insisto. Me llevo el *Ulysses* de propina.

8

Le reconozco la voz y aunque hablemos por teléfono lo noto confuso, azorado de recibir una llamada mía desde la propia París. Lo menos que me esperaba después de años sin vernos. No fue la nuestra una gran amistad pero duró y cuando a veces coincidíamos nos alegraba dedicar un rato a ponernos al día acerca de lo que cada cual andaba haciendo, en conversaciones volcadas a esos intereses comunes que desde un primer momento nos habían acercado, él aspirante a escritor y yo a cineasta. Ningún entusiasmo delata en cambio ahora, ofuscado desde que sale al aparato y me saluda sin preguntarme quién soy. Fue su secretaria la que me salió al teléfono y se lo habrá dicho en un cuchicheo a bocina tapada. A eso atribuyo su tardanza en contestar; se ve en posición delicada, conversando con alguien cuyos motivos de viaje desconoce. De todos modos no se atreve a rechazar mi invitación a tomarnos un café. Sería desairar a alguien que como le he dejado claro, viaja con permiso oficial; por mucho que me sospeche intenciones de no regresar o, peor para él, aprovechar nuestra amistad para confiarle esos propósitos, no puede negarse. No estará seguro de por qué estoy en París pero por su cargo sabe que pretextando mil razones, lo que a muchos cubanos trae de improviso a Europa es uno de los tantos encargos inconfesos conocidos allá con el genérico apodo de misiones.

Me cita en un café en los bajos de la embajada, no en la propia legación. No querrá dejarse ver conmigo ante sus compañeros o en todo caso que el menor número posible nos vea juntos. Se me hace difícil de entender tanto temor; le he dicho que no hace ni tres meses que mi mujer y yo salimos de La Habana y nuestra situación es del todo legal, nadie nos puede tildar todavía de desafectos. Tampoco a mí me desagrada eso de no dejarme ver por la sede diplomática. Son relaciones que prefiero ahorrarme y cuanto menos reconozcan allí mi cara, mejor. En el caso de mi mujer tan es así que prefiere dejarme ir solo; de no serle absolutamente necesario ha decidido mantenerse lo más lejos posible de cubanos funcionarios. Nunca se sabe, dice, declaración que aunque parca, lo dice todo.

Voy a la cita calculando cómo vencer los recelos de mi amigo y convencerlo de que eche mano a las relaciones que le habrá dado su cargo para llevarme a conocer gente ligada al cine cuya amistad pudiera venirme bien a la hora de quedarme y buscar trabajo. Nos conocimos saliendo de la adolescencia, cuando vegetábamos por la ciudad con la universidad cerrada y sin saber qué hacer de provecho. De casualidad, contratados como embuchadores por una imprenta a la que ese día había caído encima la tirada especial de una revista y carecía de personal suficiente. Pasamos la noche metiendo unos en otros pliegos de miles de ejemplares, comentando de las inagotables noches habaneras que el cierre universitario nos dejaba libres, de películas y libros que íbamos descubriendo, de lo peor que andaban cada vez más las cosas. Precisamente los ejemplares de más que tiraba la revista contenían fotos y crónicas del último episodio sangriento de la rebelión que tenía en vilo a la isla, arrastrando tras de sí a la mayoría de la población y a nosotros dos con ella, como sin reparos nos confiamos esa misma noche. Irregularmente nos vimos después, antes y después del triunfo rebelde. Me enteré de la publicación de dos libros suyos y tiempo después de su nombramiento en el servicio exterior, que con quienes lo comenté interpretaron igual que yo como un destierro, conociendo la deriva crítica que habían ido siguiendo sus convicciones. Un recurso oficial para sacárselo de encima, sin necesidad de llegar a más con un inconforme que calculaban callaría a cambio de París.

No menos zozobra de la que le deduje por teléfono le aprecio cuando lo tengo frente a mí. Trata de endulzar sus averiguaciones con amabilidades, recuerdos de amigos comunes, pero no consigue vencer el aire de interrogador y vuelve cada dos por tres a la pregunta de qué hago en París, cómo me dieron el permiso de salida, cuánto pienso quedarme, preguntas de respuestas tan evidentes que su insistencia me obliga a repetírselas iguales una y otra vez. Está claro que cuanto le digo lo recibe como posibles mentiras y habiendo escuchado más de un discurso parecido a otros como yo que luego se quedaron, me teme posible desertor. No obstante esas desavenencias con las altas esferas que lo trajeron aquí, desde su cargo éste sería su calificativo para quien planease no volver. Al cabo de unos veinte minutos de conversación poco más que cortés, nos despedimos. Antes de separarnos me repite esa promesa en la que poco creo: aunque no es su fuerte, conoce gente relacionada con el cine y verá cómo me organiza una reunión con ellos en su casa. Tiempo habrá antes de que me vaya, fecha que por supuesto vuelve a preguntarme y que como también yo le reitero no le deja tanto tiempo como él dice para armar esa tertulia.

Enterada de la entrevista, me dice mi mujer que algo de ese estilo se esperaba, mi decepción me la tengo merecida. Como no vengas con pasaporte diplomático o encargo bien definido aquí no hay viejos amigos. Le molesta que me haya llevado el disgusto de calibrar el escaso valor de una amistad que hubiese creído algo más fiel.

Menos de un mes necesito para saber que el drama que me había escrito acerca de mi amigo, sus suspicacias y su rechazo a quien temía yéndose del país, escondían una trama del todo diferente. Me entero de que quien ha desertado y con todas las de la ley es él, amanecido un buen día en Berna derrochando acusaciones contra ese gobierno que hasta ayer servía, atribuyéndole métodos policiales y totalitarios y acusándolo de haber abolido una a una las libertades. Su conciencia lo obliga a romper con él, proclama, y por si acaso, aunque esto sólo lo insinúa, se toma esas distancias de irse a Suiza. No quiere toparse con antiguos superiores o alguno de los tantos simpatizantes con la causa que por su posición ha conocido en París y que en su celo militante pudieran armarle un altercado en plena calle o hasta darle un puñetazo a modo de castigo por su deserción.

9

El hábito que nos trajimos de La Habana de visitar su cementerio de Colón, acogiéndonos a la paz de sus veredas como si anduviésemos por el campo, otras veces para contemplar monumentos y tumbas como si de un museo de arquitectura se tratara, y en eso lo había convertido la pugna entre sus eternos moradores por fabricarse el mausoleo más opulento, lo recuperamos en París. Rato llevamos recorriendo éste de Montmartre, que aunque la mayoría relega a segundo plano tras el de Père-Lachaise, más grande y con más celebridades enterradas, es nuestro favorito precisamente por sus humildes dimensiones, su escasez de visitantes, su quietud.

Descansamos en un banco bajo los ramajes que nos han protegido a medias de la llovizna que vino a interrumpir nuestro paseo entre sepulturas. El tiempo que llevamos callados, creyéndome yo que transmitiéndonos sensaciones sin hablarnos, lo interrumpe mi mujer con una reflexión que primero desmiente mi presunción y luego me causa una molestia parecida a la que habrá estado sintiendo ella mientras vagaba por esos pensamientos que yo no le adivinaba. No deja de pensar, dice, en las consecuencias que para nuestro amor propio tiene y tendrá el caso de los jimaguas, esa virtual certidumbre de, habiendo querido ayudarlos, quedar al final como chivatos. De manera que el hilo de sus reflexiones la había abocado a esa evidencia que nos envenena: el tizne de delatores con que para los hermanos nos habrá manchado la detención de uno de ellos, para colmo ocurrida tan cerca de nosotros como si con una señal lo denunciásemos. Así y todo, en nuestro deambular por el cementerio no podemos calcular hasta dónde esa lamentable experiencia presagia frustraciones por venir. Con adolescente ingenuidad confiábamos desde empezar a planear nuestro viaje que nada más cambiar de geografía nos permitiría mudar de identidad y sepultar aquel entorno de recelos exacerbado en nuestros últimos tiempos en La Habana, cuando al adelantar nuestro proyecto no se nos ocurría confiar ni en nuestras sombras. Me pregunta ella en qué pienso y prefiero no abonar esa tristeza que influida quizás por la presencia de la muerte se asienta en ella al recuerdo de nuestra salida de Berlín y el contraste entre nuestra libertad, así estemos bordeando una subsistencia sin recursos, y la existencia de aquel pobre detenido que suponemos transcurre entre barrotes. Le señalo una esquina de enrejados húmedos con su dibujo de hojas secas adheridas que atestiguan de la belleza del lugar, tratando de desechar la convicción que me va ganando de que acabará por demostrarse ingenuo error ése de creernos que nuestros sinsabores irían perdiendo resonancia con el tiempo, hasta evaporarse. Nuestra aura está contaminada sin remedio, es la aprensión contraria que pesa ahora sobre mí, tan áspera que viendo que ya casi no llueve, propongo a mi mujer que echemos de nuevo a andar.

Ni el gusto de nuestra caminata a un mismo paso aleja de mí la certeza de que la sospecha revoloteará sobre nuestras cabezas dondequiera que vayamos como un tatuaje grabado en nuestros huesos. No lo hemos vivido todavía, pero así será: rostros amables que al enterarse de dónde venimos nos mirarán con ambigüedad, provocando que el brote recíproco de nuestro recelo nos convierta en contrincantes. Lejos la aspiración a ser sólo nosotros, esa feliz confianza de que se nos valore sólo a partir de las palabras y los actos. Nuestra procedencia nos acuña, nos hace gente con trasfondo. Escucho a mi mujer un hallazgo: la tumba de Nijinsky. Nos detenemos pero aunque mi mente la registra y mis ojos la siguen cuando ella me señala esa figura teatral que adorna la lápida, más poderosa es la convicción que no me deja escucharla de que venir de donde venimos es una ponzoña que nos volverá blanco perpetuo de prejuicios. Algunos nos rechazarán por habernos ido, otros por venir de allá. De antemano se nos achacará un oculto modo de pensar y negar esa presunción sólo conseguirá ahondar la desconfianza. Me comporto con egoísmo al no señalar a mi mujer una sepultura cuyo morador venera, Edgar Degas, mientras se me viene otra vez encima el fulgor de odio que capté en los ojos del gemelo berlinés, a su manera aviso de cómo ese país del que venimos será nuestra contraseña de por vida, dejándonos en mero desprendimiento. Irremediable que no obstante lo mucho que me traigo de esa tierra, germen de buena parte de lo que llevo inscrito en el cuerpo, tendré mil veces ocasión de maldecirla.

Contamos a Jaramillo de nuestro paseo por el cementerio bajo la llovizna y por la manera en que nos escucha sé cuánto le alegra tener a dos personas amigas capaces de conmoverse de verdad ante las expresiones de belleza que puedan salirle al paso por cualquier parte, sin importar que como en este caso escondan los restos de tantos semejantes; quién sabe si más emocionados por la capacidad de esa belleza salida de unas manos vivas de transfigurar la muerte y opacarla. Nos dice más Jaramillo. Conoce las tumbas de Nijinsky y de Degas, también la de Berlioz, una de sus preferidas, aunque no explica por qué. Lo que no sabíamos y nos cuenta es que en ese cementerio de Montmartre descansan también los restos de decenas de combatientes de la Comuna de París, sepultados a paletadas en tumbas comunes después de haber sido fusilados en racimos. Se ve que eran buenos esos comuneros, dice reverente, miren qué árboles tan hermosos abonaron con sus huesos.

10

Otro día es M. Rousselet quien me saca una sorpresa de sus estanterías, aunque ni remotas intenciones tiene de regalármela. No tendrá muchos clientes de habla inglesa pero por la estima con la que maneja este pequeño volumen cuando me lo enseña parecería que los tuviese de lengua española. Así y todo me es difícil imaginar a cuántos pueda interesar en París este libro como no sea a otros cubanos como yo, en esta ciudad bien pocos. Escrito en español por un cubano, se publico aquí. Sus datos de edición son escasos —mi aprendizaje con M. Rousselet da frutos, empiezo a saber calibrar estos indicios— y delatan enseguida la obra editada por cuenta propia.

Apareció en 1934 y su autor es un tal Zacarías Milanés, a quien los escasos datos de la contratapa, apenas tres líneas que lo acreditan como habanero y docente, no me emparentan con el matancero y versificador José Jacinto. No recuerdo haber oído hablar en Cuba de él, aunque esta falta no tiene por qué decir mucho en el caso de un escritor como éste, puede que autor de un único libro que para su mayor lastre vio la luz en Francia, ubicándolo a una distancia que tratándose de los años treinta debo multiplicar.

Da el profesor Milanés a su trabajo un título de tintes algo trasnochados, aunque en cuanto empiece a leerlo sabré que con él pone sus cartas sobre la mesa: *Alma nómada*. Oscila entre fragmentos de ambiciones un tanto literatosas con segmentos de una espontaneidad sin pretensiones y para leerlo tendré que parlamentar no poco con M. Rousselet y vencer sus temores de que si me lo llevo a casa, podría dañarlo o extraviárseme. Lo convenzo cuando le propongo que me lo venda y descuente el precio de mi paga. Saca a relucir entonces sus contrastes: me llama chantajista, acompañando esta acusación de un gesto hosco, y sin una palabra más accede a prestarme *Alma nómada*.

Nada más abrirlo, el libro me atrae; a las pocas páginas me atrapa y poco es decir que según voy acercándome al final me desconcierta hasta aturdirme, sin saber qué pensar de esa decisión de M. Rousselet de mostrármelo y preguntándome si pudiera haber obedecido, no a su interés en darme a conocer la obra de un compatriota sino a que es mucho más listo de lo que se pretende y ni remotamente me ha dicho todo lo que sabe, quién sabe si entre otras cosas español. Aparte esos ocasionales rebuscamientos y antiguallas de lenguaje que acepto como sazón particular que sitúa al libro en su tiempo, Milanés arma un relato transparente. En dos noches me lo bebo, aunque ni soñar en confiárselo al librero; demoraré su devolución lo más que pueda para releerlo a gusto. Me tomo el trabajo de transcribir fragmentos de los que no quisiera desprenderme y es que la lectura de *Alma nómada* trasciende para mí la fascinación literaria, trayéndome un añadido personal que cuanto más páginas paso más me asombra: las coincidencias que veo ir apareciendo entre sus aventuras y las mías a la hora de ocurrírsenos, por nuestros sendos caminos, dejar la isla.

Zacarías se va de Cuba —leído su libro, siento a este hombre tan próximo que quiero llamarlo así, por su nombre de pila— en 1931 y de inicio explica sus razones. Un escrito suyo aparecido en un diario en el que da a conocer sus conceptos sobre el buen gobierno arma un revuelo bastante inoportuno, ya que para su desgracia se publica justo cuando el general que lleva años gobernando comienza a pregonar su interés de perpetuarse en el poder. Los alumnos del instituto donde Milanés enseña le conocían estas ideas, difundidas hasta entonces sólo dentro del prudente conciliábulo del aula. En su artículo Zacarías se proclama partidario de abolir, cuanto antes mejor, la totalidad de las fuerzas militares. Las considera el lastre mayor de la República, lo que más impide a la isla su avance económico o cívico en ruta a una prosperidad que ve alcanzable. Acusa al espacio castrense de significar un costo muy superior a su valor y de situarse, creyéndolo derecho natural, por encima de la ley. Sólo rozar estas ideas fue siempre tema peligroso en Cuba y no consigo imaginar cuándo dejará de serlo; si algo han dejado sólidamente en pie las últimas conmociones ha sido justamente esa supervaloración del hombre de uniforme y su derecho de dominio. El pensamiento de Zacarías se da de frente con los propósitos del general, que recibe su arenga como ataque personal. Al profesor lo sacan una madrugada de la cama unos amigos para avisarle que lo más prudente le será desaparecer: no pasará media mañana sin que vengan a buscarlo acólitos del ofendido mandatario, con las peores intenciones y para su doble disgusto bien armados. Si no se esfuma, en las cartas está escrito que pasado mañana no amanezca.

Uno de esos amigos de Zacarías lleva su constancia hasta el final. Tanto que me pregunto si no habrá sido lo contrario de lo que se pretendía y en realidad era enviado del general, que con el susto buscaba deshacerse de un enemigo sin necesidad de hacer correr la sangre. Es aquí, aparte la común necesidad de irnos los dos a lugares donde dejemos de depender de la voluntad de los gendarmes, cuando surge el primer entronque claro de su historia con la mía: es conducido sigilosamente el profesor al puerto junto con su mujer, provistos de un par de maletas donde llevan lo poco que han podido recoger, y es deslizada la pareja a bordo de un mercante alemán, cargado, como años después lo estará el nuestro, de azúcar; lo cual tratándose de Cuba no puede llamarse coincidencia. Después de una travesía cuya duración no especifica pero me creo capaz de calcular en tres semanas, llega el barco, con sus melosas bodegas y su pareja de prófugos, a Danzig.

Aquí comienza propiamente su libro Zacarías; lo anterior ha sido puro prólogo. Si se ha sentido movido a escribir, nos dice cuando a poco de desembarcar fecha el comienzo de su redacción, lo debe a la emoción, no de verse ante las maravillas de una ciudad o un paisaje que sin aventurarme mucho pudiera yo asegurar que Danzig jamás tuvo, sino azuzado por una pasión que siente prender en su alma, nacida hasta ser desbordante durante la navegación y que una vez en tierra cala en él hasta arrebatarlo: la pasión del viaje. Pocos recorridos le hacen falta por esta primera población de un país distinto para comprender cuánto le seduce verse ante esos nuevos espacios, lo mismo construcciones de arquitectura imprevista como olores que le traen por los aires el presagio de asombrar su paladar, gestos cotidianos del saludo o el trato que en sus particularidades exhiben el rastro de maneras para él desconocidas de relacionarse y conducirse, no sabe si con la huella de tradiciones milerarias o modas, en cualquier caso ajenas a cuanto él, a partir de libros o contactos personales, creía conocer. Todo esto lo escribe alborozado, pues le hace sentir, así dice en un vuelo de su pluma, como recorriendo páginas de un cuento al pasear por calles cuya pavimentación y fachadas le narran una historia particular grabada en la piedra, entre voces de inflexiones que al entrecruzarse lo remiten a diálogos antiguamente escritos que su sorpresa vuelven mágicos y convierten cualquier caminata en azares de maravilla. Hasta respirar lo asombra: recibe un aire de espesor desconocido que lo convence de estar extrapolado, transformado en un ser nuevo a quien el cambio de continente «está permitiendo paladear por segunda vez en una sola vida ese placer del niño al que cualquier imagen nueva deslumbra y que, en cuanto puede, a propósito se extravía, cediendo a la tentación de corredores de final indefinido, caminos desiguales y encontrados, promesas de fantasía».

Siguiendo el deambular y las meditaciones de Zacarías me veo a cada página ante lo que sin vanidad considero un avatar predecesor. Reconozco los disgustos por los que pasan él y su mujer –igual que yo a la mía, la menciona sin parar; se les comprende, más que inseparables, compinches– cuando buscan legalizar sus documentos para, venciendo el corredor polaco, alcanzar el corazón de Alemania. La ciudad libre tiene para colmo una cónsul cubana –lo hubiese considerado increíble en aquellos tiempos y más que fuese una mujer– que les da no poca lata, los trata como a perros y, como a nosotros la nuestra, termina por resolver de pésima gana su situación. Peor le sería devolverlos y cargar con el gasto de su repatriación o dejarlos al garete sin papeles. Es así como después del breve lapso en ese puerto de inestable situación, pronto pretexto para el estallido de la guerra, alcanzan Berlín. Cree estar Zacarías ante una etapa más afincada de su viaje al carenar en semejante capital. Se equivoca; por circunstancias que su profesión de historiador le debió dar la astucia de prever, Berlín será para él y su mujer, como lo fue para nosotros, escala pasajera.

Pocos párrafos demora –a estas alturas puedo decir que me lo esperaba– en encontrarse con la Puerta de Brandenburgo, de la que para colmo vive cerca. Ante él perora un poco a lo docente sobre la sólida grandeza de este monumento, ignorante de lo poco que tardará la historia en desmentirlo. Empieza por lo demás a matizar su entusiasmo a la hora de juzgar los esplendores con los que se topa, sean iglesias, museos, o palacios. Con el transcurrir de los capítulos va entendiendo cómo junto a los afanes cercanos a lo místico manifiestos en obras de magnificencia incomparable ve asomar en la gente una corriente no tan subterránea de tosquedad, una turbulencia cuyos motivos sitúa en la crisis del momento pero que teme capaz, y aquí sí brota su visión de historiador, de sacar en cualquier momento a flote una brutalidad que percibe subterránea pero incontenible y constante.

No por esto renuncia a sus caminatas ni mitiga su entusiasmo. Tras narrar con giros comedidos que, incluso para su tiempo, me resultan algo timoratos, las atrevidas —con esta ingenuidad las califica— excursiones de él y su mujer por las agitadas noches berlinesas de entreguerras, durante las cuales palpa —no me invento este verbo, es el que a el le nace— la libertad de costumbres que exhiben tanto los escenarios como los asiduos a los cabarés, su historia entronca de nuevo de manera llamativa con la mía cuando deciden él y su mujer gastar, igual que nosotros hace poco, muchos más marcos de los que debieran —no dice cuántos aunque por aquellos días de hiperinflación habrán sido millones— a asistir a una representación de *Mahagonny*, esa obra que Brecht y Weill han estrenado meses antes y ellos corren a ver, enterados por una revista de cultura y sociedad leída en La Habana del éxito de su anterior *Ópera de Tres Centavos*.

Dedica Zacarías granados elogios a la representación, si bien se confiesa poco preparado, no importa las golosas picardías que derrochasen por entonces los vodeviles habaneros, para la osadía verbal y carnal del espectáculo, con lo cual me entero de que algo de alemán sabría. En cuanto a lo específicamente teatral, se declara impresionado por una puesta en escena que, en sus palabras, «se las arregla para, sin olvidar la mascarada, calar tan crudamente en un realismo de arrabales y volver denuncia lo que pudiera quedar en vulgar farsa». Pocas páginas necesita luego para encadenar lo visto en escena con ese malestar que siente esparcirse y crecer, llevándolo a pensar, y aquí no puedo dejar de recoger su observación, que «por debajo del asfalto de Berlín rezuma un volcán feroz». La ciudad, añade con desconsuelo, «se desvive por seguir siendo una de las más exquisitas capitales civilizadas, faro de progreso y cultura, en medio de unas carencias que, ocultas bajo el fasto de sus engalanadas avenidas, asoman por esos barrios que desnudan rasgos medievales, tanto en las piedras de sus muros como en las penurias de la gente, un contraste que no puede menos que estallar».

Y de pronto, a la vuelta de una página y como si estuviese escribiendo para mí, deja Zacarias las observaciones exteriores para volverse hacia sí mismo y exponer aquello que, junto con las enseñanzas y placeres del viaje, es otra de las esencias de su libro, pudiera decirse que derivación de la anterior y que me lo acerca hasta el punto de sentir su fantasmal presencia viva al lado mío.

«¿Por qué dedicar la sola vida que tenemos al arraigo en un único sitio?», se pregunta. «Este viaje me ha permitido comprender cuánta miopía revela semejante conducta. Nunca podré agradecer lo bastante al tunante que gobierna mi país haberme forzado a escapar. Una vez ante mis ojos las múltiples evidencias de los logros y desventuras de civilizaciones muy distantes de la mía, entiendo hasta qué punto la flojera y la rutina mantenían aherrojadas las posibilidades de mi espíritu, cualesquiera que fuesen, impidiéndome desplegarlas en su totalidad hasta ser cabalmente yo. Imposible pedirme que siga acatando la generalizada noción, refugio de almas a las que la imaginación ha desertado, de que todos y cada uno de nosotros no somos sino repeticiones de una misma esencia y que con sólo rascar la engañosa superficie se revela idéntico el planeta en sus múltiples regiones. Al contrario; únicos e inconfundibles todo semblante y toda voz, lo mismo entre nosotros que ante Dios. Cada nuevo encuentro desembocará en relación fugaz o duradera pero para siempre insustituible; dos seres sin parangón nos hemos topado y de esta coincidencia algo singular brotará. ¿Y qué decir de la multiplicidad de la obra de los hombres, negar la cual es desdecir del Creador? Jamás igual la labor salida de la mano de un hombre a la de otro. Sólo concibo volver la espalda a la emoción que despierta esa gama de creaciones repartidas a lo largo y ancho de la Tierra a quien decida entregarse al contrario sino del estoicismo místico. Decisión que no hace sino corroborar la verdad de lo que digo, dando a valer como sumo sacrificio la renuncia a lo mejor que la vida puede darnos: el goce de los demás y de sus obras, la búsqueda de quienes se mueven por senderos próximos a los nuestros, la plenitud de encontrarnos ante nuestros ecos». Así termina Zacarías el ardoroso capítulo, con esta aseveración a la que detecto cierta contradicción con los absolutos de diversidad que había proclamando antes.

Comoquiera que sea, sus andanzas por Berlín tendrán corto plazo y con pesar lo intuye, así quiera mirar hacia otro lado. En enero de 1933 arde el Reichstag y los camisas pardas salen a la calle, pavoneando el triunfo de cuanto Zacarías detesta, eso que llama el nefasto poder de las armas y los entorchados. Pronto entiende lo contado de sus días allí y aunque disgustado al tener que irse más pronto de lo que hubiese querido de Alemania, compensa el malestar anticipando nuevos horizontes.

Dentro de lo posible esperar que la decepción llevase a Zacarías y su mujer a disponer a regañadientes el regreso. No lo ha dicho pero por las fechas sé que a estas alturas el general que los perseguía se ha marchado y a las malas, en la piel de derrocado y fugitivo dictador. Nada más lejos de sus planes. Los primeros meses de destierro han marcado su destino, han vuelto a los dos inveterados trashumantes. Nada de volver; lo que resuelven, y llegado a este punto la predecible coincidencia no debe sorprenderme, es seguir viaje a París, obedeciendo a los resortes de esa alma nómada descubierta en sí mismos, motor ya de sus vidas.

11

Amplia, la ventana de nuestro cuarto domina una colmena de chimeneas parisinas ni mayores ni más anchas que los tubos de un órgano. Desde nuestra mudada a este apartamento conseguido gracias a las gestiones de una amiga de Jaramillo también k, esta vez Katya, a cada rato me entrego a este espectáculo de tejados vecinos, que sólo ver de paso y con el rabillo del ojo me alegra recordándome que estoy aquí. En cuanto a la amplitud exterior, tuvimos suerte; nuestra vivienda es más pequeña hasta que la de Jaramillo. Desde la cama, estirando un poco el brazo, se puede encender el fogoncito de dos hornillas junto al lavadero. Pero cuenta con esta ventana bastante mayor que la única de su estudio, a la que calculo cuando más las dimensiones de un ojo de buey y que para colmo da a un patio interior. La nuestra se abre a la calle e inunda el cuarto con la luz azulosa de París.

No es sin embargo para embelesarme con chimeneas o cielos azulados que investigo los movimientos de la calle y me estiro lo más que puedo, tratando de dominar la acera de parte a parte. Ahí están en su entra y sale de siempre los obreros de ese taller en el que por lo que he podido deducir sin curiosear fabrican losas de construcción, tarea que los vuelve figuras blanquecinas, cargando camioncitos con las cajas donde amontonan esas piezas que tapizarán paredes o suelos. Frustrado, descerrojo la ventana y asomándome de golpe para sorprender a quien pudiera estarnos vigilando, me inclino sobre el borde del alero.

Nada de particular. Aparte esos trabajadores está la hija del conserje español de nuestro edificio, que desobediente juega en medio de la calle a patear una pelota con la hija de los vecinos portugueses; las consabidas mujeres con sus bolsas de mercado, dos andando por la acera y otra que conversa con alguien metido en un zaguán.

No por manía me he asomado a ver si sorprendo a alguien abajo. La culpa la tiene el clochard de Mouffetard, que me metió los monos en el cuerpo cuando la otra tarde pasé como tantas otras por allí. Casi siempre cruzo su plaza sin tenerlo en cuenta y son pocas las veces que nos saludamos pero aquella tarde fue como si me esperase; tan pronto la pisé, entrándole por donde siempre, me lo encontré en un sitio distinto al que acostumbra, colocado en la oportuna esquina en la que, habiendo seguido mis rutinarios recorridos, sabía que me vería aparecer.

Apenas me ve se transfigura y asumiendo el aspecto más estereotipado del clochard sediento de vino, figura que sin lucir un dignatario no es la suya de costumbre, alza la botella vacía y me manotea con ella en alto, haciéndome con la otra mano ostensibles señas de estarme pidiendo unas monedas para volverla a llenar de su apetecido vino tinto. Lo saludo dispuesto a seguir de largo pero él, entendiendo que no pienso hacerle caso, hace sus señas más imperiosas y acude a esas dotes teatrales que le conozco, presentándose como el clochard de caricatura que a base de payasería busca agenciarse fondos para un trago. No viéndome ni con eso dispuesto a detenerme, cuando paso junto a él se dirige a mí en un español urgente, sin detener las gesticulaciones suplicantes con las que me pone su botella en primer plano, de forma que cualquiera que nos observe piense que sólo insiste en su inaplazable urgencia de beber. Óyeme, es importante, me dice en un tono que me para en seco.

Sin abandonar los aparatosos ademanes que a todos harán imaginar una elaborada perorata, sus palabras se van por una tangente muy distinta, y pocas le bastan. Ten cuidado, me advierte, tienes una sombra detrás desde hace días, y ahora dame algo para que no se entere. No te des vuelta, por ahí viene. Atiendo a mi primer instinto de cautela y dándole estoy esos céntimos que no me sobran cuando me entra la sospecha de que el clochard está burlándose de mí. Pero es tarde para la marcha atrás y por si hay en su advertencia algo de cierto, respondo a sus agradecidas inclinaciones de cabeza con recíprocos aires de pareja escénica antes de seguir camino a casa.

No comento a mi mujer el aviso de ése a quien le ha dado por llamar su Parsifal. Sin vacilar le daría crédito y yo, a cada minuto peor víctima de la astucia del clochard, tendría que pasarme horas rebatiéndola o peor, soportando sus temores y giros de cabeza cuantas veces saliésemos hasta perder el gusto de pasear. Metido en esta muda indecisión, me vuelve en los días siguientes muchas más veces de las que quisiera el recelo que me ha plantado el clochard y que me lleva a protagonizar de tanto en tanto torpes escenas que no sé si alguien observará, gestos calcados de las tantas películas que he visto de espionaje o policías y ladrones en las que un perseguido intenta comprobar si las fuerzas que sean, del bien o del mal, andan tras su pista. Termino por convencerme, o eso creo, de que Parsifal me tomó el pelo, hasta que yendo un día camino de M. Rousselet me meto en un café a tomar un expreso y se produce la catástrofe. A la espera estoy de que el camarero acabe de colarlo cuando doy la espalda a la barra sin más propósito que entretenerme en contemplar el movimiento del local y más allá de la vidriera exterior descubro en la acera a un personaje que, no me cabe duda, tenía la vista puesta en mí y la retira bruscamente, aunque no tan rápido como para que yo no lo sorprenda. Mira a los lados queriendo disimular, evita volverse de nuevo hacia mí, y echando a andar desaparece. Cuando después de mi café salgo a la calle, no lo veo. Si de verdad es alguien encargado de seguirme, supo esconderse. Me asomo ahora de golpe a mi ventana a ver si lo sorprendo en su misión de centinela al pie de la casa, pero me encuentro la acera vacía.

Lo peor es no entender ni razón ni propósito a esta persecución. Por qué seguirnos, quién puede pensar que hayamos venido a París con fines deshonestos y secretos. Mi esperanza es que sea la policía francesa la que, bien por rutina con cualquier cubano aparecido como nosotros de la nada o incitada por las falsas denuncias de alguien rencoroso enterado de nuestra presencia aquí, quiera enterarse de quiénes somos y de si hemos venido con planes perversos tramados en La Habana, con sus autoridades o, y esto sería peor, con esos internacionalistas que pululan por la isla, empeñados en diseminar su revolución por los cinco continentes. No concibo otras hipótesis. Si quienes nos vigilan vienen del otro lado del Muro, gente de la mismísima Cuba, ¿por qué no nos agarraron cuando nos tenían a mano? ¿Qué hemos hecho por el camino para incitarlos a emprender esta tardía cacería? Absurdo que de los mellizos se trate. De ocurrírsele al detenido en Friedriechstrasse señalarnos como responsables de su captura, eso en todo caso nos significaría una medalla a nuestra vuelta, ésa en la que quizás por allá sigan confiando. De habernos acusado el gemelo fugitivo de frustrar su plan, lo menos que le habrán dicho los occidentales es que se lo merece por confiarse en el primero, en este caso la primera, que le pasó por delante. Tramas todas absurdas, sin pies ni cabeza.

Peor es que cuanto más horas pasen, más difícil se me hará identificarlo, si es que lo vuelvo a ver. Lo tuve delante unos segundos, el vidrio entre los dos enturbiaba sus facciones, y temo que lo poco que capté de éstas se me esfume. Ni de probarse irrefutable la advertencia del clochard revelaré el asunto a mi mujer. A pie juntillas creería en las palabras de su caballero andante. Por ahí viene; me descubre asomado a la ventana desde doblar la esquina y me saluda con la mano. Estaba lindo el día, daban ganas de asomarse a respirarlo, le digo cuando llega, lo que le provoca, una vez que deja sobre la mesa sus partituras a copiar, la proposición que, de saber la verdad, no se le ocurriría. Ni me cambio de ropa, me dice, vámonos a dar una vuelta.

12

Una de las novelas de Balzac de las que mejor recuerdo guardo, desde leerla ya adulto por primera y solitaria vez, es también una de las más desdeñadas por quienes han examinado y comentado la obra del novelista. Lo curioso, y me refiero a *La mujer de treinta años,* es que la razón del placer mío es la misma que la del disgusto de otros.

Los desordenados antecedentes de la obra y su apremiante armazón son conocidos, aunque concedo a los estudiosos de Balzac suficiente perspicacia como para suponerles que, incluso ignorándolos, su pobre opinión de esta narración sería la misma. Fue así la cosa: Balzac contaba con dispersos fragmentos de varios relatos en proyecto; disímiles puede decirse que del todo o casi. Un episodio galante por aquí; una aventura de los mares, con piratería incluso, por allá. Ideas en variadas etapas de germinación, anotaciones más o menos adelantadas de las que con su probada destreza podría a la larga sacar tres o cuatro novelas. Descansaban en sus gavetas o en los legendarios montones de papeles que el autor esparcía sobre sus sábanas, a la espera de que les llegase su turno; no imaginaba Balzac qué destino terminaría por reunir, y por su propia mano, a tan alejadas criaturas. Pero a ello lo obligaron sus derroches.

Su munificencia, convertida por la fama en atributo inseparable, lo lleva a precipitarse una mañana a rebuscar en sus agobiados archivos trozos que le permitan componer una novela en no más de una semana, cuestión de conseguir de urgencia francos con los que tranquilizar a los latosos acreedores que vienen a perturbar su trabajo con exigencias cada vez más impostergables. De este modo podrá mantener vivo el despilfarrador tren de vida que, en lugar de fatigarlo, lo estimula a seguir escribiendo miles de palabras al día. Los fragmentos encontrados y seleccionados de entre tantos –no hay por qué suponerlos los más coherentes entre sí sino aquéllos a cuya revisión anticipaba más placer–, van a servirle para elaborar, con el tiempo justo para entrelazarlos mediante improvisados y duchos costurones, el exitoso dramón que titulará *La mujer de treinta años.*

De esa premura, estímulo de una composición tampoco hecha a capricho sino cabal ejemplo del astuto narrador, vienen los reparos primeros de los críticos, quienes se complacen en señalar con puntilloso denuedo la voluntariosa hilación de peripecias, el apresurado hilván con que Balzac cose escenas en el intento de velar su dispar origen. No sólo está construida la novela de piezas incoherentes, argumentan, entre las manos se deshace en incongruencias la trama, pobremente entretejida por transiciones con escaso sentido, pespunteadas al vuelo. La implacable lógica –ahora dirían sicología– que, aducen, amarra de principio a fin obras poderosas como *Papá Goriot,* está aquí tan ausente como para, de no conocerse sus balzacianos orígenes, suponer esta novela nacida de otra mano, escrita por terceros a partir de un encargo, en un truco fraudulento al que sus deudas obligaban al autor.

Como a la mayoría de sus lectores de los tiempos en que se publica y a tantos otros de generaciones sucesivas, la novela me complace desde su arranque. Pero éstas son palabras personales y no la distinguirían de otras narraciones firmadas por talentos menores que también me han gustado o conseguido entretener. Si *La mujer de treinta años* se me queda dentro, si la revivo como uno de los textos en los que mejor Balzac muestra lo bien que pulsó su oficio, lo debo justamente a esa desenvoltura en el estilo, a la despreocupada elegancia con la que conduce a caprichosos bandazos los sucesivos incidentes e incluso a lo evidente y hasta desafiante de los remiendos con que los empata, llamados improvisaciones cosidas con hilo basto por quienes no aceptan ni entienden el ilimitado universo de la ficción y se empeñan en subordinarla al mundo real. Precisamente por rechazar los valores de esta subordinación me ocurre lo contrario que a esos detractores: la visibilidad de los pespuntes me evidencia al escritor consciente de que su narración podrá tener referentes pero de manera absoluta su vida comienza cuando nace de la pluma de su autor, encerrada toda ella entre las dos tapas del libro. La intuición y la experiencia que, juntas, orientan a **Balzac** por los desordenados derroteros de *La mujer de treinta años* son las del creador seguro de que de sus manos brota un mundo nuevo, que para nada descansa en las pautas que pudieran sugerirle la historia o la razón; una vez terminada su obra queda tan satisfecho como cuenta el Génesis que se sintió el Señor cuando en el séptimo día, más o menos los mismos que Balzac, decidió descansar y satisfacerse en su obra.

Concedo que esta parcialidad mía pueda deberse a esos subjetivos impulsos que me han llevado siempre a fundir más que confundir la realidad visible e innegable con las extravagancias más imprevisibles o las peripecias y maravillas del todo ficticias que por nuestra infinita capacidad de imaginar nos es posible vivir; el gusto de valorar lo imposible, dar a lo soñado peso equivalente al de las vivencias y, para mayor apariencia de sinrazón, entrelazar ambos mundos sin atender al roto. Tantas experiencias que he vivido han dado al traste con cualquier intento de trabazón racional que con naturalidad traslado ese desorden a las lecturas, aceptándoles cualquier capricho y dotándolas de mis propios eslabones. Lo que más me convence en ellas es el devenir casual de un discurso que valora lo imprevisto y dota la senda cotidiana de matices improbables y mágicos. Las tramas de congruencia irreprochable son las que me petrifican el relato, ésas sí me lo vuelven irreal; en vez de sentirles existencia propia las recibo como ficticias tretas de profesional que me las quiere hacer tragar como copias cabales de lo real pero que a mí acaban por resultarme del todo ajenas a las verdaderas circunstancias de la vida, ese sendero sin lógica repleto de inverosímiles azares.

13

No es ni mucho menos su hoja de ruta, esa fácil casualidad de que compartamos el viaje La Habana-Berlín-París que tantos habrán hecho y harán lo que me hace sentir hermanado con el libro de Zacarías y hasta con su persona, aunque ese parejo camino pese no poco en la sensación que tantas de sus páginas me dejan de estarme viendo en un espejo. La impresión de cercanía va arraigándose en mí a partir de paralelos que se me hacen patentes entre nuestros respectivos mundos interiores, semejanzas que según él y yo vamos andando, se evidencian en emociones que la experiencia del viaje hace brotar de lo más profundo de su ser –y aquí me veo cayendo en esos giros anacrónicos a los que a veces él recurre, aunque piense ya que justificadamente–, sobresaltos de su espíritu frente a la trama de imágenes o sucesos que escucha y ve. Decir que me identifico con él es decir poco; como si hubiese anticipado su destino al mío, como si mis acontecimientos presentes no fuesen sino capítulos de un texto ya escrito que conozco y en Zacarías los releyese. De todos modos, mis sucesivas sorpresas ante esas coincidencias las voy recibiendo, o eso intento, con la serenidad de quien se ve ante hechos posibles. Eso, hasta que llego a uno de sus últimos capítulos. A pesar de que su lectura me haya hecho sentir no pocas veces siguiendo el hilo de mi propia historia, no puedo evitar el asombro que me acecha a la vuelta de una página, cuando Zacarías entra a narrar lo que le ocurre cuando sale a zanjar uno de los trámites finales de su proyectado viaje a París.

Es como si con intención me hubiese reservado esta última vuelta de tuerca a su relato, giro tan sorprendente como para, pese a mi resistencia a creer en cábalas, recibirlo como insoslayable signo de una predestinación. Pensándolo luego mejor, creo entender lo que de veras me deja saber el inesperado suceso que narra Zacarías: más allá de ideologías, de banderas y años, no sólo el trasfondo sino la esencia de la que está hecha Alemania siguió igual desde producirse su fuga hasta la mía, una perversa esencia que se diría inscrita en su alma.

En unas primeras líneas cuya ligereza no presagia el dramático encuentro a punto de ocurrirle, cuenta Zacarías que entra a una librería con idea de comprar, no tanto una guía de París, pues sigue prefiriendo las andanzas y novedades que cualquier encrucijada pueda depararle, sino un callejero de esa ciudad a la que se propone viajar, sin sentirse ya capaz de predecir por cuánto tiempo. Le han advertido que la capital francesa es un dédalo entretejido a partir de rotondas que se abren en todas direcciones para luego entrecruzarse y no le entretiene la idea de andar extraviándose cada dos por tres y depender en todo instante de la incierta amabilidad de los parisienses.

Antes de explicar al comerciante qué desea prefiere hurgar en anaqueles y mostradores. Como suponía, no encuentra nada en español, ni que pudiera interesarle ni que no, y termina por volverse al librero para explicarle a qué ha venido. La tienda le resulta agradable, rica en volúmenes, y confía en encontrar ese librito que busca. Sí le ha extrañado que a pesar del rato que lleva allí, nadie más ha entrado a la librería, a pesar de encontrarse en un lugar bastante céntrico. Cuando pregunta al librero si tiene algún callejero de París lo bastante diminuto como para llevarlo en el bolsillo, el hombre, con un brillo en las pupilas que daría a pensar que Zacarías se interesa por la compra de una costosa enciclopedia, lo conduce a la esquina dedicada a los libros de viajes y saca dos: uno mediano, me imagino de ésos que con M. Rousselet he aprendido a llamar en octavo, y otro tan diminuto como para poder introducirlo hasta en el reducido bolsillo del chaleco. Aunque lo pequeño de la letra usada para las aclaraciones obligue a forzar la vista, Zacarías lo prefiere; es lo que buscaba, un acompañante. Concluida la transacción y dispuesto a irse, en el último momento el librero lo detiene. Sin solicitarle su permiso, coloca con familiaridad una mano sobre el brazo de Zacarías, impidiéndole que retire su compra del mostrador, y con expresión y tono suplicantes que de buenas a primeras mudan su semblante, le ruega que le dedique un minuto. Ha sido el hombre tan cortés que Zacarías lo complace, desechando la idea de estar ante un chiflado, menos un timador. El librero, si acaso unos años mayor que él y cuanto más se le mira, de unos modales que Zacarías califica de impecables, va a la puerta de la tienda, la cierra, y da vuelta al cartelito colgado ante el vidrio para indicar que está cerrada.

Cuando un rato más tarde Zacarías emprende la vuelta a casa, anda sonámbulo. Aturdido por lo que el librero le ha propuesto pero mucho más al recapacitar en su conducta y entender lo poco que aquel hombre lo pensó antes de hacerle su imprevisible y sobre todo riesgosa petición, señal de que se sentía atrapado en una temible encrucijada. Pero así sea el hombre un absoluto extraño, Zacarías complace su solicitud sin pensárselo dos veces ni importarle que hacerlo pueda crearle problemas, las dificultades que seguro le acarreará, las explicaciones que deberá dar en su embajada, las posibles consecuencias del asunto para él y su mujer, el arrastre de unas circunstancias que pudieran venir a perturbarlo cuando menos se lo espere. No obstante haberse hecho de antemano todas estas consideraciones, comprende por qué pudo ponerse tan pronto de acuerdo con el librero y aceptar lo que éste de manera tan angustiada le pedía. Se reconoce en él, cuatro palabras del hombre le bastan para entender el dilema en que se encuentra, los peligros ante los que se ve. Haberse negado a atender su súplica hubiese sido renegar de sus más arraigadas convicciones, ésas que los trajeron a él y a su mujer a este sitio en el que están y que ahora, vistos los acontecimientos, lo animan a seguir viaje.

Enterado después de la lectura de estos párrafos anticipatorios de lo que ha hecho Zacarías, inevitable no recibir su decisión como inequívoca premonición de lo que mi mujer resolverá hacer décadas después; no sólo porque ambos sucesos se asemejen asombrosamente sino por la infalible correspondencia entre los razonamientos que leo a Zacarías para justificar su acto, demasiado iguales palabra por palabra a los que no hace mucho escuché a mi mujer cuando me explicaba los motivos de su disposición de ayudar sin un titubeo a los mellizos; tanto que troco en mi mente situaciones y personajes y necesito enderezar mis pensamientos para disipar la confusión que se me encima de sentirme viviendo aquellos tiempos metido en el pellejo de Zacarías, que cuando llega a su casa y se explica a su mujer, ésta, si al principio lo oye incrédula, enseguida lo abraza, feliz de saberse con un hombre que así le corrobora la solidez de sus principios.

Innegable que lo que el librero pide a Zacarías podrá traer a éste mil complicaciones, pero para él, alcanzar París es cuestión de vida o muerte. Dada su condición de judío y además empresario que por su negocio mantiene tratos económicos importantes y frecuentes con el exterior, las nuevas autoridades le niegan el pasaporte para no dejarlo irse de Alemania, supone él que hasta ver llegado el momento de confiscar con el pretexto que sea sus bienes y posiblemente su persona. En París lo espera su mujer; no es judía y así pudo escabullírseles. Presiento por dónde viene el hombre al mismo tiempo que lo está presintiendo Zacarías, a quien el librero plantea lo evidente. Para llegar a París necesita un pasaporte y sin rodeos pide a este oportuno cliente que le ceda el suyo. Con tal de disiparle preocupaciones, le explica que sus relaciones como librero y editor de publicaciones limitadas le permitirán modificar en media tarde ese documento de manera inmaculada, sin trazas de quién fue su portador y con su propia foto en el cuadro que ahora ocupa la de Zacarías. Con la colaboración de amigos de confianza expertos en todo género de manejos de imprimería, ni los mejores expertos detectarán la sustitución. Además, sólo necesita el pasaporte el tiempo de traspasar la frontera. En Francia también cuenta con contactos de confianza que le permitirán recuperar pronto su verdadera identidad. No habrá dos Zacarías Milanés dando a la vez vueltas por París, aparte de que su propósito es, tan pronto tenga todo en regla, irse con su mujer a Marsella y tomar allí los dos un barco que los lleve a Buenos Aires. Europa se les está haciendo irrespirable.

Lo habrá pensado Zacarías unos momentos, aunque sin que lo aclare me atrevería yo a decir que pocos. Enseguida sale a la calle con su callejero de París, y sin pasaporte. Termina este trozo de su historia con humor. Le divierte su papel de delincuente cuando, dos semanas más tarde, tras dar al librero tiempo de escapar a Francia disfrazado de Zacarías Milanés, se presenta en la embajada a contar que perdió su pasaporte, no sabe dónde. Los trámites son fáciles. Provisto de un documento de viaje provisional con un nuevo visado francés, que aplaza su viaje apenas otra semana, parte con su mujer a París, y la última mención que hace del librero es decir que no queriendo rastrear su paradero por si las cosas no le han ido tan bien como pensaba y un exceso de curiosidad suyo pudiera meterlo en líos, nunca más supo de él, ignorando si para su desgracia lo capturaron cuando escapaba de Alemania, eventualidad en la que prefiere no pensar, o alcanzó lo que, en un giro festivo con el que parece Zacarías apostar a que al librero le fue bien, llama la patria del tango.

14

Me encuentro la mesa de comer cubierta de papeles. Serán más partituras, esa colección de canciones folclóricas francesas arregladas para coro de cuatro voces que por el tiempo que lleva copiándolas mi mujer más me parecen Pasiones de Bach. No nos quejamos. Junto con los trabajos a destajo que hago a M. Rousselet esas piezas que transcribe nos ayudan a ir tirando y conociendo la precariedad de muchos del barrio en parecidas circunstancias, que nada más agenciarse techo una semana se sienten en la gloria, a lo que aspiramos es a que esta antología vocal no tenga límites. Pero me equivocaba, el reguero no son partituras sino recortes de periódicos y poco tardo en enterarme de que todos aluden al tema de los mellizos alemanes.

Habrá estado ella coleccionando y rumiando estas noticias sin decírmelo con tal de no oírme repetir lo que le he dicho el sinfín de veces que me ha venido con el asunto: empeño inútil, esa historia de los mellizos cuya continuación persigue carecerá de desenlace. Si de alguna novedad pudiera enterarse sería de qué castigo tocó al hermano detenido en la estación, no digamos que valiéndose de un subterfugio pues el pasaporte que portaba era de verdad el suyo, sino por haber facilitado la fuga de su gemelo con documentos en este caso falsos. De la suerte corrida por el que traspuso el Muro, nada sabrá. Se salvó, eso es todo. Con el correr de los meses será uno más entre los millones de alemanes de Occidente, otro destino intrascendente; si alguna vez los periódicos lo mencionaron no fue tanto por su hazaña de vencer la custodiada frontera sino porque debió su salvación a la entrega de su hermano luego arrestado en Berlín Este.

Un vistazo a los recortes me desmiente, y de qué modo. No es sólo que haya podido reunir ella tal cantidad de artículos sobre el acontecer de los mellizos con su poco de francés sino que a lo que la mayoría se refiere es justamente a ése que mis apresurados vaticinios relegaban al anonimato y que acerca de su hermano preso no ha podido en cambio averiguar una palabra. Nada han accedido a decir, ni en público y menos a él, las autoridades orientales. No me da tiempo mi mujer a más. Sale del baño envuelta hasta las rodillas en sus queridas toallas, feliz de verme, aunque sé que la mitad de su sonrisa se debe a que esté aquí ya haciéndole compañía y la otra a su satisfacción de encontrarme revolviendo sus recortes y que se me vaya haciendo claro cuánta razón tuvo en seguir el rastro a los mellizos. Una de las toallas con las que se envuelve, la más espesa, se la llevó del hotel alemán, aunque yo vine a enterarme en París cuando la sacó de la maleta y me la enseñó, orgullosa de su robo. Estarán contentos, dice de los del hotel alemán, despreocupada de saber si comparto su alegría o me dispongo a reprocharla. Se sentirán en posesión de la verdad, podrán decir de nosotros lo peor, me dice. Por encima de la ropa se le veía a esos cubanos que eran enemigos de clase, estarán diciendo, desertores en ciernes y ladrones, llevándose propiedades del pueblo, sigue, divertida de atribuirles esa letanía. Se me acerca y ojeando a la par que yo su mar de periódicos me cuenta cómo persistió en su búsqueda por mucho que yo desconfiase. Ahí lo tengo: de quien hablan los diarios es de ése que yo suponía un cero a la izquierda. En no pocos artículos aparece, en distintas posturas y a diferentes distancias, el mismo que vi en el Berliner recogiendo y devolviendo abrigos, aunque estudiando las fotos donde su perfil aparece sesgado igual pudiera decir el mismo que vi en el vestíbulo del hotel, o en la estación de Friedrichstrasse, o en el Tiergarten. Al final poca importancia tiene. Pudiera estar fingiendo éste ahora en Occidente ser su hermano con tal de sacar al otro de allá, quién sabe qué filigranas le vendrán mejor.

Los diarios más antiguos toman nota de las incesantes gestiones que desde pisar Berlín Occidental realiza ante sus autoridades, hasta las más inaccesibles, instándolas a que reclamen la devolución de su hermano a casa, luchando por que su gobierno no lo olvide. Ni una noticia menciona más allá de las especulaciones qué ha ocurrido al detenido, si sufre cárcel preventiva y breve, si ésta apunta a ser definitiva, si para su fortuna anda suelto aunque ni apostar que vigilado hasta en la cama. En cuanto al mellizo que se fugó, le da continuidad en esos diarios que ha coleccionado mi mujer y no son pocos estarse demostrando cualquier cosa menos manco. Si la prensa recoge su nombre a frecuentes intervalos y sus actividades merecen la pena de cruzar el Rin y llegar hasta nosotros aunque sea en páginas interiores, se debe a las constantes carreras que da por las más variadas dependencias del gobierno este personaje a quien tan mal juzgué. Le aprecié, comprendo ahora que apresuradamente, trazas de persona retraída e intrascendente; su actual arrojo me desmiente. Sin parar recorre de un extremo a otro el país, acude a donde sea a dar batalla hasta que se le escucha, se hace abrir puertas difícilmente franqueables a gente como él en aras de mantener vivo el interés de su gobierno y sus conciudadanos en la libertad de uno de los suyos injustamente preso. Acicate de la opinión pública, mueve conciencias, recoge firmas, en mítines y conferencias reclama el retorno a casa de su hermano, no deja piedra sin remover en su favor.

15

Trae una sonrisa de oreja a oreja a la que no achaco más motivos que su alegría de vernos y sentarse con nosotros a tomar una cerveza; demasiado calor ya para copas de vino. Trae bajo el brazo su cartapacio con las partituras copiadas o por copiar y aunque es delgado, lo pone sobre la mesa con el alivio de quien depositase un abultado diccionario. No lleva tanto tiempo en esa tarea pero la tiene harta. Su obligación repetitiva se la hace labor de chinos, aunque lo mejor que se le ocurre para aliviar su aburrimiento a mí me resulta cuando estamos en casa el peor de los castigos: canturrear las notas según las copia, con lo cual me harta a mí también, obligado a escucharle la misma tonadilla esa infinidad de veces que la copia hasta completar una de las voces del coro que la cantará. Desde luego que el insólito trabajo lo consiguió aquí en el café, en la sempiterna mesa de Jaramillo, una de las veces que nos lo encontramos compartiéndola con Katya. Poco tiempo hemos necesitado para enterarnos de que en París, al menos en nuestro círculo de becados, refugiados o sencillamente gente necesitada de otros aires, es el café la bolsa de negocios donde se tramita la generalidad de los asuntos, lo mismo conseguir techo o trabajo por precarios que éstos sean, a veces solución de una sola noche, que elucubrar entre amigos la manera de obtener que se prolongue un visado francés a punto de expirar. También, y en no pocos casos, conspirar, no con la mirilla puesta en nuestro entorno sino en tierras lejanas, en el caso de nuestro café del sur de las Américas; otros hay para ocuparse de otros continentes.

La sonrisa no la abandonará por un buen rato. Se le queda grabada el tiempo que Jaramillo, que la sabe ávida de relatos de ese género, se entretiene contándole el de los dos bolivianos que hasta hace un rato compartieron nuestra mesa. Me los encontré con él cuando llegué y necesité su invitación para pasar por alto una posible interrupción o al menos entender que a él le tenía sin cuidado. Ahora, cuando se lo haga a mi mujer, será la segunda vez que le oiga el cuento; la primera fue nada más irse los bolivianos. Yo me aparecí cuando sus deliberaciones estaban casi resueltas.

Resulta que sus suplicantes, a quienes negar su procedencia en el intento de quedarse en París no daría resultados, pues desde antes de que Jaramillo me los presentase sus ojos rasgados y su piel cobriza me habían delatado su abundante sangre andina, desembarcaron en París hace tres meses, procedentes nada menos que de Albania. Ése fue el país a donde sus relaciones revolucionarias en La Paz pudieron enviarlos con una beca de estudios, a fin de que lograsen sus propósitos de visitar el Este de Europa y estudiar de primera mano métodos prácticos para la instauración y consolidación del socialismo. Quién sabe si porque sus contactos los tenían a menos o porque sus recursos eran pocos, lo cierto es que no sólo tuvieron que conformarse con Albania a la hora de viajar al otro lado del Muro sino que la única beca que pudieron agenciarse fue para cursos intensivos de albanés. Dato que dada la seriedad con que Jaramillo nos lo cuenta, antes a mí y ahora a ella, ni que decir cuánto saborea.

El problema de los bolivianos, continúa antes de que mi mujer se lo suplique, es que no quieren volver por ahora a su país, se desesperan por quedarse. No dicen cuánto pero supone él que cuanto más mejor. Necesitan una excusa, que si se quiere legal sería un trabajo que un francés no pudiera desempeñar; en todo caso no como profesores de albanés, aclara Jaramillo sin ceder en su cara de palo. Les aconsejé, dice a mi mujer cuando ella en su impaciencia lo conmina a proseguir, que hagan lo que casi todos, conseguirse cartas, declaraciones, documentos con que presentarse ante la policía como perseguidos en peligro mortal desde que aterricen en La Paz. Es lo que mejor resuelve, a los franceses les encanta dar refugio a los revolucionarios en peligro, así mantienen vivas su tradición y su fama.

Calla mi mujer cuando parece dar él por terminado su relato, pero noto que algo se trae entre manos. Después de un trago de cerveza que le sirve de pausa, vuelve a la carga con dos preguntas superpuestas, cuyas pretensiones de inocencia en ningún momento engañan ni a Jaramillo ni a mí. ¿Y para qué quieren quedarse?, dice con aire de ignorarlo. ¿No fueron a Albania a averiguar cómo hacer la revolución? Suelta Jaramillo la única risa que ha dejado escapar en todo este rato, por de pronto sin responderle; lo piensa y cuando al fin lo hace es en tono de dictar sentencia. Aquí todos quieren, queremos, se corrige, hacer la revolución. Y tras una pausa, explica. Pero lo que todos queremos de verdad hacer es la revolución francesa.

Tanta conversación le ha dado a ella ganas de ir a entretenerse en las maquinitas. Es diestra y rápida con los botones para impedir que las bolitas caigan al pozo y mueran pero no sabe ser tramposa, no ha aprendido a darle esos empujoncitos con que los hábiles menean la máquina para desviar las bolitas cuando las ven caer por una pendiente peligrosa. Cuando lo intenta, su empujón es demasiado fuerte, con lo que la máquina se para y anula el juego. Pero le gusta jugar de vez en cuando y ahora me pide un par de francos para ir a malgastárselos, gozosa cuando Jaramillo se echa una mano al bolsillo para contribuir con otros dos, regañándola a la vez que se los da. Eres una viciosa, dice a mi mujer. Hace falta más para desconcertarla. Sin mover una ceja, responde a Jaramillo mientras se aleja camino de la maquinita que ha localizado libre junto a un ventanal. Se nota quién te dio tu formación, eso mismo nos decían siempre allá, le dice; y por si Jaramillo no la entiende: que éramos unos viciosos, que todo el que quería irse era porque no le preocupaban los demás, no quería desprenderse de sus vicios.

Por eso yo me fui, porque soy una viciosa como tú dices. Conmigo dieron en el clavo. Entonces sí se va.

Jaramillo está contento. No tuvo tiempo de contármelo y es ahora cuando me da la noticia de que la galería que lo exhibe, o mejor decir lo representa, pues según nos ha contado sólo le cuelga de cuando en cuando alguna obra en muestras colectivas, le ha conseguido una presentación que no será para vender pero comoquiera que sea le recompensará con un viaje. Un pueblo, dice, aclarándome que no lo llama así por gusto sino porque de verdad lo es, metido por los valles del Massif Central, prepara una semana cultural con espectáculos teatrales, conciertos y también, y ahí entra él, muestras de pintura. Es con tema, precisa, vertiendo gotas de veneno sobre la invitación; el Tercer Mundo, dice, como verás un tema bien benevolente. Cinismos aparte, está feliz. Pasará allí cuatro días y lo que más le atrae es que como la alcaldía no tiene medios para acomodar en hoteles a tantos invitados, los vecinos del pueblo han brindado sus casas para albergarlos. Imagínate que emoción, dice. Recibir en sus casas a artistas de París y nada menos que latinoamericanos. Se les pondrá la carne de gallina cuando bajemos a desayunar, las muchachas de la casa se volverán locas tratando de encontrarnos las pistolas. Me alegro por él; más allá de escepticismos sabe que lo pasará bien. Pero más que seguirlo escuchando quisiera irme a casa y la demora de mi mujer en sus maquinistas me hace pensar que habrá ganado un montón de juegos.

Al írmele acercando localizo, oculto de nuestra mesa por una columna, a un jovencito de pie junto a su máquina viéndola jugar y conversándole. Cuando le pregunto qué desea y sin haberlo hecho yo en tono de reto, delata su mala conciencia. Deja su sitio deprisa diciéndome está bien, está bien, dos veces, alzando entre él y yo una mano para disipar cualquier enfrentamiento. *Ça va, ça va*, me dice. Descubro a mi mujer sonriente, aunque no me parece que por estar ganando; la sonrisa no es de triunfo. Pudiera hacerme creer que es de placer por sentirse objeto de una disputa entre varones pero aunque algo de eso habrá, también quiere ser de superioridad, hacerme ver que mi conducta ha sido infantil, viniendo a echar de su lado a un hombre sólo porque le conversaba.

Sí ha estado ganando, en la pizarra de colores aparecen millones de puntos, con la exageración de estos jueguitos. Es entonces cuando más allá del ventanal del café y entre el gentío que pulula a estas horas de la vuelta a casa localizo a una figura que he visto antes sólo una vez pero que sin vacilación identifico a pesar de que se haya vuelto ya de espaldas y se aleje presurosa para mezclarse con la gente. Será por haberlo visto desde una perspectiva parecida, del otro lado de los ventanales de un café, pero sé sin una duda que ese personaje al que acabo de sorprender con la mirada puesta en nosotros es el mismo al que vi el otro día espiándome cuando yo estaba en el mostrador de otro café. Menos me pasa por la cabeza esta vez la idea de contarle lo que ocurre a mi mujer. Tendría que remontarme al otro incidente y entonces escucharle sus reproches; por qué no se lo dije, por qué no la avisé de lo que pudiera serle un peligro; más teniendo en cuenta que sale sola todos los días a la calle. La animo a irnos pero al no darle motivos, sigue jugando hasta que se le agotan los puntos y los juegos gratuitos.

16

Nuestra opinión de que la mole del Sacre-Coeur no es tan fea como dicen, sobre todo cuando se la contempla como hemos hecho nosotros desde abajo para verla en sus alturas de la colina de Montmartre, nos vuelve motivo de un sinfín de burlas la tarde en que se nos ocurre proclamarla en el abarrotado escenario del café. Diatribas venidas de todas partes a las que se incorpora fervoroso Jaramillo, que llama a esa iglesia babosada, plasta de merengue. Es posible que la basílica nos haya llamado la atención por sus pretensiones de virginal blancura, en contraste con la negrura general de la ciudad que se extiende a sus plantas. De todos modos, oídas las censuras a nuestro complaciente parecer y por mucho que nuestra mirada siga siendo de turistas, no creemos que el monumental bloque del Sacre-Coeur desentone de la belleza de París; al contrario, le añade un matiz. Hasta que una mañana de domingo en la que el sol brilla tanto que hace relucir por todo lo alto la nívea arquitectura de la iglesia y sus mosaicos, nos vamos a conocer el santuario de cerca, siguiendo una tortuosa caminata por las calles retorcidas, adoquinadas y en cuesta, de la colina.

Ya arriba y con la basílica delante, vamos comprendiendo las legitimas razones del general desdén para con esta construcción de aspiraciones bizantinas, consagrada a principios del siglo XX y edificada por los poderosos de entonces, no sólo de Francia sino de toda Europa, con el propósito manifiesto de desagraviar al Señor por los insultos y blasfemias recibidos durante la conmoción de la Comuna. Propósito divulgado con fervor desde colocarse su primera piedra, junto con el otro no menos expreso de, en una exhibición de contrición y fe, rogar al Sagrado Corazón que aleje de sus destinos esa plaga de las sublevaciones obreras llamada fantasmal por Marx que ven extenderse por el continente sin que ni leyes ni castigos puedan contenerla. Es para invocar su protección que le consagran esta Santa Sofía de Occidente; elevada como aquélla en el afán de que presida y ampare un sistema social que dure siglos.

Si vista desde fuera y aplastados por su mole nos resulta bastante menos atractiva que de lejos, evidenciándonos los desequilibrios y falta de elegancia del pastiche, cuando entramos a la iglesia la escasa admiración que pudiera quedarnos se desmorona ante la profusión de adornos que, queriendo engalanarla, dan con su persistencia chillona la impresión de haber sido comprados en una tienda por departamentos durante su semana de gangas orientales. Mi menosprecio por tanta chapucería termina por traerme a la memoria aquel atentado anarquista planeado según dice Emilio Zola en su novela de París para el día de su inauguración, que de haber tenido éxito se hubiese llevado por delante a la mayoría de las testas coronadas de Europa junto con otras tantas cabezas republicanas sin corona, y hasta al mismísimo Papa y un nutrido grupo de su curia. Atroz matanza sin duda, aunque no puedo dejar de preguntarme si de haber conseguido sus letales propósitos hubiese ahorrado a Europa sus dos guerras del siglo o por lo menos la devastadora manera en que fueron conducidas, y hasta, en lo que a mí toca, sus repercusiones en otros continentes.

17

Harto complacido queda M. Rousselet cuando por fin le devuelvo el libro y le dejo saber mis impresiones. Su primera reacción, un ¡Ah! sonriente, recurso invariable suyo para expresar contento. Le pregunto cómo puede valorar el texto si no sabe español y se va por la tangente; está enterado de qué trata y de ahí su idea de que me interesaría. Escarba a su vez en mi opinión y le explico cuánto me he identificado con su autor y su relato. En nuestra charla empiezo a relatarle incidencias de mi propio viaje con una franqueza que hasta entonces había evitado, limitándome a mencionarle muy por encima andares e impresiones. Y cuando comprende que estoy al dejar el tema pensando que le aburro, me anima a que prosiga. Por primera vez ahondo con él en las razones de mi partida, convicciones que, no sabiendo cómo piensa, había preferido no tocar, no fuésemos a caer en contradicciones. Pero no opina, sólo escucha, y cuando le hablo de Berlín quiere conocer hasta el último detalle de nuestro paso por allí, no acepta escorzos. Lo complazco hasta cierto punto, escamoteando episodios que por su rareza sé difíciles de creer. Sigue mis palabras atento hasta que de pronto se levanta de su asiento detrás del buró, se quita las gafas, las cierra, las alza en el aire sujetas con la mano derecha como si esgrimiese una vara profesoral, y me exhorta a emprender sin dilación, tomando el ejemplo de ese compatriota mío que tanto me ha entusiasmado y a quien me pone por modelo, la redacción del memorial de mi viaje.

Para mis adentros le hago todavía menos caso del que le demuestro. Con la condescendencia que me da nuestra dispar edad, ubico a M. Rousselet como lector detenido en otros tiempos, esos comienzos del siglo xx en que editar un libro era barato y cualquiera decidía emprender el relato de impresiones y reflexiones extraídas de su vida, su barrio o hasta su habitación, así fuesen la quintaesencia de lo corriente, atiborrando librerías de naderías; esos paseos de un caminante que con éste y mil títulos parecidos satisficieron infinidad de veladas. Sin sopesarlos mucho considero los sucesos que he vivido estos últimos meses como una sucesión de acontecimientos importantes sólo para mi mujer y para mí y cuya escasa hilación nacería sólo del creciente impacto que me han ido causando, algo muy personal. No lo dudo: situaciones como las que he vivido a cualquiera le suceden y hasta un episodio como el de los gemelos, el único con atisbos de alguna relevancia, carece de desenlace claro, por lo que con ello su interés se desvanece. Mi texto se leería como notas tomadas al albur, que al asumir la pretensión de presentarse como singular relato de viajes desnudarían su pobreza. Ni soñar por lo demás con alcanzar un estilo tan depurado y elegante como el de Zacarías, que además se me anticipó, especulando hace décadas sobre buena parte de lo que yo pudiera sacar en limpio de mis andares. Me sé además inclinado a la duda, mis convicciones se notarían vacilantes; comparado con el de Zacarías, el calor de mi texto no superaría la tibieza.

Al cabo de días acosándome a preguntas sobre si he comenzado a trabajar, M. Rousselet toma mis pretextos por evasivas. Me achaca haraganería, dejándome de paso saber con sus acaloramientos por qué es hombre de libros: forzoso escribir lo que se piensa sin darle tantas vueltas, insiste; es deber de las personas dar a conocer sus experiencias y sus ideas sin andarse con excusas, que o bien encubren timidez o son puro subterfugio para cruzarse de brazos.

Declara terminante: el libro de su compatriota, redactado sin propósitos literarios –de eso no estoy tan seguro, aparte no entender cómo es posible que él, no leyendo español, pueda valorarlo así; hay pasajes de *Alma nómada* movidos a las claras por el deseo de hacer buena literatura–, ha logrado impresionarme y conmoverme. ¿No hizo bien en escribirlo, aunque fuese sólo pensando en usted?, remata apasionado M. Rousselet. Es posible que ese libro que yo he leído sea el único ejemplar superviviente, ¿sabe acaso usted por qué llegó a sus manos?, pregunta exaltado, como si me pusiese ante un enigma. Los libros saben encontrar a sus lectores, dice, a veces mejor que los lectores a sus libros. Tras esta admonición termina su discurso; me sabe, si no persuadido, al menos vacío de razones con las que refutarlo.

Logra lo que persigue. Me pongo al trabajo y para mi sorpresa me voy entusiasmando a medida que adelanto. Me pasa como M. Rousselet pronosticó; cada página que termino aumenta mi satisfacción y mi valoración de esas anécdotas que narro; redactarlos realza a mis ojos el valor de los sucesos que relato, les concede matices escondidos; desempolvar acontecimientos los impregna de una transparencia que no les supe ver cuando ocurrían. Brotan sin yo buscarlo de la página afinidades veladas entre sinuosos episodios que cuando los viví creí sueltos y pasajeros perro que el transcurso del relato me obliga a consignar por entenderlos enlaces necesarios, como si no fuese yo quien escribiese y haciéndose por sí sólo, el texto arrojase sobre los hechos su verdadera luz, aproximando peripecias que creía alejadas. Inevitable que me vaya envaneciendo según cobra cuerpo la relación de mi viaje y percibo cómo todo eso que se me hacía puro ladrillo amontonado similar a las ruinas de Berlín se va convirtiendo en edificio.

Metido en mi trabajo, el silencio de mi locuaz mujer se me hace sospechoso; la conozco como para saberlo nacido de un escepticismo que no me quiere confesar. No creo en su dilatorio pretexto de que prefiere leer lo que escribo cuando lo tenga acabado. Le estará pasando como antes a mí: me obstino, pensará, en una tarea ingenua, movido por ilusiones de escritor. Su fingida discreción no consigue distraerme de mi labor, más bien la estimula. No paro, confiado en concluir pronto mi crónica; aunque metido ya en los que calculo serán sus capítulos finales me disgusta una evidencia: carente de los recursos con los que en su día debió de contar Zacarías nunca publicaré mi manuscrito, en eso quedará. Justo entonces nos llegan los visados que llevamos tiempo gestionando. Nos quedan por hacer unas pocas gestiones pero lo lógico es que en cuestión de semanas estemos viajando a Nueva York, reclamados, como prescribe el protocolo inmigratorio, por el hermano mayor de mi mujer, al amparo de nuestra condición especial de ser cubanos, a quienes los americanos aceptan en su país sin demasiados requisitos. No lo hubiésemos querido tan pronto. París nos resulta un puro goce pero no vamos a pasarnos el resto de la vida en vilo aquí, regulando nuestra situación cada tres meses como nos exigen los franceses, por aquello de seguir el sesgo diplomático de no reconocer que tienen cubanos exilados en su territorio y así pretender en aras de sus buenas relaciones con la isla que seres de ese país con tales aspiraciones no existen aquí. Es posible que el viaje a Nueva York nos suma en una permanente esquizofrenia, el deseo de volver aquí estando allá y una vez de vuelta aquí volver de nuevo allá, sin decidirnos nunca, en perenne vaivén.

Jaramillo no se alegra. Preferiría tenernos a su lado. Conservará resabios de su vieja época, receloso de Nueva York y cuanto sea americano. Nada de eso hay y pronto nos enteramos, su tristeza se debe a quedarse sin nuestra compañía. Conoce a muchos en París pero pocos a quienes confiar los recovecos de su pensamiento sin que lo interpreten mal y lleguen a verlo como persona de ideas sospechosas. Carecen de ese pasado compartido que los tres nos trajimos de La Habana, esa caída en el desengaño a que nos condujo el acartonamiento de lo que se nos transformó en apéndice de un clan internacional de fanáticos burócratas con sus particulares arbitrariedades tropicales. Al cabo de un par de copas se muestra feliz por nosotros y el viaje que se nos avecina. Nos sabe cada vez más trotamundos como él y comparte nuestra alegría de disponernos a explorar otros territorios. Ya me contarán, nos dice. A lo mejor nos vemos pronto por allá, agrega, y se lo creo. Su aire es de estar al pairo, sin amarres.

Así hubiese logrado encontrar editor para este texto mío, por lo menos en París no me quedará tiempo de buscarlo; ya veré qué hacer más adelante. Y con esta última línea tan frustrada y poco literaria debo concluir mi relación. Al ponerle su punto final tomo una decisión a primera vista presuntuosa, pero no cabe otra. M. Rousselet no entenderá español pero su pasión son los libros, no importa en qué idioma, y el mío, así sea manuscrito, debe su existencia a él, a sus apremios. Que el texto a máquina tenga borrones, montones de correcciones hechas a mano en tinta, no importa. He repasado algunos de los manuscritos que guarda, algunos las más valoradas piezas de su reserva, y los he visto llenos de tachones. De manera que voy con mi mujer a una papelería a duplicar el mío, lo encuaderno de manera rudimentaria y se lo entrego a quien es su padrino el día que voy a despedirme de él.

Me emociona ver a M. Rousselet colocando lo que he escrito junto a ese volumen que tan bien conozco y aprecio, el *Amor nómada* de Milanés. Alguien lo leerá, quién sabe si en treinta años, me dice, feliz de su triunfo. Oyéndolo intuyo lo mucho que de verdad pueda contener su vaticinio; la historia de esa tierra que acabo de dejar lo hace más que probable, quién sabe cuántas vueltas más se le avecinan. No tengo por qué dudar que de aquí a treinta años, otro cubano, fugitivo quién sabe por qué de nuestra isla, a lo mejor por parecidos motivos que yo o por razones para mí imposibles de prever aunque probables variantes de lo mismo, vaya a parar como nosotros a Berlín. Vivirá las mil piruetas de la huida, esa ininterrumpida fuga de la que nosotros no hemos sido sino un eslabón más y a la que, generación tras otra, obliga el devenir de mi país; cómo negar que las circunstancias no lo traigan luego a París y acabe cayéndole en las manos mi texto, después de haber vivido él en carne propia un relato capaz de superponerse, con sus particulares incidencias y reflexiones, al de Milanés y al mío. Me saca de mis divagaciones M. Rousselet con una de esas sentencias de anacrónica belleza que he aprendido a conocerle, cargadas de estilos perdidos de otros tiempos: ahora se tiene que sentir más adulto, sanciona. Otra de esas aseveraciones suyas que aunque diáfanas en apariencia tienen no poco de imprecisas y sin darnos cuenta de qué quieren decir nunca podemos olvidar.

18

Ni lo dudamos, no tenemos por qué. Si lo que se nos antoja es asistir a esa gala con la que la Cinemateca Francesa inaugura una semana de cine húngaro, festival que hemos visto anunciado en vallas y postes, ¿por qué no ir? No es que nos atraiga de manera especial ponernos al día con las novedades de la cinematografía húngara, de la que conocimos en Cuba algunas muestras, pasando por alto bastantes; más bien y como nos recalca Jaramillo, no en persona sino por intermedio de ese recadero con quien nos envía las invitaciones para la gala, que en la recepción abundarán bandejas de embutidos y botellas de vino del Tokay, realidades más concretas que las luces y las sombras. Tratándose además de una muestra de cine aprovecharemos la ocasión mejor que él, nos manda también a decir. Agradecemos su gestión al mensajero y siendo ya algo tarde nos disponemos a partir, sin preocuparnos que sean húngaros de hoz y martillo nuestros anfitriones. Si saltamos el Muro no fue para seguir arrastrando miedos ni poniendo obstáculos a nuestros deseos o nuestros caprichos sino para ir y venir, entrar y salir a voluntad de donde sea, andar con quien nos plazca, sin preocuparnos de que un poder omnipresente pueda estarnos vigilando para luego venir a amonestarnos por desvíos de conducta y castigarnos.

Eso pensaba mientras nos preparábamos para el festejo. En el andén del metro me empiezan a rondar otras ideas. Me veo emprendiendo con mi mujer una excursión parecida a aquélla tan imprudente a la que no hace tanto nos lanzamos en compañía de Veronika con k en Berlín. Verdad es que poniendo nuestros recelos en su sitio, nada nos pasó a raíz de aquella temeridad y pronto olvidamos el temor a que nuestro atrevimiento pudiese atraernos malas consecuencias. Eso creí entonces y por algún tiempo. Cuando recapacito y me represento las incongruentes apariciones que últimamente nos han estado rondando no me siento ya tan seguro y menos de que esta nueva ocurrencia sea acertada, con lo que las incertidumbres se me revuelven por dentro como una mala digestión camino de la gala. Cuanto más vueltas doy a esa inconcreta figura que sigue nuestros pasos más me empantano, sin verle razón. Si será justamente por haber asistido a aquel exclusivo mercadeo sin contar con las debidas credenciales que nos acosan ahora estos fantasmas, queriendo asegurarse de que callemos el suceso para siempre. O el endiablado asunto de los mellizos, que de alguna forma ha sacado a relucir nuestros rostros en las tablillas de las comisarías orientales y tenemos a sus agentes rascándose la coronilla sin acabar de entender qué escondía nuestra colaboración en el enredo de los hermanos. A qué otra razón atribuir el escurridizo acoso no se me ocurre. Sea como sea, estas inquietudes lo menos que hacen es infundirme prudencia. Por mucho que mis cavilaciones me tuerzan los pasos camino del Palais Chaillot, la excursión con Veronika no me ha hecho escarmentar. Igual que al adentrarnos en la noche berlinesa sin saber cuál sería nuestro destino temí que aquella decisión irreflexiva pudiese desbaratar nuestro proyecto de superar el Muro, también ahora me gana la comezón de que nos estemos adentrando en aguas turbias que pudieran terminar en tembladera, pero receloso y todo sigo adelante, sin compartir estas ideas con mi mujer –tendría que hablarle a medias, ni por asomo le he mencionado la existencia de nuestro vigilante– y como ella vistiendo mis mejores galas, más bien las menos patibularias.

Cuando salimos del metro me detiene antes de que enfilemos hacia el edificio de la Cinemateca para pararse a contemplar, como a menudo hace aunque lo conozca, uno de esos paisajes de la ciudad que la hacen sentir renacida. A nuestros pies desciende la escalinata de Chaillot, invitándonos a bajar al río, y enfrente se alza silueteada contra el atardecer la Torre Eiffel, con la extensión del Campo de Marte atrás, espacio atrayente desde que dejaron de perturbarlo los disparos de los ejercicios militares.

La contemplación de esta perspectiva la frena; no sólo sus pasos, también los impulsos que traía. Siento su cuerpo distenderse y no me sorprende cuando me invita a olvidarnos de los húngaros y bajar al Sena a comprar dos salchichas al pie de la torre e irnos a comérnoslas en los bancos del parque, luego pasear por sus senderos, luego seguir a tomar unas copas de vino en cualquier parte. La invitación, con sus sugerencias de regocijos ulteriores que para nada oculta el tono meloso con que me la hace ni la manera en que se pega contra mi brazo, está al convencerme, aunque evito responderle de momento, prefiriendo imaginar esos recorridos que propone y seguir sintiendo su cuerpo contra el mío. A punto estamos de olvidar la fiesta y descender la escalinata cuando se produce un tumulto a nuestras espaldas y al volvernos nos encontramos un panorama de celebración del todo contrastante con la placidez de aquél al que nos entregábamos. Más allá del grupo de curiosos que se agolpa al borde de la acera han aparecido dos autos negros, relucientes e inequívocos autos diplomáticos, que se detienen uno detrás del otro. Las dos figuras que salen del primero lo menos que tienen es aspecto diplomático, dos mujeres con vestidos largos de telas satinadas, elaborados peinados de fiesta, y uñas y collares relucientes; más apresuradamente que ellas e invirtiendo el proceder habitual de apearse los hombres primero, salen del segundo los que serán los verdaderos diplomáticos en su papel de hoy de acompañar a las actrices; dos hombres de edades dispares e idénticos trajes oscuros, que acercándoseles, les extienden galantes las manos para guiarlas hacia la entrada de esa Cinemateca de cuyo interior y con la caída de la tarde emanan luces muy brillantes, como si dentro se estuviese rodando una superproducción.

Sin pensarlo más nos sumamos al cortejo que sigue a los recién llegados. No todos los que lo componemos somos invitados, muchos son mirones. Junto con los escogidos que vamos quedando según nos acercamos a la entrada nos mezclamos como mejor podemos para, a diferencia de las mujeres, llamar la atención lo menos posible, así vayamos comprobando que la gala no es tan de rigor. No pocos asistentes van peor vestidos que nosotros, aunque en su aspecto se adivine el tiempo dedicado a conseguir esa apariencia de descuido. Buscamos un rinconcito del salón al que nos han llevado después de recorrer el codo de un pasillo y seguimos con nuestra intención de pasar inadvertidos entre los corrillos, aunque sin perdonar a cuanto camarero nos pasa cerca con bandejas de entremeses, de aspecto llamativo aunque menos suculentos de lo que prometía Jaramillo. No vemos a un solo conocido; quiero decir conocido personal, de tratos en La Habana. De vista a unos cuantos, pero vistos sólo en la pantalla, la francesa, y nos los indicamos uno al otro con disimulo, no vayan a tacharnos de colados ajenos a la celebración.

Vamos por nuestra segunda copa cuando un hombre que por su elegancia luce de los anfitriones se nos planta cerca sin parar de observarnos. Gente de cine no parece, más bien diplomático, o hasta guardaespaldas por su corpulencia. Quisiera avisar a mi mujer por si no se ha percatado de ese par de ojos que no se nos desprenden, pero el hombre nos sigue tan celosamente que no podría hacerlo sin dejarle saber que me sé clavado en su mirilla. Da media vuelta y va a esa mesa puesta contra una pared de donde poco antes cogimos mi mujer y yo nuestras segundas copas. Deja la suya mediada en el mantel, toma dos vacías, y les sirve vino tinto. Olvidando la suya, recoge las que ha llenado y cuando lo anticipaba alejándose lo que hace es acercársenos, tan decididamente que las copas que desde lejos nos viene ostensiblemente presentando nos las trae acompañadas de su más cortés sonrisa.

Tan ducho se diría en estas ocasiones que hace coincidir su llegada junto a nosotros con el paso transversal de un camarero, al que indica que se lleve nuestras copas vacías. Sus primeras palabras, sorprendentes por carecer de preámbulo, consisten en el afligido reproche de que no lo recordemos. Nos reconoció él en cambio desde vernos entrar, a pesar de que nuestro primer encuentro fuese breve. Tampoco hace tanto, precisa, por eso pensó que lo recordaríamos como él a nosotros. Nos conocimos en La Habana, dice; con gran aparato se estrenaba en la Cinemateca, en aquel caso la de Cuba, una película rusa que la oficialidad soviética quería distribuir por el mundo. En esos días él estaba allí para un acuerdo comercial y en el vestíbulo del cine conversamos. Recuerda el desdén con que yo hablé de esa película que los soviéticos ponían por las nubes. No tengo que pensarlo mucho y estoy seguro de que tampoco mi mujer. Recuerdo la película, recuerdo que nos pareció malísima, recuerdo que lo dije en el vestíbulo de la Cinemateca y que eso me causó un conato de disgusto con algunos compañeros cuando quisieron convencerme de que aquel era un acto de amistad entre dos países y no un evento artístico. Pero para nada lo recuerdo a él. Tampoco creo probable, así haya yo dejado saber mi mala opinión sobre aquella latosa película en alta voz, que lo fuese a hacer ante un desconocido y menos alguien con aspecto de funcionario del Este. No me hubiese lanzado, con nuestro viaje ya asomando.

No voy a discutirle. Procuro desviar la charla y es él quien decididamente lo hace al preguntarnos qué nos ha traído a París. Llevemos mi mujer y yo suficiente tiempo fuera como para que en la isla ya nos tachen de tránsfugas, calificativo que allí aplican como insulto y nosotros aceptamos como membrete de honor. Pero siguiendo el que hasta hoy ha sido mi catecismo cuento al húngaro nuestra historia de que estamos aquí por unos meses en un viaje de fines culturales. El hombre, que como debí suponer se llama Mihaly, nos ruega, después de mencionarnos las dos o tres películas de la muestra que considera indispensables, que lo acompañemos, como si la idea le viniese de pronto. En un salón al fondo está un director de cine de su país cuya ópera prima figura en el festival y él clasifica entre esas obras a no perderse. Es hombre muy retraído y se ha sentado aparte en ese salón junto con el agregado cultural sin querer aparecerse en el festín, pero seguro le encantará conocer a colegas cubanos. Acepto sin muchas ganas, no sólo por retraído yo también sino receloso, sintiendo además a mi callada mujer engrifada como un gato. Salimos del salón, entrándole a un amplio pasillo que según parece va a terminar en ese saloncito cuya puerta de entrada vemos entreabierta. Se adelanta Mihaly, la abre del todo, se hace a un lado para cedernos el paso y es en ese minúsculo instante cuando, cerca de dos figuras sentadas en sendos butacones, ninguna de las cuales me luce tan joven como para tratarse de ese director primerizo que debemos conocer, distingo a un tercer hombre recostado contra una pared con las manos entrelazadas a la espalda, que como los otros dos se vuelve hacia nosotros, más que con cortesía como si nos esperase.

Lo habré visto mal y de lejos, en movimiento y siempre con un vidrio de por medio, pero sin vacilación lo reconozco. Es esa sombra nuestra, el hombre de cuya persistente presencia a mis espaldas me avisó el querido Parsifal y al que por lo menos dos veces he cazado espiándonos. No caben titubeos. Doy una decidida media vuelta militar y arrastro como quien dice a mi mujer para que me siga sin una pregunta, entendiendo su docilidad como la lucidez de quien comprende que he descubierto algo amenazante. A paso de carrerilla nos encaminamos hacia la puerta de la calle, seguidos por las llamadas nada tímidas de Mihaly y de otra voz que desconozco pero que suena todavía más apremiante, oteando por el camino con el rabillo de esos ojos que tengo puestos como un fusil en la salida las variadas reacciones de desconcierto a nuestro alrededor, reacciones que distingo entre las de extrañeza por no saber qué pasa y las de confusión por sí saberlo y no decidir cómo proceder. Aprovecho que por un costado viene un camarero para adelantármele, al vuelo dejar en su bandeja mi copa y la de mi mujer, y plantarlo entre nosotros y ese falso visitante a Cuba que con un voraz afán bien distinto a su amable obsequiosidad de antes nos pisa los talones. Seguimos todavía más veloces y aunque me distrae de la concentración en salir que con tenacidad persigo no puedo alejar la sensación de que un episodio igual a éste lo hemos vivido mi mujer y yo, alguna otra vez escapamos de una situación parecida, huyendo con la misma exagerada prisa que ahora, sin soltarnos las manos en un andar desesperado, no queriendo tampoco aquella vez lanzarnos en una carrera para no parecer delincuentes. Huíamos como esta vez de un grupo de personas que querían hacernos daño y de repente entiendo que eso nunca nos pasó, no éramos nosotros quienes escapábamos, eran Cary Grant e Ingrid Bergman huyendo a nuestro mismo extraño paso acelerado de unos nazis que los querían acorralar, huyendo de salón en salón y por unas escaleras, hasta ahí mi recuerdo de aquella película. Ellos escapaban de los nazis, nosotros de quienes se dicen su reverso, y habrá que ver a cuántos otros les esperan escenas parecidas, de qué nuevas máscaras sonrientes tendrán futuras parejas que escapar.

En la calle, sin que entre tanto público se atrevan los anfitriones a venir a detenernos y armar un escándalo, la escalinata nos invita a recuperar nuestros planes y continuar hasta el río nuestra escapada, más acelerada si queremos. Pero la avenida en que las escaleras terminan y la separan del puente no es segura, esos dos autos relucientes que antes vimos pudieran aparecérsenos allí con tres o cuatro de esos hombres corpulentos que se aparentan diplomáticos y cerrarnos el paso. Mejor acogernos a la democrática seguridad del metro, tenemos tickets y esto nos permitirá sacar ventaja a nuestros perseguidores, superar los torniquetes, buscar cualquier andén, saltar al primer tren.

19

Cuando años después, en una primera conversación sin segundas intenciones con mi amigo de la embajada en París sale a relucir no recuerdo cómo el susto que mi mujer y yo pasamos en Chaillot, luce al desmayarse, como si en vez de estarle contando yo una experiencia mía le estuviese obligando a revivir una ocasión de peligro mortal para él: palidece, tartamudea, no encuentra cómo poner las manos para que no le temblequeen. No lo vemos en Berna, nunca hemos ido a Suiza. De viaje él y enterado de nuestra dirección, nos visita, y a todos nos alegra esta oportunidad de deshacer de viva voz aquel malentendido, nacido según él mismo nos confirma de los derroteros que yo le deduje al enterarme de su fuga. El día que nos vimos tenía todo listo y cuando me miraba a los ojos por encima de la mesa del café intentaba captar en ellos el escrutinio de un agente que apoyado en la amistad, buscaba entrar en confianza e inducirlo a revelar su plan de desertar. Por fin se recupera –lo intenta; su cara sigue colorada, las palabras se le traban– y reconoce que justamente lo que más temía en aquellos días de preparativos secretos era caer en una celada semejante a la que, sin que le quepa la menor duda, nos tenían reservada a nosotros en Chaillot.

Nada novedoso para él ese género de trampa, de casos parecidos había oído antes incluso de llegar a París con la bendición de un cargo exterior. Pero ni por conocerla por rumores oficiales que se pretendían discretos aunque se recibieran como trucadas advertencias le resulta menos espantoso evocar con nosotros la encerrona a quien, tachado de espía y traidor o simplemente de aspirante a desertor, se fuerza a volver al país para que purgue allí sus culpas. Y si la simple mención de maquinaciones semejantes le causa estremecimientos es porque, trabajando en la legación, desapariciones así dejaron para él de ser rumores y se le volvieron tan concretas como para poderles poner nombre y rostro. No participó en barbaridades de ese género –eso nos dice; si es verdad o no, aceptemos su arrepentimiento–, pero las conoció de primera mano. Un compañero de legación, un amigo, enlaza sin parar, patentizando su voluntad de soltar lastre aunque no le preguntemos. Por sorpresa que pudiera no serlo se lo tropieza en un pasillo, cargado en andas por dos de la misión, y era su mirada tan sonámbula que aunque se vieron de frente entendió que el hombre no lo había reconocido mientras era arrastrado sin discusión a la calle por ésos que de diplomáticos sólo tenían el nombre. Tan esfumado luego del mapa que lo mejor que puede desearle es que lleve años desmochando hierbazales.

El recuerdo lo desploma; lleva mi mujer la conversación por otro lado sin dejarlo, por mucho que nos interese, recuperar el tema. Tal grado de pavor se me hubiese hecho exagerado en aquellos primeros momentos de nuestra fuga, sintiéndome ya a salvo de perseguidores junto con mi mujer en el vagón del metro que nos alejaba de Chaillot. Incomprensible se me hacía que aquella gente, por dudosa que fuese bajo sus fastos diplomáticos, planease anestesiarnos para luego cargar con nuestros desmadejados cuerpos, tratándose de húngaros quién sabe si hasta Transilvania, sacándonos de la Cinemateca dentro de ataúdes de madera claveteados como si parte del evento cinematográfico fuese escenificar los tétricos viajes de Drácula. Durante el callado viaje y recuperándonos del susto, más bien pensaba que lo que querían era sacarnos información, quizás de los mellizos, sin saber que de ese asunto sabíamos menos que ellos. El desmentido de mis optimistas especulaciones y que desde entonces me lleva a coincidir con los temores que exterioriza ahora mi amigo ex diplomático nos viene al poco rato por boca de Jaramillo. De la

Cinemateca vamos directamente a su casa, juzgándola por instinto más segura que la nuestra y para que nos explique qué lo indujo a instigarnos, con invitación y todo, a asistir a la temible recepción, por mucho de cine que tuviese. Nos escucha y su disgusto es grande. Detecta en nuestras atropelladas preguntas sobre su amabilidad y su mensajero la enormidad de que podamos creerlo compinche de los húngaros y sus reprobables planes. Entender por nuestras incoherencias y nuestros sudores que reaccionamos a un susto sin pensar bien lo que decimos, lo calma, y lo primero que hace es establecernos la coartada de que la tarde se la pasó pintando y ni fue por el café ni nos envió a ningún mensajero. Todo eso fue pura patraña. Calar a partir de sus explicaciones en lo elaborado del plan de los húngaros y los recursos dedicados a seguirnos la pista por París y luego tendernos un cepo me hace pensar que efectivamente su propósito fuese secuestrarnos, truculenta deducción a la que Jaramillo no se suma. Prefiere pensar que lo peor que hubiese podido pasarnos es que nos echasen algún narcótico en el vino para luego atormentarnos a preguntas, eventualidad que, curtido como está, nos presenta como si tal cosa.

Con el tiempo también yo desecho la idea de un secuestro, se me hace estrambótica y presuntuosa. Quiénes éramos nosotros, por mucho que hubiésemos tenido trato con los mellizos en los días de la fuga de uno de ellos, para merecer las complicaciones de un rapto, multiplicadas por el sitio concurrido y ajeno de la Cinemateca de París. Pero mi amigo ex diplomático, pese a desconocer el gancho de nuestra relación con los hermanos, no ve la posibilidad descabellada. ¿No cuentas que el hombre que los venía siguiendo estaba allí?, dice atorándose. Haber dedicado a ustedes dos ese interés demuestra que perseguían algo para ellos importante, vete a saber qué, qué sabes tú. Uno es muchas veces el último en enterarse de lo que ha hecho, nos dice, y sé que con esto no quiere entretenerse en armar contrasentidos.

20

Entre una y otra cabezada, que a pesar de no tener sueño y ser de día me tienen aletargado en el asiento del avión, un pensamiento me endereza tan bruscamente que mi mujer, que sí parecía dormida, me pregunta en un balbuceo qué me pasa. Le respondo que nada poniendo una mano en su brazo, aunque quien de ninguna manera se tranquilizará soy yo, aturdido por el presentimiento que me hizo brincar. Me vino por partes, en evocaciones inconexas que mecían mi somnolencia, hasta concretárseme en la voz de M. Rousselet, más bien esa habla particular que le recuerdo. No fue el asunto que en mi memoria pudiésemos estar conversando lo que me sobresaltó sino recuperar su acento, sus sonoras erres pirenaicas del Midi. Al impulso de sus reverberantes ecos empiezo a sospechar que bien pudiera haberme estado mintiendo todo el tiempo, escondiéndose desde que lo conocí tras una falsa identidad. No ser verdad que fuese como me dijo del sur de Francia, ni del Norte. Crece mi recelo y no consigo desechar lo que va siendo la convicción de que procede de mucho más lejos, aunque esta pista tardía pudiera ser un capricho precipitado por la duermevela del avión con el que pretendo infundir fantasía a mi paso por París. Pero mis dudas, en vez de ceder, más bien me persuaden de que M. Rousselet no es tal, no era ese librero de nacimiento y apellido franceses que se pretendía. Y aunque la monotonía del viaje embote mis sentidos, si se me tomase ahora declaración juraría que no es otro que mi compatriota Zacarías Milanés, o por lo menos lo fue en aquellos tiempos recogidos en la crónica de sus viajes. Luego, movido por ese ímpetu que sentía arder en él y que en las últimas páginas de su *Alma Nómada* recoge y transmite de perseguir la multiplicidad del mundo, no necesariamente yéndose a la complicada exploración de nuevos rumbos sino ensayando metamorfosis sucesivas de sí mismo que le traigan esa multiplicidad a su puerta, pasó a ser este M. Rousselet francés que conocí, de erres en verdad antillanas. De profesor Milanés se trocó en el librero M. Rousselet o quién sabe si hasta otros hubo de por medio, si M. Rousselet no es sino la última de una serie de reencarnaciones asumidas en su incansable registro de personalidades, vivencias y emociones, y su relación conmigo a partir de darme a conocer su libro estuvo marcada por el interés en explorar mis particulares experiencias para luego procurar que éstas saliesen a la luz en la forma de este texto eco del suyo que yo creía concluido y al que no sólo debí añadir, luego de entregarle un manuscrito que resultó incompleto, el episodio final de la Cinemateca, sino también tendré que incorporar esta corazonada como acotación final.

Pareciera no venir al caso pero escribiendo este apéndice aprovecharé para dejar constancia escrita, con mi mujer dormida al lado mío, de impresiones que me rondaron durante nuestros últimos días en París. Queriendo ponerlas por escrito no me es fácil concretar la sensación poco más que intuitiva de que los meses pasados en esa ciudad con mi mujer, recién salidos del otro lado de ese Muro que en nuestro caso trasciende continentes, tuvieron mucho de irreal, como nacidos de un sopor del que nos desperezábamos, sin dejarnos precisar si esa ciudad de verdad la recorríamos y sus episodios los vivíamos o si ese tiempo debiera para mayor autenticidad representármelo como extractos de nuestro paso por las páginas de un libro cuyas tapas se van ahora cerrando y al que de ser ése mi deseo volveré como se vuelve a la evocación de una lectura.

IV.

Nueva York

1

Por más que trato de contenerme con tal de no aguarle a mi mujer la fiesta que está viviendo con nuestra entrada a Nueva York, el reencuentro con su hermano y este inaugural paseo nuestro camino de Manhattan, llega un momento en que no puedo seguir callado e inclinándome para que su hermano no me oiga le soplo al oído lo que se me revuelve por dentro y ya que estoy en ello, de la manera más cruda. Esto no me gusta en lo más mínimo, le digo, refiriéndome a todo eso que vamos descubriendo: edificios y calles que pasan a los lados de la autopista y ella no se cansa de mirar, pienso yo que admirar. Pero cuando oírme no le provoca reacción me pregunto si será porque silencia un sentimiento parecido al mío con tal de no defraudar a su hermano, que tanto ha hecho por traernos, si por debajo de su regocijado semblante también se decepciona y teme el desengaño de para siempre quedar ajena a unos espacios que así sea sólo a partir de sus aspectos exteriores se le van haciendo tan distantes como a mí. Con tanto entusiasmo y anticipación que me traía han bastado minutos para que se me vuelvan las cosas boca abajo y sienta ya hostil ese paisaje que veo repetirse chato y monótono por los cuatro horizontes pese a lo que pudieran ser sus empeños de variedad. Sé que vamos por una autopista y no nos hemos metido por calles de barrio de verdad, pero este suburbio de Queens, que según nos corrige mi cuñado podremos llamar suburbio si queremos pero es parte esencial de Nueva York, me comunica una ausencia de vida insoportable. Me esfuerzo por penetrar esas calles transversales que nacen a los costados de la autopista y van a perderse por zonas que lucen residenciales, de casas bajas que se anuncian agradables o bloques de edificios poco auspiciosos. Pero ni por unas ni por otros detecto vida y cuando ésta se me aparece la encarnan personas tan desperdigadas que acentúan la mortandad que nos circunda.

Y de repente, la verdadera ciudad, que en su imponencia se nos venía anunciando desde salir del aeropuerto y a pesar de su distancia me había resultado un consuelo atrayente y, no importa cuánto la hubiese visto representada antes de mil formas, sorprendente, se alza ante nosotros, imponente fortaleza que nos espera del otro lado de este puente que comenzamos a cruzar. Y cuando el auto baja una rampa y nos metemos por sus calles siento un alivio corriéndome como agua fresca por el cuerpo e intento transmitirle esta alegría a mi mujer apretándole la mano. Tras ese páramo de orden implacable que venimos de atravesar, la isla me hace sentir otra vez en una ciudad en movimiento, junto a gentes de mi especie felices de su variedad y no empeñados en la uniformidad. Ni llegar a casa necesito para saber algo que perdurará en nosotros mientras vivamos en Nueva York, y es que de Manhattan nunca saldremos. Daré a esta isla un tamaño parecido a esa otra en la que viví tantos años y a los ríos que la atenazan la magnitud de aquellos mares que en vez de hacerme sentir encerrado me traían el aire del mundo. Aquí será a la inversa. Las aguas del estuario y sus brazos nos rodearán, apareciéndosenos con sólo andar unas cuadras, pero no nos traerán la incitación a traspasarlas. Miraremos hacia adentro. Para colmar nuestra necesidad de sentirnos parte de un mundo vasto y múltiple nos bastará siempre Manhattan.

2

El fatídico pálpito que me recorre cuando recién cruzado el Muro y desde el elevado veo caer sobre mí la colérica mirada del mellizo fugitivo, aguijón que nunca me abandona, se nos viene encima a poco de nuestra llegada a Nueva York, y de qué modo. Por suerte, antes de este inesperado choque gozaremos de una pausa que nos dejará ir conociendo la ciudad y experimentar, más que en París incluso, un disfrute ansiado igual que se ansía la salvación por aquellos tiempos en que nos sabíamos oficialmente vigilados hasta por nuestros vecinos: la felicidad de sentirnos ignorados, nulos e inexistentes a excepción del uno para el otro.

Para irnos acomodando, es ese fraterno cuñado que nos ha servido de garante quien, como Jaramillo allá, sirve de dedicado apoyo a nuestra necesidad de rehacer prioridades. Recordándolo mi mujer de antes de estos pocos años que han vivido separados y anticipándolo yo a partir de los cuentos que ella me ha hecho como persona próxima a nosotros en hábitos y gustos, familiarizarnos con sus nuevas costumbres nos asombra, claro que a mi mujer sobre todo. Aquel despreocupado jovencito del que se despidió no hace tanto, estudiante regular que pensaba poco en su futuro, se ha vuelto hombre de horarios regulados y conducta razonada. Tras los primeros abrazos y remembranzas, pocas palabras malgasta que no vayan a lo práctico, interesado en explicarnos maneras del vivir aquí que habrá memorizado con miras a instruirnos y que a mi mujer, como me dice cuando nos quedamos solos, se le hacen consejos cómicos, como si su hermano nos creyese venidos de la selva. Con el tiempo veremos que ese inmediato diagnóstico no es rasgo exclusivo de él. Su catecismo nace de una convicción compartida con muchos, no importa de dónde vengan ni de qué medio procedan: la arraigada idea de que aquí todo es distinto a lo aprendido y, se lee entre líneas, más perfecto, el patrón a seguir. Mejor rehacernos, abandonar en la orilla como zapatos mojados viejas maneras de ser, conservando si acaso alguna afición peculiar que nos dé color. Así ha hecho él, recalca envanecido de una asimilación que cree conseguida pero que según lo tratamos nos resulta oscilante, repartida entre sus nuevos hábitos y procederes que con orgullo llama tradiciones y a nosotros nos lucen más bien recuerdos de turista y hacen que a mi mujer se le confunda ese hermano junto al cual creció con un bicho raro.

Imposible de todos modos hacerle el menor reproche. Estalla con un contento que no cede en cuanto nos recibe en el aeropuerto, abrazándonos como a salvados de una guerra, algo en lo que sí le concedo gran acierto. Cuando le toca el turno de escuchar se fascina con nuestros relatos, que oye con el pasmo de quien en vez de anécdotas de esa tierra donde se crió hasta bastante grande estuviese escuchándonos leyendas de la China. Al final nos ordena seguir con él cuanto nos haga falta en este apartamento si acaso unos metros cuadrados mayor que el de Jaramillo y gracias a sus gestiones pronto encontramos trabajo mi mujer y yo. No serán definitivos, recalca como si temiese ofendernos con lo elemental de sus propuestas, aunque está claro que rechazarlas lo consideraría despiste de gente no hecha aún a este lugar. Empleos para ir tirando y no muy alejados, sobre todo en mi caso, de esas negras leyendas de acabar como serviles lavaplatos que vaticinan en nuestra tierra a todo el que se va, profecías de trasfondo religioso que anuncian castigo al pecado de partir. Pero como enfatiza mi cuñado, cobraremos todos los fines de semana hasta encontrar lo que nos merecemos.

El lunes empiezo a trabajar en una planta fotográfica donde llevo de acá para allá galones de productos químicos para el revelado y en la que soy un ente único: los demás, todos italianos. Eso creo al principio pero ellos pronto me corrigen: sicilianos, aunque en su mayoría hayan nacido en Brooklyn. Cuando ganada cierta confianza pregunto a uno de mis colegas por qué evitan ser llamados italianos, me responde que no se trata de rechazo, todos quieren mucho a Italia; es afán de precisión. Su padre, me cuenta, y supongo que cosas parecidas habrán contado los demás padres al resto de mis compañeros, se lo advirtió desde niño: di siempre que eres siciliano, considérate siempre siciliano. Si te dices italiano, el día menos pensado te ves en la obligación de dejar de serlo para convertirte en otra cosa. Los sicilianos, de no haberse llamado a sí mismos siempre así, hubiesen tenido a lo largo de su historia que haberse dicho griegos, romanos, árabes, franceses, españoles. Mejor siciliano y se acabó; podrás decirlo sin miedo a equivocarte por los siglos de los siglos. No detecto en los meses que paso en este taller indicios de ansiar independencias o propugnar alzamientos. Muy satisfechos parecen estos sicilianos de que su isla sea ahora parte de Italia; en italiano lo mismo que en siciliano cantan para entretener el trabajo, también canciones americanas de músicos y referencias italianos, y hasta una banderita italiana veo en una mesa del laboratorio. Es lo que definió con sus enseñanzas el padre a mi amigo: saber a ciencia cierta quiénes son y está claro que mis compañeros lo saben. El invariable dialecto siciliano en el que se comunican, así vengan de allá o sean por nacimiento neoyorquinos, frustra cualquier ilusión que yo hubiese podido hacerme de aprender con ellos algo de italiano. Algún vocablo elemental capto en sus charlas pero la arrastrada y dulce ligereza con que conversan en su siciliano es un velo que transforma su habla en un código secreto.

3

Y de pronto y sin haberlo podido prever ni en pesadillas, ese pasado del que creíamos habernos desprendido en nuestro segundo cruce del Atlántico nos atrapa, a la manera de las puertas giratorias tan abundantes aquí que en cuanto uno se descuida lo devuelven al lugar de donde vino. No me queda más remedio. A partir del imprevisible suceso y a contrapelo de la desesperación de mi mujer, que empieza a creerme obseso y me lo dice, me siento obligado a retomar la redacción de este manuscrito, incorporándole para empezar esos añadidos neoyorquinos que acabo de incluirle en aras de no dar un salto en el relato. No seguirlo sería un escamoteo que anularía la razón de lo anterior y mi relación quedaría tan inconclusa como si el avión que nos trajo a Nueva York se hubiese caído al mar. Forzoso me es aceptar que los sucesos que en aquel primer texto relaté se extienden hasta enredarnos otra vez en sus tentáculos, ampulosa frase con la que comprendo que vuelvo a pensar en términos de escritura y que las huellas de Zacarías, sea quien sea, me encarrilan por vocablos y estilos.

Desde poner pie en Manhattan nos dispusimos gozosos a partir de cero. Volver a empezar, más que en París, sin obligaciones ni raíces. Pero la felicidad dura poco, dice el dicho; en nuestro caso, el tiempo de comenzar a hacernos a esa existencia sin trastiendas. Poco más de un mes llevamos en Nueva York cuando una tarde al llegar a casa me sorprende saberme conocido en la ciudad de alguien de quien no estoy al tanto, no creyendo tener aquí más relaciones que la de mi cuñado. Es él quien me da la noticia al entregarme un sobre llegado por correo. Lo considerará asunto oficial; uno de tantos papeles que debemos recibir, completar y devolver en nuestro proceso de residenciación. Si lo que supone es que me he puesto en contacto con algún amigo, tampoco pregunta. No le dejo ver cuánto me intranquiliza esta correspondencia inesperada que no tengo que abrir para darme cuenta de que nada de oficial tiene y entender con eso que él no la habrá mirado mucho. Es un sobre sin membrete ni remitente. El cuño dice que fue puesto al correo en Nueva York, provocándome antes de leer lo que contiene la extrañeza de ser destinatario de algo que me resulta ilógico esperar.

Tan en guardia me pone la carta que prefiero dejar pasar un rato antes de abrirla, fingiendo despreocupación. Cuando me aseguro de que mi cuñado no se interesa en lo que hago, me encierro en el baño y con el gesto furtivo del que comete un delito, rompo el sobre. La nota que trae, brevísima, mil veces extraña, indescifrable. Escrita a mano, en una caligrafía trabajada en el evidente empeño de permanecer anónima, dice: Bienvenido camarada, hace meses te esperamos. Por ahora, N, y pone aquí el nombre de mi mujer, sólo el de pila, como si de una conocida se tratase, puede empezar a revisar las entradas y salidas de Grand Central. Cercana a su trabajo, utiliza ella esa estación de trenes a diario. Tú debes hacer una lista de los materiales químicos que manejas en tu taller, prosigue la carta. Ya les avisaremos. Que carezca de firma es de esperar.

Aunque paralizado por la nota y sus transparentes fines conspirativos, mi cerebro se agita buscando respuesta a alguna de las cien preguntas que me desconciertan, por mucho que enseguida haya entendido que la carta es un anzuelo. Mi convicción viene de un detalle nimio para otro que no fuese yo: llamarme camarada. Este despiste aleja sin temor a error cualquier sospecha de que esta trampa –carente de sentido; pero ¿qué otra cosa puede ser?– venga de la oficialidad de mi país, agentes empeñados por deseos de venganza en crearme problemas o lo bastante despistados como para considerarme todavía de su parte y además conspirador. Cualquiera que venga de Cuba sabe de sobra que el trato corriente allí es el de compañero, adoptado sagazmente por los dirigentes en los inicios de su toma del poder para rechazar posibles acusaciones de compadrazgo con Moscú. Eso de camarada, consagrado entre los soviéticos, se veía allá con desdén; cosa de viejos comunistas, gente sumisa a los rusos. Nada que ver con nosotros; decir compañero reafirmaba una independencia. En resumen: que quien me envía este anónimo está mal familiarizado con el lugar de donde vengo; lo conoce sólo en teoría. Lo está en cambio y muy bien con los sitios en donde mi mujer y yo trabajamos, nuestras idas y venidas. Conclusión: los conocimientos de política de su autor acerca de mi país le vienen de una escuela y esto me lo tiende a hacer americano, agente de un cuerpo policial de aquí que duda aún de nosotros, así hayamos cumplido uno a uno sus requisitos. Nos vigilan, no importa que se nos haya dejado entrar. Y de ser equivocada esta deducción mía y ser cubano el redactor, su relación con la isla es tenue, la de alguien separado de sus costas hace mucho.

Cuando le enseño la carta a mi mujer, igualmente incapaz ella de hallar motivos a nota tan descabellada. Quién puede ser tan tonto como para creerse que por recibir una orden caída del cielo vayamos a obedecerla, así fuésemos espías en misión. Tratando de verle algún sentido da vueltas en redondo: de quiénes podrá venir, cuál es su causa, quién el sinvergüenza que quiere armarnos este lío. Si nos conoce de antes, si ha sabido de nuestra llegada sin conocernos y es alguien tan dado a la vigilancia o la venganza como para sabiendo de nosotros sólo quiénes somos y de dónde venimos nos trata de enredar, achacándonos lo que no somos para que quien se entere nos tema, nos vigile y nos acuse. Situación ésta que huele a cubano y con ninguno hemos establecido trato.

En una pareja iluminación caemos en lo evidente, sin entender cómo hemos tardado tanto. Han sido los mellizos, el del Berliner. Enterados de lo bien que este personaje ha sabido moverse por círculos oficiales buscando la libertad de su hermano, plausible achacarle que en una de sus tantas visitas a dependencias con atribuciones policiales buscase su revancha y nos señalase como agentes encubiertos, animando a los alemanes a alertar a sus colegas americanos de que en su territorio se había colado una peligrosa pareja de cubanos con malos propósitos. La historia de los mellizos, emprendida por mi mujer con tan buena voluntad, nos marcará mientras no se aclare qué papel jugamos en ella. Con esta cartita tan mal hecha se nos pone a prueba, se intenta averiguar qué propósito nos ha sembrado aquí: si con vistas a un futuro, sublevaciones aún sin precisar.

No lo permitiré. Sin meditar qué diré ni mis razones, al día siguiente me encamino al sitio que creo mejor ligado a mi problema, las oficinas de ese cuerpo que conozco por novelas o películas e imagino de manera irreal: el FBI. No descarto la posibilidad: informados de ese lazo nuestro con la fuga de un mellizo y el arresto del hermano, pudieran ser estos agentes federales, a instancia de sus colegas alemanes, los autores de la carta. Es a lo que más me suena esa equivocación de camarada cuando me la digo a mí mismo con acento americano.

Voy solo. Aunque a mi mujer se la mencione, la carta es para mí. El agente que me recibe no viste a esa manera algo desaliñada a fuerza de trabajo con que el cine acostumbra a presentar estos personajes; luce corredor de bolsa en su correcto traje oscuro. Me pregunto si aquí también el hábito hará al monje, si de la burocrática torre de marfil que reflejan las ropas de este hombre procedió la despistada nota con su tufo a elaboraciones de despacho. Sin preámbulo le entrego la carta dentro de su sobre, prefiriendo hablar después. La lee y muestra extrañeza. Sabe español y lo escrito lo entiende pero el texto en sí no lo comprende. Me pregunta a quién la atribuyo, si sé a qué puede deberse, las mismas interrogantes traídas por mí con la esperanza de que él las resolviese. Respondo como es de suponer: no entiendo nada y por eso vengo; son ellos los expertos, a ellos toca averiguar el origen del infundio.

Ha tardado demasiado: me ha hecho esta serie de preguntas y sólo después razona lo que para un investigador ducho como él debió haber sido lo primero. Si no pretendo nada ni nada malo planeamos ni yo ni mi mujer, la carta sólo puede esconder una broma de mal gusto y no hay que tomarse el trabajo de averiguar su procedencia, ha podido ser cualquiera. No tendrá consecuencias; ni mi mujer vigilará entradas y salidas de la estación de trenes ni yo calcularé las existencias químicas de mi taller. El misterio morirá ahí. El que haya demorado en presentarme lo que a ojos de cualquier aficionado debió ser lo primero ratifica mi sospecha: disimula, me sondea para sorprender contradicciones. La carta la enviaron ellos o una agencia afín y la media hora que esperé por él en la recepción le dio tiempo a ponerse al tanto de quién soy.

Quiero dejar cerrado el caso de la carta anónima, ponerlo con esta denuncia a mis espaldas. Pido al agente que se quede con ella y la archive, aunque me cuesta convencerlo y pasar por encima de sus razonamientos: no tenemos por qué preocuparnos, es una carta sin sentido. Sé que lo es, pero por razones distintas a las suyas, y sus palabras apaciguantes me suenan falsas hasta el fin: me voy del FBI persuadido de que fueron ellos o subalternos de un cuerpo menor quienes nos enviaron el lamentable anzuelo. No sólo lamentable; intolerable. No entiendo por qué se cree nadie con derecho a entrometerse así como así en nuestros asuntos, a distorsionar nuestras vidas por poco que sea a partir de simples vahos de sospecha, lo único que estas oficinas pudieran tener de nosotros. Por el mero hecho de que ese olfato de sabuesos del que presumen los guíe hasta mí, sin otra excusa. Igual que esos perros insolentes y mal controlados por sus amos que le olisquean a uno las piernas por la calle.

4

Camino a mi mesa de trabajo veo a Allen manoteándome desde su rincón. Creo su agitación alegría y es desolación. Me recibe con el enigma de preguntarme qué me parece lo que ha pasado, sin precisarme qué, dando por hecho que lo sé. Pero ni idea tengo de qué lo tiene así de atormentado, no he tenido tiempo de saberlo. Esta mañana, como casi todas, me levanté rato después de sonar el despertador a esa hora tan desafortunada de las siete y salí de casa corriendo sin desayunar, con el tiempo justo para agarrar el subway y llegar aquí segundos antes de que la hora ponchada en mi reloj para atestiguar mi entrada me señalase como empleado tardío y se me castigase con un descuento de media hora.

Sea su problema el que sea, Allen está al borde de unas convulsiones que en su caso entrarían en su diagnóstico. Cuando días después de entrar a trabajar en éste que es mi tercer empleo en Nueva York, variedad perseguida en el falaz empeño de que sus novedades me entretengan, y lo vi separado de los demás por barreras de archivos metálicos cargados de películas, me pregunté si habrían sido los supervisores quienes por algún motivo lo preferían arrinconado, si él mismo se había escogido ese retiro, o si las dos partes habían coincidido sn necesidad de mucho trámite. Trabaja junto a una ventana siempre cerrada de cristales esmerilados que no dejan ver la calle, cubiertos por un acné de tizne e insectos espachurrados, y el vallado de anaqueles que lo aísla y va desde el piso hasta el techo no lo esconde del todo. Grueso y enorme, se mueve sin parar de acá para allá sobre las ruedas de su silla, regando por el piso latas de película en montones cuyo orden sólo conocen él y el encargado de traérselas y llevárselas. Su tarea es revisar a mano las que vienen de ser alquiladas o prestadas para comprobar el estado en que han sido devueltas y descartar las dañadas sin remedio o reparar las salvables. Será por haberse enterado de que yo vengo de Cuba y mis circunstancias le interesan, el caso es que no llevo una semana en la planta pegando y arrancando sellos de corros de las cajas dentro de las que se envían las películas cuando un día se me acerca, se presenta, y me invita a visitarlo en su rincón cuando me plazca.

La primera vez que lo hago, lo supongo sordo: lleva al oído un audífono del que sale un cable que se le pierde en el bolsillo superior de la camisa. Saludarlo me saca de mi error; en vez de subir el volumen del supuesto audífono para escucharme se lo arranca del oído y va al bolsillo a bajar el volumen de lo que ya entiendo es un radiecito con el que pasa las horas entretenido y en el que hoy está siguiendo los pormenores de ese suceso que tan alterado lo tiene y del que en cuanto me ve aparecer quiere ponerme al tanto, sin importarle que si nos ponemos a conversar vendrá un supervisor a llamarnos la atención, a mí con más severidad por ser novato. Lo interrumpo, le digo que nos vamos luego, y cuando me despido lo noto a punto de echarse a llorar.

En cuanto suena el timbre del descanso voy y me lo encuentro si acaso más desencajado, desentendido del trabajo, atento sólo a lo que su radio le estará diciendo de esa noticia fatídica de la que me quiere hablar. Atropellado y estremecido comienza a hacerlo y aunque lo que le escucho es tan espantoso o más de lo que yo hubiese podido imaginar, más me preocupa esa emoción a flor de piel que veo acumulándosele según avanza en su narración. Hablar, en vez de tranquilizarlo, lo exaspera, y de seguir en esa tesitura hará falta que vengan en su ayuda quienes conocen su caso y saben cómo tratarlo. No me creo yo capaz de controlar a un hombre del que sé que pasó una temporada en Bellevue, ese hospital público de Manhattan famoso por su insigne historial médico aunque lo que en la calle lo hace popular es su carácter proverbial de manicomio. En Nueva York, mandar a alguien a Bellevue no es recomendarle una cura del mal que sea sino llamarlo loco, en broma o en serio, y según me cuentan, su formidable y cuidada presencia poco casa con los desafueros que según la voz popular se viven dentro. Las veces que escucho estos comentarios los creo exagerados pero su confirmación me llegará por una ruta inesperada años después, cuando en una antología de textos de Malcolm Lowry lea su alucinado recuento de las desventuras de un alcohólico inglés extraviado en Nueva York, a las claras su sosías, a quien su desplome en un apestoso bar lleva a ser recluido en Bellevue. Leyendo *Lunar Caustic* y habiendo conocido a Allen lo recordé página tras página, prestando su rostro a varios de los trastornados que Lowry describe entre burlón y compasivo, sobre todo los de conducta más mansa a quienes ésta no impide permanecer encerrados en un centro donde, tal como presenta el inglés a pacientes y enfermeros, se vive un purgatorio no umbral del cielo sino antesala del infierno.

Por quienes observan mis apartes con Allen y creen oportuno prevenirme aprendo por qué fue a parar al manicomio. Desde muy joven se da a conocer como editor de cine, no en películas de argumento sino documentales, dentro de aquel movimiento de fines sociales promovido por las subvenciones rooseveltianas y nacido de las desventuras de la Depresión. En él cosechó más de un laurel y según me dicen en la factoría, en las cinematecas se conservan obras de aquella época que lo incluyen en sus créditos. A Allen le iba todo bien, pero cuando aquella era dorada suya del New Deal desemboca en la guerra, las atrocidades de ésta le dislocan el cerebro. Y eso que dados su colosal físico y su ya visible tendencia a la fácil emoción, no va al frente ni en las horas más negras del combate. Más útil resulta en unidades dedicadas a realizar películas de entrenamiento o propaganda y en una de ellas se le ubica, editando en la retaguardia materiales noticiosos y de información. Ni esos miles de kilómetros lejos de las trincheras lo salvan. Como ahora que se esconde, a Allen le gustaba encerrarse en su sala de montaje, así que de los vaivenes de su ánimo no hay quien pueda dar fe. Es por eso que la mañana en que sale disparado de su cuarto de edición, enredado en una maraña de celuloide que despedaza sin piedad a tijeretazos como si acabase de descubrir en sus fotogramas hechos abominables o secretos atroces, es para todos la primera acometida de unos excesos que pronto derivan en crisis de histeria recurrentes y lo incapacitan para responder a quien lo interpele como no sea a salivazos. Los médicos son concluyentes: ni mediando la distancia que da el cine soporta los horrores de esas batallas que se le vienen a servir sin censura en su mesa de edición: demoledores bombardeos, ciudades cayendo en ruinas, multitudes vagando aturdidas, soldados que caen muertos ante la cámara por el disparo de un francotirador, hileras de cuerpos achicharrados en trincheras, cadáveres desmembrados, cráneos aterrados tirados en la hierba, y él encargado día tras día de organizar ese vendaval de horrores como si deshilvanase una ficción sin trascendencia.

De no venir ahora alguien en su auxilio, y de paso el mío, alguien capacitado para aplacar su angustia, Allen sufrirá una recaída, reincidirá en aquel fatal momento en que echó mano a sus tijeras para despedazar las iniquidades del mundo. Se retuerce sobre su espesa cintura, estira los brazos y los recoge, aprieta la boca y los ojos. Atino a ponerle una mano en el hombro y parece que lo tranquilizo; se relaja y con serenidad de locutor reanuda su relato del desastre de la noche pasada, la noche europea, cuando fuerzas de ese pacto de Varsovia que reúne quieras que no bajo el manto soviético a los países de más allá del Muro han invadido Checoslovaquia, país cuya precaria suerte llevaba yo meses temiéndome, preguntándome si serían sinceras las anunciadas intenciones de su nuevo gobierno de suavizar sus severos patrones habituales o si seguían el plan de emprender reformas menos de fondo que de forma para aquietar a una población harta de pedir permiso hasta para pensar. Mucho habíamos hablado Allen y yo de un tema para el que ser cubano me realzaba a sus ojos, trasluciendo sin embargo una disparidad de opiniones calcadas de nuestras respectivas historias. Le disgustaba escucharme que con la gente de Moscú no se juega, animándolo yo a recordar como habían acabado la rebelión de Hungría o los devaneos de Jruschev y persuadido que de no interponerse una sorpresa, esos felices amagos de los checos de abrirse un espacio propio acabarían como ahora vemos. Se negaba él a aceptar, comprenderá ya que ingenuamente, que semejante barbaridad fuese posible a estas alturas, desaparecidos Stalin y su terror; confianza muy de su juventud, del antifascismo y las alianzas de la guerra. No comparto yo su fe y oyendo mis reparos, Allen me llama dogmático, cegado a matices, aunque por mis personales experiencias me lo excuse.

Abundar en su relación de lo que está pasando vuelve a encolerizarlo y vuelvo yo a no hallar cómo calmarlo. Lo que sobre todo lo saca de quicio nace de un deseo imposible al que vuelve sin parar: ¿Por qué no vamos en auxilio de esa gente?, me repite,

¿por qué no hacemos nada?, furioso y tenaz, ¿es que nos vamos a quedar mirando, cruzados de brazos? Su desquiciamiento no da como para hacerle ver yo lo irreal de sus compasivas pretensiones, presentarle evidencias como el reparto de territorios en que la Segunda Guerra dejó a Europa y al mundo y que tan al desnudo pone el Muro, recordarle la maraña en que anda metido su país en Vietnam como para poner la vista en otra parte. De repente y por lo súbito del cambio me pregunto si habrá tenido la prudencia de tomarse una pastilla que empieza a surtir efecto; su rabia cede al tiempo que su cuerpo, que por su gordura da la impresión de estarse desinflando. Me confío, hasta ver que de sus ojos salen chorros de lágrimas.

¡Dos veces!, dice, exhalando en su congoja la poca furia que le queda y repitiéndome con un residuo de alteración esa frase de ¡dos veces! cuyo significado no comprendo. Llora con la cabeza sobre el pecho hasta que la alza para aclararme: Dos veces le dijimos a esa gente que podían ser libres, me dice con voz muerta. Las dos veces les mentimos, sigue, echándose encima la culpa de las promesas que al final de las dos guerras pudieran haber hecho a los checos los aliados. ¡Dos veces!, vuelve, aferrado a esa reiteración que se le hace intolerable. Viendo sus impulsos atenuarse, aprovecho para darle una respuesta que espero cale, por hacerla propiamente mía: No, Allen, no se puede hacer nada. Mira lo que pasó en mi país con el asunto de los cohetes. Los de arriba se ponen de acuerdo aunque sea a contrapelo de lo que dicen y los de abajo no contamos. He acertado, mis palabras le llegan, haciéndole entender que a su lado tiene a alguien a su manera checo. La mejor prueba de que se sosiega es que me da dos palmaditas en esa mano que tengo sobre su hombro, trastocando así nuestros papeles. Ahora es él quien se dedica a calmarme a mí por mis penurias.

5

Lo que se le ocurre es tan carente de sentido que me lo oculta, aunque cuando por fin me lo cuente comprendo que así fuese contra mi modo habitual de proceder, es con atrevimientos como el suyo como a veces se alcanzan metas escarpadas, en este caso la más que improbable de averiguar si esa malintencionada carta que donde ahora pesa es en los archivos federales trasciende la broma pesada y busca comprometernos, aunque no sepamos cómo. El caso es que me entero de su plan cuando ya lo ha puesto en práctica y como era de esperar sin resultados.

Una mañana me advierte que volverá a casa tarde. Quiere comprarse un par de zapatos y aunque sabe que Nueva York le sigue siendo casi tan desconocida como Berlín cuando la descubríamos, no se perderá por sus calles numeradas, se sabe manejar ya con los trenes. Cuando abre la puerta por la tarde lo primero por lo que le pregunto es por los zapatos, no viéndole compra en las manos. Se me escabulle diciendo que no encontró ninguno que le gustase, acaba por sentarse para hablar de cualquier cosa y no es sino al rato cuando me reconoce que su demora en contarme a lo que de verdad se dedicó antes de volver a casa no se ha debido a que tuviese intenciones de callar para siempre sus pesquisas sino a que antes de ponerse a relatármelas prefería soltar la cartera y coger aire conversando conmigo boberías, enterarse de si hoy me fue bien, de si antes de subir compré la comida y no hay que volver a salir. Cuando por fin empieza su relato me aclara de entrada que lo de los zapatos había sido un invento para tener tiempo de tantear una posibilidad sin que su retraso me alarmarse. Mi pero por qué no me dijiste lo que pensabas hacer y su porque me hubieses dicho que no lo hiciera y como siempre que era una ocurrencia mía sin sentido le dan pie a entrar en materia, que con más ganas de oírla que de seguir discutiendo me dispongo a escucharle.

Por de pronto y sin haber empezado su cuento me reconoce que es cierto que su plan tenía poco sentido, era una flecha disparada al aire sin idea de dónde caería. A la vez, sigue, tan absurdas han sido muchas de las rarezas con las que nos hemos ido tropezando desde aquel momento en que complació el pedido del mellizo, recuerda sin asomo de contrición, que no descontaba la posibilidad de que su plan la abocase a imprevisibles. Es así como atendiendo a las órdenes recibidas en la carta, al salir del trabajo va como todos los días hace a esa estación de trenes que por consejo del agente –no sé si porque de verdad creyó la carta broma o por tener sus dudas y usarnos como señuelo de esos confabulados sin rostro que nos la hubiesen enviado, si es que no fueron ellos– sigue utilizando. Pero en vez de bajar al subway sin detenerse como hace siempre, se queda en el salón central de la estación, atestado a esas horas o a casi todas de miles de neoyorquinos en sus idas y venidas, y se coloca cerca de una columna en la actitud de quien espera una cita. Me pregunto yo qué especial actitud pueda ser ésa, en qué se diferencia de la de quien espera no una cita sino la salida de su tren, que en esa estación no tiene por qué ser un subway que pase cada pocos minutos sino un tren de cercanías de horarios más espaciados o hasta los todavía menos frecuentes de largos recorridos.

Con tanta gente entrando y saliendo algún encuentro tendría que ocurrirle, incluso el previsible de que, viéndola sola, se le acercase un hombre a darle conversación, y efectivamente, el encuentro sucede. No de un aspirante a galán sino el más corriente, aunque a ella, en su obstinación de que nos rodea una conspiración, le sigan quedando dudas de si lo fue o si su banal conversación con aquel hombre que se le acercó pudiera tener que ver con la carta y la pregunta que él le hizo una consigna que ella debió reconocer y responder y entre sus tantos despropósitos la carta nunca reveló. Cierto que la indagación del hombre, esa pregunta repetida mil veces cada hora en cualquier estación de trenes, trae en este caso una peculiaridad que ella destaca con su pizca de duda: necesita saber la hora de salida del próximo tren a Hempstead. Se extraña ella al escucharle una pregunta que suena absurda; enormes pizarras lumínicas anuncian los horarios de los trenes y ese desconocido que la aborda sólo tendría que levantar la vista y acercarse a una para resolver su duda. No le deja el hombre tiempo de hacerse esas preguntas. Indicando los gruesos lentes que deforman sus ojos, le explica que por grande que sean esas pantallas con horarios él no los distingue, el alcance de su vista es pobre. No vacila entonces mi mujer, eso me cuenta, en acompañarlo hasta donde puede ella distinguir los destinos y horas de salida de los próximos trenes y no sólo informa al hombre de la hora a la que sale el suyo sino lo anima a apresurarse, le queda el tiempo justo. Repara entonces en que él no parece estarle prestando mucha atención y hasta pudiera decirse que lo nota dudoso de cómo proceder. Deduciendo que además de no serle posible ver la pizarra con los horarios lo que le pasa al hombre es que también le cuesta orientarse hasta su andén y le avergüenza hacerle a ella una segunda petición, lo acompaña hasta localizar la escalera que precisa y se despide de él con la sensación de que haber complacido su solicitud de manera tan completa pudiera no ser lo que el desconocido esperaba de ella.

Se arrepiente ahora de sus cortesías y haberle dado entrada tan fácilmente. Pudiera tomarse como amabilidad suya pero también como indicio de que en sus palabras reconocía un encuentro concertado. Mejor le hubiese sido pretender que no sabía suficiente inglés como para entender qué le preguntaba, y luego llegó al colmo de irse a recorrer con él la estación sin dejar de darle indicaciones que de ser él parte de ese disparatado complot que nos tememos, ¿por qué no suponer que las tomase como prueba de que con su gentileza mi mujer reconocía en él a uno de esos camaradas cuya existencia la carta sugería? No sé, dice pensativa. Por momentos me miraba como si esperase de mí otra cosa. Tampoco así, le digo, confiando en que no adivine que lo que quiero es quitarle miedos de encima, y le argumento: piensa que por no ver, los ciegos muchas veces tienen ese aire entretenido.

Reconoce que esa misión que se inventó, en vez de darle pistas acerca de quiénes nos acechan o por qué, la ha confundido más. De ser ciertos sus temores de que ese hombre a quien conoció es uno de los confabulados que buscan enredarnos, lo que consiguió fue mostrarse como posible cómplice ante esos agentes que aunque de palabra desechasen la existencia de cualquier complot pudieran estarla siguiendo. La vieron entrevistándose, aceptando esa trillada excusa de pedir una dirección, con un individuo que a lo mejor tienen fichado e identificaron embozado tras sus lentes de miope. Queriendo disipar malos pensamientos pero también divertirme a costa suya le pregunto qué haría si el cegato se le vuelve a aparecer, esta vez en el andén del tren que la trae a casa, cuando su destino era Long Island. A lo mejor lo ves hasta en la acera, esperándote a la entrada del subway, insisto para mortificarla. No encontrando respuesta, me devuelve la pregunta. ¿Qué harías tú? No tengo idea, pero tampoco le contesto.

6

Como surgido de la invisibilidad de una emboscada nos sale al paso el mellizo, su impasible rostro adornando la portada de una revista alemana, de la que no sabiendo traducir ni el nombre menos podré enterarme de por qué está ahí. Íbamos mi mujer y yo al quiosco de periódicos a explorar lo que desde hace mucho es única curiosidad nuestra en la prensa: revistas de arte o espectáculos, guías donde enterarnos de funciones armadas como quien dice a mano en escondidos pisos neoyorquinos; cualquier cosa ajena a las noticias, ese torrente de sucesos que igual nos da si son distantes o cercanos, trascendentes o insignificantes, vertido sin piedad sobre nuestras cabezas y de los que nos hemos desentendido, asumiendo sin remordimiento la condición que se nos quiera atribuir: egoístas, antisociales, misántropos. Cierto que zambullidos en la muchedumbre neoyorquina y su aluvión de imágenes y lemas que nos persigue hasta en las etiquetas de las latas de comida estas pretensiones tienen mucho de ilusorias, pero nos obstinamos en quedar al margen y dejar que nuestras ideas naveguen por los mares que les plazcan. Naturalmente que nunca nos dijimos las cosas de esta trabajosa manera en la que, dejándome llevar por el acicate erudito de la pluma, acabo de acotarlas yo. Está bueno ya, fue lo que un día exclamamos los dos a la vez, tirando al suelo el último periódico y comunicándonos sin más palabrería nuestro hartazgo.

La sorpresiva aparición del mellizo en la cubierta de una revista internacional nos obliga a una inmediata marcha atrás. No vamos a quedarnos sin saber qué lo ha puesto ahí; si quién sabe cómo o por qué lo han devuelto a ese Berlín Oriental de donde salió o si años de trámites sin resultado lo resignaron a sacrificarse y entregarse a los orientales a cambio de que su gemelo volviese a Occidente. Por mucho que nos atareamos registrando por el quiosco en diarios o semanarios de idiomas asequibles algún rastro de nuestro hombre, nada más aparece. No es mucho lo que podemos hacer, obligados a esquivar el previsible disgusto del vendedor si nos descubre manoseándole su mercancía sin comprarla. Nos vamos sin verlo ni mencionado ni fotografiado en otra publicación a nuestro alcance, si acaso concluyendo que si dio rostro a un semanario es porque el suceso que protagoniza no ocurrió necesariamente ayer sino cualquier día de la semana anterior.

Al día siguiente llamo a mi trabajo diciendo que estoy enfermo y nos vamos temprano a la biblioteca, sofocando yo ese malhumor que toda la vida me han causado sus silencios y sus pupitres, que me hacen sentir de vuelta en el colegio. Buscamos cada cual por su lado noticias de Alemania en diarios de días anteriores, cualquier evento donde el país haya podido figurar, citas internacionales o encontronazos diplomáticos. Y cuando en poco más de media hora localizo el despacho donde se cuenta qué ha dado prominencia al mellizo, lo primero de lo que nos convencemos mi mujer y yo es de que el disgusto que recién llegados a Nueva York se nos vino encima sin comerlo ni beberlo por culpa de aquella espuria carta de pretensiones subversivas, o procedía directamente de él o de acólitos o superiores suyos, que por sinuosas rutas policiales habían como quien dice venido a echar la nota en mi buzón. Vista la relevancia que ha alcanzado, ni discutir que de antojársele, cuenta con recursos de sobra como para dar un escarmiento a aquellos malditos cubanos a quienes seguirá achacando la desgracia de su hermano.

A lo que de entrada se refiere el primer artículo que leemos es a aquella lejana fuga en la que mi mujer tan desaconsejadamente cooperó y que nuestra curiosidad, así la hayamos vivido en primera persona, nos lleva a releer punto por punto como si se tratase de lo que en cierto modo es, un asunto de familia. Explica la mota creyéndose que lo hace en detalle los modos y maneras con que este personaje huyó de la parte oriental de Alemania la noche que su hermano y viva imagen quedó allá detenido. Varios párrafos dedica a aquellas primeras carreras suyas de las que ya supimos para luego dejarnos saber que nunca han cesado; al contrario, con obstinación y sin descanso, agrega redundante la nota, ha persistido con laboriosidad en sus diligencias a todos los niveles del gobierno. Estas incansables campañas en defensa de su gemelo han acabado por volverlo persona notable y querida de una población que lo admira por su coraje y empuje. Su mejor atributo, su tesón: por los cuatro puntos cardinales crea organizaciones cuya principal tarea es exigir que se haga justicia a los alemanes castigados del otro lado del Muro por el simple deseo de querer cambiar de sitio. Esta tenacidad, como por dos veces la califica otra de las noticias que leemos, realza entre sus compatriotas su imagen de ejemplo de amor fraterno, hasta encarnar en su figura la defensa de todos los alemanes presos en esa zona para muchos occidentales anónima y cuya simple mención tanto encolerizó a Dietrich.

Semejante dedicación ha culminado en el nombramiento que lo hace dar rostro a la inescrutable revista del quiosco. Desde la posición que se le asigna encabezará una campaña ahora con el aval oficial. Una cruzada nacida de manera natural de su empeño anterior: la lucha contra la separación entre alemanes, ese estado de cosas decretado con rigidez de cemento por el Muro.

Es así como aquél que conocimos en su papel de insignificante guardarropa del Berliner nos confirma con esta mutación de su exterior haber sido parte sobresaliente de ese teatro, no importa que su lugar no estuviese en las tablas. Dejando su insignificancia atrás, se ha vuelto personaje relevante de Alemania. No sé si de envidiar; sufrirá la paradoja de, no sólo haberse salvado sino estarse además encumbrando sobre los hombros del desastre padecido por su hermano.

7

Voy por mi séptimo trabajo en Nueva York y diría que éste sí va para largo. Por de pronto ha durado más que los seis anteriores juntos, duplica cualquiera de mis salarios previos y por mucho que me duela decirlo, no obstante los recelos con que lo abordé cuando un recuperado amigo me ayudó a conseguirlo, me está resultando más llevadero que cualquiera de esos otros empleos que tuve cargando galones de químicos, pegando sellos de correos en embalajes o reparando películas sin verlas, un muestrario de trabajos que cuando se los comentaba a mi cuñado sin demasiado entusiasmo él recibía con aprobación, relacionándolos de un modo u otro con mi antigua profesión del cine y por tanto peldaños en una escala de progreso, ascenso que para él hubiese podido incluir por lo visto hasta el muy concreto de verme trepado por azoteas pegando en vallas carteles anunciando los próximos estrenos.

Si he demorado todo un párrafo antes de ponerme a contar a qué me dedico ahora será porque me avergüenza confesarlo a quienes, habiendo leído páginas anteriores de este recuento mío se enterarán de hasta qué punto he renunciado a unas convicciones que vanidosamente proclamaba y lo fácil que me fue transigir cuando se me ofreció el plato de lentejas. Y es que, como si los dioses se hubiesen propuesto darme un escarmiento, trabajo ahora en esa profesión que tanto he desdeñado, periodista en una agencia de noticias; leyendo, traduciendo, corrigiendo y organizando despachos cuyo contenido me sigue importando un pito, aunque reconozca que no obstante el desinterés que me sigue inspirando saber cómo va el mundo la lectura del fárrago de sucesos que en nada afectarán el trazo de mi vida, sobre todo si los comparo con las trampas que pueda tenderme el destino, para decirlo con el mayor énfasis, más me entretengo leyendo estas historietas, pues así las leo, que en cualquiera de mis empleos anteriores, que emparentados como estaban con las chaplinescas líneas de montaje me achataban el cerebro.

Eso sí, por muchas fantasías de dinamismo y aventura con que lo pinten las películas, este nuevo oficio mío rebosa una gran carga de tedio, haciéndome patente la lucidez de ese precepto del I Ching de que a la totalidad de las circunstancias de la vida, individuales o colectivas, se les pueden encontrar sólo 64 variaciones. Es más, metido en esta rutina se me hace que exageraron por 50 y esas postuladas variaciones pudieran quedarse en catorce. Tan es así que harto de esmeros, a ratos me tienta recuperar de los archivos noticias viejas idénticas a ésa que acaba de llegarnos, para copiarla cambiándole sencillamente nombres, lugar y fecha, y ahorrarme el trabajo de editarla antes de enviarla a diarios y lectores que la recibirán como flamante novedad y como mis confiados superiores no detectarán jamás el fraude.

Es a partir de estas ideas mías sobre la monótona intrascendencia de las noticias que una cansona mañana de domingo cometo una travesura. De cuando en cuando me toca preparar las efemérides, encargo que al principio creo de importancia muy menor y pronto sabré que es lo contrario. Cuando no se envían a su hora, de los diarios que reciben nuestro servicio pronto empiezan a llegarnos las protestas, más urgentes que si lo que demora es una declaración de guerra. La página dispuesta para esas chucherías de crucigramas, tiras cómicas o efemérides tiene un encargado de dejarlas resueltas lo antes posible, de manera que pueda irse a atender esas páginas noticiosas consideradas las esenciales del diario; no llenar a su hora la de los entretenimientos le echará a perder el ritmo del día. Eso me dicen compañeros veteranos de la agencia pero cuando se lo comento a un amigo que trabaja en un diario, éste me desengaña. Las razones de la premura no son prácticas, me dice. Esas páginas de apariencia boba son fundamentales, de las que más se leen, sin ellas no hay diario. Cuando les falta una de sus habituales tiras cómicas o en los datos del crucigrama se cuela un error que echa a perder su solución, las quejas llueven, mucho más profusas y coléricas que si se hubiese confundido el país en el que ha ocurrido un terremoto.

El caso es que este domingo en que me vuelve a caer en las manos preparar las efemérides es víspera del cumpleaños de mi mujer. Lo tengo presente, me arreglé con un compañero para cambiar turnos y salir mañana con ella a celebrar. Del archivo de nuestras propias efemérides de años anteriores y de una especie de antología que las compila nos armamos en la agencia este despacho diario, que se cierra con los aniversarios del día. Me encuentro esta mañana entre esos famosos de otras épocas nada menos que a Montesquieu, y además de él uno más reciente al que no dejaré de ningún modo de incluir, el Gordo Oliver Hardy. Pero cuando tengo acabada la lista de hechos históricos que se conmemorarán al día siguiente, tratados o batallas, coronaciones, crímenes o descubrimientos, con los aniversarios colgados al final, se me ocurre dedicar un homenaje a mi mujer y aprovechando que todos aquí la conocen, no por su nombre y apellidos de pila sino por un apodo y su apellido de casada, la incluyo en la efemérides con su nombre completo de soltera y los años que cumple. Y allá se va el cable con ella a radios y diarios.

Cuando esa noche le hago el cuento primero se ríe y luego se preocupa. Se van a dar cuenta, me dice, de algún diario alguien preguntará quién es esa mujer que nadie conoce. Terminarán por darse cuenta y ahí mismo te botan. Luego lo piensa mejor y me dice que hice bien; ya encontraré otra cosa. Al final está segura de que su nombre no se publicará; los encargados de esas páginas verán a una desconocida y la eliminarán. Sé que se equivoca pero no discuto. Esperaré a traerle la evidencia.

A la tarde siguiente vuelvo a casa triunfal, recortes en alto. Durante la noche y la mañana nos llegan a la redacción diarios enviados por avión para que revisemos qué uso se ha dado a nuestros cables y nos comparemos con las demás agencias. En cuanto llego esa mañana voy a las páginas de las efemérides y veo que mi mujer acertó sólo en una, la de un diario chileno. Algún redactor concienzudo se topó con ese nombre que como ella dice no se conoce por allá, y lo tachó. En los otros, de México, Venezuela, la República Dominicana, su cumpleaños sí aparece. Cuando le enseño los recortes, no lo puede creer, pero ahí está festejada junto a tantos grandes personajes y el que yo sabía le iba a gustar más, Oliver Hardy. Guarda los culpables recortes diciendo que los va a poner en un marquito pero pasa el tiempo y nunca lo hace.

8

Trabajo años con él. Conversa mucho, aunque esquivando siempre cualquier asunto trascendental o, si menciona alguno, no dándole trascendencia. Prefiere tirar las cosas a broma y cuando más deja entrever convicciones sin llegar a expresarlas claramente. Con una excepción: virulento y sin rodeos cuando se trata del comunismo y de toda ideología que a sus ojos se le parezca. Nunca indagando sino armando fragmentos de sus conversaciones me entero a trozos de su pasado. Su padre, cubano como él, sí fue comunista y en buena medida por serlo acabó yéndole mal. No a manos de enemigos. Simplemente se desengañó y pasó sus últimos años amargado y convencido de haber dedicado lo mejor de su inteligencia y sus quehaceres a una causa que acabó por considerar, no sé si equivocada o malévola, aunque a partir del rencor que transmite a su hijo lo más probable es que ambas cosas. Su ejemplo bastó para inculcar a este colega con quien comparto ocho horas diarias de trabajo un repudio a flor de piel, como si algo le quemase, no sólo del comunismo sino de cualquier sublevación que pueda venir a trastornar el orden y el rumbo de una sociedad que, así tenga defectos, le parezca capaz de funcionar. Por eso me causa tanto asombro la tarde en que, con una frase, echa por tierra cualquier articulación coherente de esa reticente manera de pensar.

Alguien se ha traído al trabajo un libro con cartas y dibujos de Bruno Schulz y otro compañero se lanza mientras lo hojea a un panegírico del pensamiento centroeuropeo de entreguerras. Entusiasmado destaca el fermento innovador de aquellas ideas, sorprendentes por su energía y sus alcances y aparecidas en torrente en la Europa central de aquellos tiempos. El propietario del libro se suma a los elogios; para él, esa gente de Alemania, de Austria, de Polonia, de los países recién nacidos entonces del colapso austrohúngaro e incluso de más lejos, dentro de lo que comenzaba a ser la Unión Soviética, iban camino de echar abajo, dice, de manera más decidida y honda que los revolucionarios bolcheviques o sus contrincantes fascistas, formas de pensar y de vivir prevalecientes en el anterior siglo y medio, desde la Bastilla. Estaban a punto, sigue exaltado, de llevar a término los fines más elevados de aquella inicial rebelión. Mis dos colegas me contagian su emoción y nos deshacemos en elogios a aquella díscola intelectualidad que alcanzó a proyectar sus incendiarias chispas muy lejos para quedar luego brutalmente apagada o dispersa por los coincidentes azotes del nazismo y el estalinismo. Generación singular, cuya acometida se consumió en la hoguera bélica o mudó su brasero a otros continentes, en muchos casos acomodando sus fervores a quehaceres más tranquilos. Y de pronto, nuestro amigo de ideas recalcitrantes tercia en la charla con una calma que contrasta con nuestra agitación, sin levantar los ojos del trabajo.

Claro que eran tremendos, dice, los únicos que de verdad quisieron cambiar las cosas. Por eso se pusieron todos de acuerdo para acabar con ellos, agrega tras una pausa, en voz no muy alta y concluyendo su intervención con la típica risita con que acostumbra a restar peso a cuanto viene de decir.

Su inesperada opinión nos frena en seco. Como en un último suspiro extraído del impulso interrumpido, el que se trajo el libro va hasta él y le pregunta, combinando a partes iguales curiosidad y extrañeza y con la confusión de conocer como todos ese rigor tradicionalista de nuestro compañero: ¿Todos? ¿Cómo todos? ¿Quiénes?, son las tres sucesivas preguntas con las que le pide que señale a esos malvados que ha insinuado.

Sin perder ni la calma ni el ritmo de su labor, reitera nuestro colega lo que estaba ya claro en su aseveración: Todos. Todo el mundo. Éstos también, agrega, apuntando al piso; lo cual sí resulta desconcertante. Con su éstos, viviendo como vivimos en Nueva York, se está refiriendo a los americanos, esa gente que tanto admira y entre quienes tan feliz se le nota. Y de repente les ha sacado un baldón, tan grave como ése de haber observado con despreocupación, como quien dice desde el mismo palco de sus enemigos rusos, el ascenso del nazismo, achacándoles entre líneas la ladina esperanza de que la despiadada represión de Hitler les sirviera de amanuense en la abolición de un contagioso hervor de pensamiento que veían expandirse y los tenía desasosegados en secreto.

Sigue nuestro colega, sabiendo a su auditorio tan cautivo como para no interponerle un pero. ¿A quién le convenía lo que esa gente perseguía?, es la pregunta con la que intenta acercarnos a sus conclusiones sin hablar más de la cuenta. Hubiese podido terminar aquí; nunca nos había dejado escuchar un discurso venido de tan adentro. De un aliento ha trastornado cuanto pensábamos de él, la simpleza con no poco de cansancio que atribuíamos a su complacido conformismo. En cuatro frases acaba de revelarnos otro posible origen de eso que en él parece placidez: la frustración que, desde quién sabe cuándo, para siempre le quitó las ganas. Predecesora puede decirse de la mía, el desengaño de la generación que me antecedió en nuestro país, persiguiendo ideales parecidos y perdidos al final en el mismo pantano. Le queda algo por decir, un puntillazo: Bien caro pagaron todos su perfidia. Cuando uno de nosotros le pide que abunde en esa última reflexión, pretexta la necesidad de seguir trabajando. No dirá más, ni con un interrogatorio policial se le extraerán nuevas explicaciones.

9

Lo último que pensé de mi manuscrito es que fuera a convertirse en una novela por entregas, para colmo separadas por brechas de tanto tiempo. Años han pasado desde que al escribir el que apresuradamente creí su último capítulo y dejárselo al librero de París di por concluida aquella colección mía de anotaciones, una de cuyas dos copias conservo. La otra no sé dónde estará guardada, ni siquiera si lo está. Por culpa mía, pésimo corresponsal, poco tiempo mantuve contacto con mi amigo. Retirado lo presumo; no tiene por qué no ser longevo. En todo caso, de no localizarlo y no me veo en disposición de hacerlo, lo que le dejé quedará en versión ahora más que inconclusa de nuestra aventura berlinesa. La acabada del todo será ésta que he debido ir retomando a borbotones para incluir necesarios incidentes del camino y que de nuevo reinicio, no sin recoger en aras de la continuidad episodios ocurridos en

Nueva York desde que di por terminada la versión anterior y que enlazan el relato.

El cable llegado de Alemania acapara mi atención. Un torvo caso de espionaje urdido por los orientales ha sido descubierto dentro de las más altas esferas del gobierno de Bonn. Tan grave que su primera consecuencia ha sido separar de sus cargos a dos ministros, y de tontos creer que no siga sacudiendo a su jefatura a todos los niveles. Por no hablar de la confusión y tribulaciones que estarán propagándose por los pasillos de sus instituciones, el agobio que pesará sobre no pocos de sus altos responsables, sorprendidos en un fallo que lo menos que hará es estropearles sus carreras. Nada difícil representarme a los orientales reventando de gusto y a la desolada dirigencia occidental frenéticamente dedicada a barrer bajo la alfombra cuanto dato comprometedor obtenido por el espía les sea posible ocultar a su población e incluso a cargos de mediano nivel, a todo bicho viviente a excepción de su cúpula; si demasiados deslices se conocen, la suculencia del hecho pudiera echar abajo al gobierno occidental entero.

Lo único que sé de entrada, sin imaginar lo mucho que vendrá detrás, son esas circunstancias generales de que un agente encubierto de Alemania del Este ha sido sorprendido ocupando dentro del gobierno de Alemania Federal un cargo que le daba acceso a sus dirigentes y le permitía hacerse con muchos de sus secretos. Estos primeros informes no traen nombre ni apellido y de entrada no me es posible calcular, cuando leo la noticia con el lógico interés de enterarme de sucesos ocurridos en un país que conocí y me sigue siendo afín por sus lazos con el mío, lo muy de cerca que nos afectará a mi mujer y a mí este asunto que tan alborotada tiene hoy a la redacción. Quedo en la ignorancia poco rato, hasta que la sucesión de cables venidos por el hilo me traen el nombre y la foto del protagonista del suceso. Cuando tengo su imagen delante me obstino en mirarla, así de incrédulo me deja. Aquella sustitución que en su momento creímos mi mujer y yo ejemplo de fraternidad y desprendimiento no había sido sino una calculada maniobra de espionaje. Me lo dice sin fisuras esa cara que al instante reconozco, unos rasgos que de golpe me devuelven a los trascendentales días de nuestra fuga por Berlín. No tardan en venir a preocuparme las repercusiones que un acontecimiento de tales dimensiones pudiera tener para mi mujer y para mí, así entienda que deducir lo que sea de lo que voy sabiendo será esfuerzo inútil, nuestra incapacidad a la hora de descifrar tramas de este género queda más que demostrada. Por no hablar del golpe a nuestra vanidad, habernos creído lo bastante listos como para desentrañar intríngulis que nos pasaban mil leguas por encima, ajenos a nuestras cándidas maneras de pensar y proceder. Y sin más disquisiciones personales con aroma de disculpa que no merecen sitio en mi recuento paso a recoger lo sucedido.

Un agente encubierto, infiltrado hacía años en el gobierno alemán occidental por los servicios secretos de su rival oriental, había alcanzado en esos intrincados corredores del poder un puesto que sin exagerar pudiera considerarse vecino de la cúspide. Por sus clandestinas manos desfilaban rosarios de informes secretos, los más confidenciales: resúmenes de actividades presentes y futuras de las diversas ramas de la estructura gubernamental de Bonn, proyectos y estrategias de seguridad nacionales e internacionales, decisiones internas o tratados exteriores con cláusulas conocidas sólo de un puñado. Desde su privilegiada posición, el lacerante espía accedía a ese sinfín de documentos, algunos porque dada la confianza erróneamente depositada en él se le permitía verlos, otros ajenos a su incumbencia pero que gracias a su puesto y malas artes sabía él procurarse.

Según los cables y lo que sigue lo recojo con las debidas suspicacias, pues lo menos que esta experiencia debe enseñarme es que de cuanto nos dice cualquier autoridad, no importa cuál, lo mejor que podemos hacer es desconfiar, el espía fue identificado al sorprenderse en su poder historiales y expedientes que no le correspondían, entre ellos algunos de ésos en cuyo exterior se especifica que no deben ser ni leídos en voz alta, no vaya a parar esa lectura a oídos de un micrófono escondido. Precisa el cable que aunque cazado con las proverbiales manos en la masa, el hombre es identificado pero no atrapado. Copias de los informes mal habidos son halladas en sus gavetas pero para cuando el asombro cede y se da la orden de arrestarlo –si fueron horas o meses, ese dato no se revelará–, ya anda él lejos. Esfumado de su puesto, de su casa, del país, ése que Occidente llama su mitad. Cuando policía y ejército salen a rastrearlo está de vuelta en sus queridos predios orientales. Tener delante la foto del espía me hace retroceder años de un salto, como si lo hubiese visto ayer, no obstante lo poco y mal que lo hice y que sus facciones delaten el paso del tiempo. Es el mellizo fugitivo –lo digo sin pensarlo; metidos en este lodazal, qué impide que sea el otro–. Tanta mi conmoción que pretextando una indisposición me voy a casa a contar lo ocurrido a mi mujer y quedar los dos prendidos de la televisión y de la radio.

Poco más sabremos. Bastan días para que la noticia se vaya esfumando de la prensa y hasta de los muchos cables a los que tengo acceso. La más segura causa del silencio será el previsible deseo de los occidentales de echar tierra al caso. Además, identificado como curtido agente el humilde guardarropa que conocimos trabajando en el Berliner, lo lógico es que tras el regreso a casa del ahora de veras fugitivo y la restitución de su probidad cívica al hermano, toque a su fin definitivo la odisea de los mellizos. Desprovistos de antifaz, quedan sin existencia los espías. A los mellizos les pasará lo mismo, nunca más sabremos de ellos. Eso queremos creer mi mujer y yo, sin confesarnos el temor que el caso nos mete en el cuerpo. ¿Cuánto saben los servicios de inteligencia occidentales acerca del espía, de sus contactos con nosotros, las verdaderas incidencias de su escenificada fuga? Muy posible que mi mujer y yo figuremos en sus archivos y que el desdichado episodio se obstine en perseguirnos como un fantasma imposible de sepultar. ¿Nos creerán soplones como en un principio pensamos que pudieran creer los mellizos, yéndonos a delatar a la policía oriental la fuga de un ciudadano suyo? ¿O al volverse como se han vuelto las cosas del revés, algo para nosotros mucho peor: colaboradores a sabiendas de un agente al que quién sabe por qué hicimos falta a la hora de infiltrarse? Sólo nos queda desear que los occidentales nos supongan tan burlados como ellos, o que no lo sepan todo y no se hayan enterado de aquellas suculentas toallas que mi mujer decía buscar por el vestíbulo de nuestro hotel ni de sus voluntarios desgarrones de mi abrigo. Nos sentaremos a esperar, más no podemos hacer. Lo cierto es que tras la larga separación padecida en aras de su causa, de nuevo están juntos los hermanos. Les estarán concediendo –al encumbrado en Occidente, por partida doble; ni que calcular cuánto más arriesgó– galardones y medallas. Mejor poner entre comillas eso de que fue el del Berliner quien más arriesgó. En estos enmarañados pasadizos toda suposición es vana. ¿Quién me asegura cuál de ellos fue el que huyó, cuál el que se quedó? ¿Cómo negar que apoyados en su indescifrable parecido no pudieran turnarse en sus puestos, que el occidental supuestamente preso en el Este no viniese a suplantar cuando hiciera falta al oriental del Oeste mientras éste iba en persona a rendir cuentas, o incluso que en ocasiones los dos trabajasen a la vez en Occidente, sumando esfuerzos en sitios distintos para duplicar la efectividad de su misión? Quisiéramos saber a dónde van los hermanos a parar, qué es de su historia, pero de los cables se esfuman enseguida. Desde mi mesa de redacción paso meses sin dejar de revisar cuanta noticia procede de Alemania, pero de la trama de espionaje cada vez nos llegan menos, hasta que el caso de los mellizos queda atrás.

10

Discreción hemos sabido mantener bastante tiempo, nada puede reprochársenos. Pero así haya tardado en vencernos, la inclinación a la charlatanería, a lo que nos induce ver difundida a los cuatro vientos la historia del gemelo espía, acaba por traicionar nuestro propósito hasta entonces cumplido de no mencionar jamás a nadie el enredo en que nos vimos metidos a nuestro paso por Berlín. O al menos de guardarlo entre nuestras personales bambalinas hasta que alguien, un imprevisible sucesor mío, se hiciera con el manuscrito que dejé entre los libracos de M. Rousselet —sea el que sea; así me acostumbré a llamarlo— y se interesase en leerlo. Pronto nos arrepentiremos de nuestra falta de perseverancia. Dominados por la tentación de irnos de lengua poco tardamos en comprobar el acierto de nuestra anterior reserva: cuantas veces relatamos nuestra aventura, no se nos cree. Que en ocasiones se nos tire a broma no es lo peor; hay quienes no esperan mucho antes de dejar que les asome el disgusto. Nos dicen lo que piensan: les tomamos el pelo, los tratamos como a ignorantes del acontecer del mundo. Desechando medias tintas nos echan en cara las razones de su enfado: inauditos episodios como ésos que les contamos se los saben de memoria, leídos mil veces, iguales o parecidos, en esas rocambolescas novelas de espionaje que abarrotan librerías y sitúan a sus héroes en el vórtice de intrigas de veracidad más que improbable. No falta quien nos haga el feo reproche: pretendemos haber participado en acontecimientos de relumbre que si alguna vez nos pasaron por delante fue desde las páginas de un folletón.

Escuchar esta reiterada censura nos convence de adentrarnos en un género de ficción del que nunca hemos sido, sobre todo mi mujer, demasiado aficionados, y muy a pesar nuestro lo vamos comprobando: vana no es la desconfianza de quienes nos oyen a desgano y nos llaman mentirosos. Unas pocas de estas narraciones de espionaje —en mi caso me atraerán lo bastante como para acabar siendo una larga sucesión— bastan para evidenciarme las raíces del recelo: en Le Carré descubro intrincados pasadizos subterráneos, conocidos sólo de agentes especiales de esos dos mundos rivales que se persiguen implacables por sus entresijos, caminos ocultos que unen en largos túneles los territorios de las dos Europas. Páginas de Ian Fleming sugieren la existencia de incalculables tesoros, botines sepultados tras la guerra y trajinados de mala manera, en ocasiones de valor más falso que legítimo. Nos queda rizar el rizo y este bucle nos lo sirve en bandeja de plata Graham Greene cuando en una de sus múltiples memorias cuenta cómo, escarbando novelas de espionaje entre los estantes de una librería londinense, el vendedor le sale con la pregunta: ¿viene también usted del ministerio? Un enviado del de Relaciones Exteriores, le dice, estuvo en esta tienda hace unos días y se llevó títulos parecidos a los que usted escoge, algunos los mismos. La conclusión, inescapable: arduo dilucidar en estos asuntos quién es huevo y quién gallina. Si mediante confidenciales amistades o particular astucia se conocen al dedillo estos narradores los intrincados manejos a que echan mano los servicios secretos de una y otra parte y los vierten en sus tramas tras el velo de pretenderlos ficción o si por el contrario es su imaginación la que elabora de la nada zigzagueantes truculencias y a sus libros acuden los responsables de las redes de espionaje para edificar sus taimados andamiajes. Tanta lectura lo que consigue es humillarnos: nos vemos como inocentes figurantes metidos en un cenagal del que nada sabemos y sólo nos queda preguntarnos: qué presenciamos de verdad en Berlín, qué singular entramado nos dio caza y terminó por atraparnos; de qué lado estuvimos y estamos, si está dejando de haber anversos y reversos y todo se ha vuelto círculos viciosos.

No logro sustraerme a las secuelas de este remolino. Mi mujer nota que algo me disgusta pero cuando me pregunta le doy respuestas torcidas. Pretexto la frustración de andar buscando algo que no encuentro, procurando que no adivine de dónde viene mi fastidio. Un día no aguanto más y le digo lo que me tiene reventando: estoy pensando en tirar mi relato a la basura, carece de sentido. Si habiéndolo querido crónica veraz e ilustrativa compruebo que pocos le dan crédito y lo toman por puro artificio, ¿de qué vale? Si a lo que más se parece no es como quise a una estricta crónica de hechos que saquen a relucir las feas entretelas de una historia sino a embrollos novelescos, ¿qué sentido tiene? Reflexiona ella más de lo habitual, tanto que llego a pensar que escoge las palabras para sin herirme darme la razón, hasta que me dispara su respuesta y es lo contrario de lo que le esperaba. Ni se te ocurra, dice, como si estuviese regañando a un niño malcriado.

Resulta que ella, a quien tantas reservas he escuchado a la hora de valorar mi manuscrito, no se ahorra entusiasmos y le da un valor mayor del que mi modestia me permite. Es verdad que nuestro relato, dice, con el insuperable elogio de hacerlo por primera vez suyo también, se parece bastante a muchos de esos novelones que hemos estado leyendo. Mucho de lo que cuentas en él le parecerá a quién sabe cuántos copiado de esas historietas, sigue, pero cualquiera que lea con atención lo que has escrito y tenga dos dedos de frente entenderá que eso que lee realmente lo viviste tú en persona, es la pura verdad. Como de costumbre cuando se siente perorando con demasiado énfasis detiene su discurso justo cuando le esperaba razones concluyentes. Mejor no insistirle; de momento nada conseguiré, preferible esperar situación más oportuna. Se me presenta esa noche, cuando la siento desmadejada en la cama al lado mío. Aunque no me haya vuelto a hablar del tema sé que ha seguido con mi manuscrito en mente por lo fácil que viene su respuesta a mi pedido de que abunde en lo que esa tarde me empezó a decir.

Mira, por ejemplo, dice; pon que a eso que escribes le pones algo inventado. Para darle emoción, entretener. Ni que leerlo tendría para saber que por mucho que te esfuerces, no casa con el resto. Pon que inventas algo sencillo, como que Veronika con k se nos aparece en París, escondiéndose detrás de un abrigo con capucha. No sabemos quién es esa mujer que trata de acercársenos, escribes. Tememos que pueda ser una ladrona, sigue, una carterista, hasta una loca. Y entonces, cuando la tenemos casi al lado, dos hombres corpulentos se le acercan, la cogen de los brazos con gesto no se sabe si amistoso o policial, y con ellos se tiene que marchar, sigue ella en su relato oral. Luego, con este incidente en suspenso, cuando cuentas de nuestra imprudente visita a la exhibición de cine húngara, ahí la aprovechas; en plena recepción vemos venir hacia nosotros a esa mismísima mujer, que al ver que nos llevan al salón donde luego nos enteraremos de que planeaban secuestrarnos, nos avisa que no sigamos, y vemos que es Veronika, avisándonos desesperada que no entremos al salón. Es ella quien nos salva, y cuando cuentas que estamos huyendo como de verdad hicimos lo último que vemos de ella es que aquellos mismos hombres que vimos llevándosela en la calle la están agarrando por los brazos y llevándosela igual que aquella vez.

¿Qué te parece?, me pregunta, feliz con su improvisación. Sin esperar por mí, se responde. No es tan diferente la cosa ni más extraña que algunas que nos han pasado y tienes ahí escritas, dice. Pero nada más habría que leerla una vez para saber que no funciona. No encaja, enseguida se nota que es invento.

No sé si me convence o me sugestiona. En todo caso me da ánimos para seguir. Terminará siendo este manuscrito lo que sea pero si ella, con tantos peros que le ha puesto, lo recibe como relación honrada, me basta. Lo que no le digo es que el acierto de su improvisación me tienta. Varias veces pruebo a meter en el relato ese trance tan vistoso que se le ocurrió de nuestro encuentro con Veronika con k en París, pero cada vez que lo intento, y de distintas maneras, debo darle la razón. No sé si es defecto mío, incapaz de jugar con la ficción, pero por muchos giros que ensayo el injerto no camina, así sean húngaras Veronika y la recepción. En cuanto me releo, noto que estoy dando la brava. Y con este tachado intento sí doy por terminada la redacción de este incansable manuscrito, largo no tanto en páginas como en el tiempo que abarca y el que me ha llevado a mí escribirlo.

11

No suelta el teléfono y no me hace falta entender qué dice para calar su aire de fiesta. Quiere localizar amigos dondequiera que estén, en la otra costa o del otro lado del Atlántico, conversar el tiempo que se le antoje sin reparar en largas distancias. Comentar con ellos, a quienes supone tan sorprendidos y felices como nosotros, el acontecimiento que la noche anterior seguimos paso a paso por televisión, el derrumbe a mandarriazos y hasta a manotazos, sin que viniera a interponerse ninguna de las tenebrosas autoridades que lo habían impedido antes a tiros, del inexpugnable Muro de Berlín. Con la misma alegría que si marchásemos con ellos del brazo compartimos la alborozada irrupción en Occidente de torrentes de berlineses orientales, que por mucho que hubiesen conocido sus calles desde su corta distancia las recorrían con ojos de quien anda curioseando el paraíso. Sin perder un ápice de su entusiasmo y entre atropelladas reflexiones, con cualquiera con quien se comunica revive mi mujer el dichoso suceso. Tan inesperado, al menos para nosotros de este lado del océano, que no consigo recordar a ninguno de nuestros conocidos sugiriéndonos que entre sus proyectos estuviese vivir lo suficiente como para alcanzar a contemplar la caída de ese aherrojado mundo de más allá del Muro cuyos coletazos padecimos, así viviésemos entre alejadísimas aguas tropicales. Habíamos aceptado que el Muro y el vasto espacio cuya frontera delimitaba durarían, si no tiempos faraónicos, al menos el habitual a imperios más recientes, digamos siglo y medio. Y ahora resulta que con fragilidad tan extrema como para hacer aflorar en nuestras intuiciones el pálpito de las conspiraciones, se viene abajo el irreductible bastión en una noche y el sistema de congelada rigidez que resguardaba se hace añicos, como si en vez de haber sido de ese acero con el que se le apodaba hubiese estado hecho de porcelana.

Detiene mi mujer su jolgorio entre dos llamadas y atenuando su animación, me observa contemplándola desde mi butaca con cara inexpresiva. No se te ve muy contento, me dice vigilante después de estudiarme, como si el distanciamiento que me detecta le sugiriese la presencia de un solapado militante que deplora los sucesos. Le respondo un poco sin pensarlo, diciéndole de esa aprensión que me recorre desde presenciar los hechos de la víspera. Cuando de una película desaparecen los malos ya no hace falta que haya buenos, le digo sin querer hacerme el listo, sabiendo que me comprenderá. Por su mueca de disgusto veo que sí, sabe por dónde voy. Pero se niega a que le eche a perder su parranda telefónica con especulaciones agoreras. Buscas siempre la manera de ser un aguafiestas, me dice volviendo a sus llamadas.

Su contento sepulta pronto ese malestar que en aras de ser sincero le causé y cuando al fin suelta el teléfono me dice algo que de sobra sé: ahora tendrás que volver a tu relato, esto no le puede faltar, es su mejor desenlace. Aprovecho que la veo de buenas para bromearle que sea ella quien por una vez me espolea a escribir. Es cierto, lo ocurrido me da para cerrar con un final como es debido, le digo. Además los finales es bueno que sean apoteósicos, sobre todo si el relato es de aventuras como el nuestro.

12

Quizás lleguemos a saber qué fue de los mellizos. Es en medio de convulsiones como ésta que ha puesto de cabeza a media Europa cuando infinidad de historias escondidas brotan del subsuelo o por el contrario se ocultan para siempre en resquicios que los días sepultarán. En cuanto a mi narración, se empeñan los acontecimientos en no dejarme acabarla y más de una vez debo rechazar las invitaciones de mi mujer a que salgamos o vayamos al cine. Así haya sido ella quien cuando cayó el Muro me animó a seguirla, mi reclusión la exaspera. No me importa, imprescindible recoger la sustancia de estas transformaciones, de otro modo mi texto no valdría. Mencionar por ejemplo que bien podría irme yo ahora a recorrer Berlín sin avergonzar a aquel prudente marinero cuya advertencia inicia mi recuento. Sólo esta posibilidad justifica seguir. Se recrudece por lo demás en ella, en vez de apaciguársele con los días, el escepticismo. Duda de las explicaciones dadas por las noticias, las conclusiones elaboradas por los analistas para razonar el proceso que según ellos condujo al desplome del Muro y el sistema que protegía. El alegre espectáculo de la ciudadanía antes dividida tratando de volver a ser la de antes al menos en cuanto a la unidad de su territorio se refiere, recuperando salvados rincones o el tanto tiempo trunco trazado de sus calles, la regocija, viendo a gente de los dos Berlines pasearse como nosotros ni soñamos hacer cuando estuvimos allí, pasando por encima de los restos del Muro con la despreocupación de quien cruza vías de tren desafectadas, la repetida imagen de trombas de jóvenes trepados en lo alto de la Puerta de Brandenburgo para festejar la vuelta de su ciudad a la vida tras medio siglo de yacer como quien dice medio muerta. Rehúsa en cambio dar crédito así sin más ni más a lo que unos u otros aducen sin ponerle peros: ni cree la caída del Muro fortuita, ni culminación de un inacabable malestar, ni producto de la decadencia de una Unión Soviética cuya parálisis le impedía gobernar como se ha visto ni a ella misma. En su opinión, la estricta vigilancia y los rígidos controles seguían inconmovibles desde pasar nosotros por allí y bien que conocimos lo intratable de aquel congelado régimen. Ningún razonamiento la disuade: la inexpugnable muralla ha caído por decreto. Le disgusta no saber explicarse cómo con un mínimo de coherencia y no para de hacerme preguntas a ver si me extrae alguna luz: ¿Qué alteró Alemania para que de la noche a la mañana el cemento del Muro se volviese merengue? Tan falso y mentiroso, insiste, sin dejarme poner una, achacar su caída a que a la gente un buen día se le ocurrió salir a la calle a protestar como esa piedrecita que te han traído de recuerdo y que lo mejor que haces es botar.

Recuerdo la llamó al entregármela el colega de la agencia enviado a cubrir la noticia. Un guijarro de dos centímetros lo más; fragmento, aseguró, del demolido Muro. No sólo pensó en mí, distribuyó piedrecitas parecidas entre muchos en la redacción. Igual pudieran ser lo que él afirma, trocitos del Muro ahora antigüedades codiciadas, que escombros recogidos de una construcción cualquiera camino del trabajo. Mi mujer, que lo sabe amigo de las bromas, ni lo piensa: su obsequio es puro engaño. Y cuando un día nos lo encontramos por la calle pretende compartir con él esa broma que está segura nos ha hecho. Estás como esos vendedores de relicarios medievales que vendían escapularios con fragmentos de la cruz de Cristo o cabellos de algún santo, trizas de sus huesos, le dice, y recorrían Europa con su carga de despojos convertidos en cementerios ambulantes. Habrá un derribo en el fondo de tu casa y aprovechas para lucirte, trayéndonos falsos recuerdos de la liquidada frontera para a cambio agenciarte invitaciones a cerveza, termina invitándolo a tomarnos una.

En el asunto que nos resulta más inmediato sí cedemos con gusto a las especulaciones. ¿A dónde habrán ido los mellizos a parar? No los creo necesitados de ocultarse. Ni fueron interrogadores ni matones, funcionaban en tareas de guante blanco, así fuesen mortíferas sus consecuencias. Burlar ministros, secretarios de partidos, personalidades que cuando el conflicto termina saben tratar esos combates como los buenos jugadores de fútbol. Una vez que el árbitro toca su silbato, vencedores y vencidos se encuentran, se sonríen y se dan palmaditas en la espalda; todos hemos sido buenos alemanes, se dirán. En otro posible paradero coincidimos: Washington. Incalculable la fortuna que les pagarían a cambio de las listas de espías que podrían suministrar; y no de una Alemania, en su caso de las antiguas dos, puede que hasta suculentos datos sobre artimañas de Moscú. A la larga, teniendo en cuenta su probable edad y por lo que han pasado, acabamos por endosarles un destino más gris: juntos en Alemania, aunque apostamos a que en el sector hasta hace poco occidental. Los hacemos gente práctica, poco dados a esperar el plazo de las reconstrucciones, la vuelta a sus antiguos esplendores de la oscura zona oriental, no importa si fuese ella la que les dio cobijo y sustento. Como los demás, ahora son sólo alemanes, se despojaron de su transitorio apellido.

13

Una de las primeras impresiones de cómo se están recibiendo los cambios en el Este nos resulta fascinante por su inesperada e inverosímil belleza. Nos llega por televisión, en el rostro y la voz de una muchacha residente en lo que hasta hace poco era la zona oriental. Es una jovencita cuya edad hacen difícil calcular su espeso maquillaje y las innumerables baratijas que la adornan; una imagen punk que igual estaría en su sitio en escondrijos nocturnos de Amsterdam o Londres. Difícil saber si es genuina, nacida de la rebeldía contra unos cánones que verían su mera presencia como sedición, o de imitación, obediente a estilos recogidos de ávidas miradas a Occidente. Le agranda la boca el embadurnado escarlata de sus labios, a sus ojos los desmesura un reborde negro dibujado al carbón en trazos de corte egipcio, viste trapos, no se sabe si blusa, falda, vestido o retazos echados unos sobre otros, de colores vivos y chocantes; en todo caso combinan con los que ha usado para teñirse mechones del pelo. Viendo sus anillos, pulseras, y demás cacharrería, lo mismo colgada al cuello que sujeta por alfileres de su ropa, sonará cascabelera de sólo moverse.

Su paso por la pantalla es breve: el tiempo de que mi mujer y yo cacemos su imagen al vuelo y la oigamos decir cinco palabras con muecas amaneradamente retorcidas. Con ellas quiere comunicar a quienes la vean un tedio no curado que a partir de sus pocos años pudiera ser tan impostado como su figura es teatral.

Las dice en inglés; pensará que así muchos más la entenderán y ninguna equivocada traducción podrá desfigurarlas. Si ése es su plan, lo logra; la vemos en una emisora internacional que trasmite a varios continentes en inglés. Millones como nosotros la estarán viendo y oyendo y pronto muchos escribirán en algún diario o como yo repetirán a los amigos estas palabras suyas: *I want my wall back!*, la súplica que deja escuchar. ¡Que me devuelvan mi Muro!, ruega.

Antes de pasar a escenas más convencionales de lo que está ocurriendo en Berlín dedica un tiempo el locutor a explicar que esta muchacha no está sola. Muchos jovencitos de parecida edad del antiguo sector oriental añoran como ella la marginalidad, el olvido social, que la raída dejadez de su gobierno y el desprecio que sentía por ellos les hacía asequible. Vida oscura y sin recursos que ellos en su desesperanza habían aprendido a acariciar, en todo caso más legítima en su voluntad de desarraigo que la de sus semejantes de Occidente, rodeados por lo general de un oropel que los vuelve figurines.

La muchacha acaba por parecerme, con su pintarrajeado semblante, sus artificiosos atavíos y sus agotadas maneras, como venida de otros tiempos, de fotos y afiches, afín en porte y presencia a las apariencias que revestía la decadencia alemana de entreguerras, ésa dentro de la que Zacarías se movió y en unos apuntes retrató. En esa época mejor que en espacios de la nuestra es en la que busca ella situarse, es su modelo, son sus nihilistas actitudes las que pretende revivir como tradición berlinesa inescapable. Sólo ha mudado la decepción con el capitalismo entonces en quiebra por el rechazo a un igualitarismo fracasado. Sin ella pretenderlo, su actitud me presenta los dos sistemas como variantes de una misma decadencia.

Nada de esto dice el locutor, se me ocurre a mí. En todo caso, si por fin voy como espero hacer pronto a esa Alemania ahora una sola, haber visto y oído a esta muchacha en su desafiante desconfianza me sugerirá el porqué de situaciones con las que pudiera tropezarme, me allana el regreso a Berlín.

14

Ni de broma se me ocurre cotejar mi texto con los recuerdos que pueda conservar de estos mismos episodios mi mujer. Así los hayamos vividos codo con codo, sé que sus resonancias en dos memorias distintas divergen con demasiada frecuencia. Basta que las miradas de uno u otro se hayan ido unos segundos por rutas distintas para volverse disímiles y hasta contradictorias. Las desiguales reverberaciones de una frase o una voz convertirían evocaciones paralelas en escenas dispares. Nos perderíamos en el afán de aproximarlas; negaría ella, al no haberlo sentido con igual intensidad, lo que para mí dio a una situación impresa en el recuerdo su particular colorido. Acabaríamos enredados en discusiones bizantinas, cada cual convencido de que el otro se pierde en el olvido. Por no hablar de calles, edificios, plazas, paseos. Diría ella a la derecha cuando para mí fuese a la izquierda, aderezaría yo una conversación situándola en un bosque de suburbios palaciegos mientras ella me ripostaría con deslucidos hierbazales, situando en medio de la calle un misterioso encuentro en mi recuerdo ocurrido bajo techo. Preferible enseñarle el relato terminado; lo recibirá como algo acabado y así disienta de algunos pasajes, los aceptará como hasta ahora ha hecho, un entreverado de imaginación y realidades, experiencias e ilusiones, empeños míos de hacer literatura con los contrastes de la vida. Mejor así. De otro modo tendría que confesarle ese desconcierto que me entra a veces y que por encima de la férrea seguridad con que recojo nuestras vivencias me lleva a dudar de ellas cuando las releo, como si anduviese a ciegas.

Describo un suceso cualquiera. De que lo viví tal cual lo escribo ni lo pienso. Como quien toma nota periodística de un hecho, sin quitar ni poner. El despiste viene luego. Bastan dos días para que al revisar ese fragmento con idea de hacerle simples correcciones de adjetivo o de pronombre, nunca en cuanto a una precisión que creo cabal, le encuentro derivas dudosas. Esa vuelta a la esquina, ¿la di? Esa advertencia sigilosa, ¿la escuché? Ese rostro desconocido que busca el mío, ¿lo tuve alguna vez delante? Me aturdo sin entender por qué mi constatación de un episodio, escrita sin que ni la mano ni la memoria vacilasen, se me aparece ahora imprecisa, como si pretendiendo yo no sé qué astucia a la hora de escribir hubiese empalmado hechos concretos con elementos de fábula, descolocándolos y conduciéndolos hacia un desenlace que no sabría yo decir si cuajó o se frustró ni si sus circunstancias entraron a formar parte de este hilo o nacieron de sueños que tuve entretanto o espejismos de los que en el momento no me percaté pero que mi subconsciente recogió.

Releo pasajes y en vez de devolverme las presencias y aromas que quise, me extravían; en lugar de sentirme ante situaciones por las que atravesé y de las que quiero dejar constancia me tropiezo con lances de dudoso fundamento, como escritos por otro que los hubiese conocido de oídas o como si el paso a relato escrito de escenas diáfanamente recordadas me las emborronase. Pruebo a situar mis titubeos, mirarme desde fuera cuando empiezo a transcribir otro de aquellos trances acerca de los cuales hasta hace un segundo no aceptaría contradicción. Y entonces, metido entre frases, palabras y letras, atrapado por ellas, empiezo a entender qué me sucede. Es la escritura la que maneja mis ideas, trayéndolas de acá para allá. Según revivo y redacto episodios que no por remotos conservo menos grabados al fuego en mi memoria, las palabras ganan fuerza hasta que me dominan y se apoderan de la evocación, venciendo con su voluntad de independencia cuanta exactitud pudiera yo estar persiguiendo. El vigor de una expresión, la transparencia de un concepto, la certeza de un movimiento, se nublan por el camino que va de mi cerebro a mis manos, incapacitadas de transcribir esos episodios tal como pretendo. Aparece un resplandor donde nunca lo hubo, si acaso una claridad, pero es resplandor lo que resulta justo a mi pulso y se me impone; describo una excursión donde puede que diera unos pasos pero excursión es lo que cuadra a ese párrafo. Una pared con un boquete no se resigna a ser tan poco y se transforma en imponentes ruinas de un gris ceniciento decoradas por los hielos de los inviernos y el humo de sucesivas chimeneas. Las palabras se desbocan, más poderosas que cualquier certidumbre, única necesidad. Desdibujan el acontecer y su sucesión; más valor tiene el encadenamiento de las frases, su sonoridad y sus contrastes, la fuga que pespuntean sus vocales, la fragilidad de un vocablo que ligado a los que lo preceden o lo siguen alcanza contundencia. Hasta acabar yo por comprender que es en la palabra vertida en escritura donde reside mi máxima franqueza y en vez de sentirme frustrado, acato esta transfiguración como un triunfo. De mi texto se desprende una verdad superior a la de la simple transcripción, ésa a la que aspiraba cuando, despuntando mi propósito, sentí la necesidad –animado por M. Rousselet; fue él quien tuvo el tino de diagnosticar mi deseo– de dejar puntual constancia de aquellos primeros episodios de nuestro viaje. Dejando a mi relato seguir la ruta que le sugiera la callada voz de la palabra escrita será como continuaré hasta su final mi manuscrito, seguro de que cuanto acumulo en él expresa las realidades abiertas de una esfera cambiante y obediente a posibilidades diversas, de existencia tan real e inexpresable como los espesores y suspiros que escuché en la soledad de unos terrenos baldíos del Berlín sumido en su inacabable posguerra.

V.

Regreso a Berlín

1

Ni que decirnos tenemos a dónde iremos primero una vez de regreso en Berlín, instalados en un hotel cuya lustrosa modernidad lo sitúa en los antípodas de aquél tan deslucido en el que nos situaron en nuestra anterior visita; alojamiento que por su decorado y su ambiente se me quedó en el recuerdo como ajada escenografía de postguerra, con su anciana conserje y la espaciosa mudez de sus aposentos y pasillos. Guía en mano dejamos nuestra habitación, con la barriga llena para todo el día después de copiosos desayunos alemanes, y como autómatas obedientes aquí estamos ante el aplazado santuario a Zeus que desoyendo unánimes consejos, desdeñamos la otra vez. Pasmado al verlo, no por ello me censuro mi tozudez ni creo que mi mujer y yo hayamos errado pasándolo por alto y comportándonos para los demás como rústicos sin cultura, ni tengo que preguntárselo a ella para saber que piensa igual que yo. No es que nos pase por la cabeza menospreciar esta pieza maestra, al contrario. Pero aunque reconozcamos al altar su innegable pináculo, no sólo dentro del arte clásico sino entre los logros escultóricos del hombre, insisto: lo soslayé y no lo lamento. Pues aquí estamos, contradiciendo los agoreros vaticinios que hasta nosotros mismos nos hicimos cuando hace un sinfín de años cruzamos la línea de demarcación de Friedrichstrasse que separaba ambos Berlines, persuadidos de estar dando un paso decisivo y de que al lóbrego sector oriental no regresaríamos. Desaprovechada la ocasión, no se nos volvería a presentar ocasión de visitarlo. Ha resultado no ser así. Delante tenemos el altar de Pérgamo en toda su majestuosidad para disfrutarlo cuanto se nos antoje. Ahí sigue tal como estaba entonces en su salón de este museo al que da nombre, despreocupado de los años; en cambio, todo aquello que desoyendo consejos preferimos: recodos donde entre las hendiduras de la desolación sobrevivían trazos de una cultura hecha polvo, rostros por cuyos desgastados ojos asomaban junto a la resignada mortandad temerosas ansias de vivir, los variados surcos de la devastación, esa experiencia única que tanto nos marcó y nos enseñó, nada de aquello es. Digo esto después de un primer vistazo a la ciudad desde el aeropuerto al hotel y poco más, sin saber cuántas de aquellas presencias puedan subsistir; pero un primario recorrido me basta. Sin necesidad de más sé que si algunas quedan, no son ya el semblante inequívoco de la ciudad, sustituidas por un Berlín que se rehace al ritmo de nuestro andar. Otra circunstancia me convence todavía más de aquel acierto: la existencia de esta relación a cuya conclusión espero estar llegando con la narración de este regreso. De haberme dejado guiar por la urgencia de visitar el altar, otra orientación hubiesen seguido nuestras caminatas por Berlín y este recuento mío, vacío de azares, hubiese quedado en sencillos apuntes de viajes. Ceñido a la contemplación de tesoros del pasado conservados entre paredes como éstas y no siendo yo ni mucho menos crítico de arte, difícilmente hubiese podido llenar más de cuatro cuartillas con descripciones, por exaltadas que fuesen, de esta leyenda de la Gigantomaquia labrada en el friso del altar, algunas elementales reflexiones sobre la maestría de sus creadores al esculpirla. Para lo que habrían alcanzado mis impresiones berlinesas hubiese sido para cartearme con amigos, comprobado lo arduo que me hubiese sido describir y valorar obra tan poderosa, tanto como para la imaginación de sus creadores habrá sido concebirla. Sus figuras la desbordan, se desesperan por escapar de la piedra, una piedra cuya opacidad no parece mármol, o será en todo caso una variante que da al altar su tono solemne, en contraste con el torbellino de esas escenas proyectadas al espacio.

2

A muchas personalidades históricas presentes o pasadas hace hablar Hans-Jürgen Syberberg en su *Hitler, una película alemana*, entre ellas el físico Albert Einstein. En medio de las dudas que despierta la veracidad de cualquier cita aparecida entre el fárrago de imágenes y palabras de la atormentada película y receloso de que cuanto en ella se ve y oye pueda o no ser cierto, tiendo a creer veraz ésta atribuida a Einstein. No porque Syberberg le dé fecha y lugar sino porque cuadra con lo que sabemos de las ideas del sabio y dentro de la película se recibe oportuna y natural.

Según Syberberg y tan temprano como el 24 de octubre de 1940, Einstein advierte que la guerra recién iniciada sólo terminará cuando se consiga romper el dominio alemán de Europa; o sea que sin esperar siquiera a ese definitivo propósito imperial que representará la invasión nazi de la Unión Soviética, Einstein defendía seguir luchando hasta, no sólo quebrar del todo el pretendido dominio alemán sobre el continente sino que, rotas las bases y la columna vertebral de su poderío, dejar a Alemania inerme.

Por adelantados que suenen estos conceptos del sabio en fecha tan temprana del conflicto no creo que hubiesen bastado a Syberberg para traer a Einstein a su película. Lo que creo interesó más al cineasta, teniendo en cuenta que creció en Alemania Oriental y fue siendo ya adulto cuando se marchó a la Occidental, es que Einstein prosigue su reflexión para adentrarse en el futuro. Nos anima, o lo pone en su boca Syberberg, a entender que la eventual liberación del yugo nazi sin la certeza de una futura y generalizada libertad no sería sino un aplazamiento, y queriendo aclarar bien las cosas recalca que debe hacerse lo posible para garantizar que, alcanzada la paz, nadie crezca habituado a condiciones de esclavitud; refiriéndose aquí no sólo a Europa sino a sus esperanzas para el mundo. En qué medida los acontecimientos posteriores dieron la razón a sus temores quedó claro. Bastarían para empezar el Muro o aquellas alambradas que vi en Potsdam y prohibían a los alemanes orientales disfrutar las tardes de domingo en un río que era suyo, parte de su ciudad. No por capricho dedico un capítulo de mi relación al cumplido pronóstico de Einstein. Me tropecé con su cita hace poco, no viendo la película de Syberberg sino más reposadamente, leyendo un libro que recoge su guión. Leída no hace tanto, no es raro que me vuelvan sus palabras ahora que regreso a Berlín, así haya desaparecido su funesto Muro, a excepción de restos dejados para la memoria o el turismo y que en su fealdad lo prueban, no muralla protectora como sostenían sus constructores sino valla carcelaria.

No obstante esa ausencia, un fastidioso pálpito se empeña en perturbarme. Nos sentimos mi mujer y yo entusiasmados y felices con la demolición, no sólo del Muro sino de todos esos regímenes que amparaba. Pero las advertencias de Einstein se me revuelven, con su preocupación de que el desplome de un sistema esclavista no necesariamente traiga el fin de la esclavitud y una inesperada vuelta de tuerca nos puede conducir por donde menos lo esperamos a una nueva tiranía de distinto rostro. Me resulta irritante, en medio de la natural alegría que siento al dar con mi mujer estos primeros paseos libres por las calles de Berlín, no sentirme seguro, por culpa de Einstein, de que las transformaciones de la parte oriental de Europa se resuelvan en un renacimiento. Seré pesimista, pero a la par de mi contento a la vista de cuanto observo y palpo me late el presentimiento de que tras su dinámica, estos tiempos que se inician pudieran esconden una fragilidad capaz de servir de armazón a nuevas esclavitudes de distinto maquillaje. Por suerte la realidad se demuestra más fuerte que estas sombrías conjeturas. En nuestra caminata nos hemos acercado a la Puerta de Brandenburgo, el señalado monumento que la otra vez mi mujer y yo sólo pudimos ver de lejos, cuanto más lejos mejor. Se abre a los cuatro vientos; en vez de división, recupera su dimensión central. Absurdo dejarme llevar por carcomillas. Nos lanzamos a cruzarlo y devolverle su papel de arco triunfal, despojándolo además, gracias a nuestro intrascendente aire de turistas, de todo propósito marcial. Traspasando la desbaratada coraza, disfrutamos de pasar de un lado a otro de Berlín como si tal cosa, sintiéndola por fin una sola ciudad.

3

No pretenderé que el encuentro me sorprenda. Al contrario, me lo esperaba, seguro de estar yendo sin un desvío hacia ellos y así suene fantasioso, hecho a estas sorpresas. No pocas veces y en no poca medida por culpa de este manuscrito del que tantos dudan, no sólo amigos sino hasta mi mujer me han echado en cara hacer más caso a los vuelos de la imaginación que a las certezas del mundo en el que vivo y que pretendo registrar en transcripciones quién sabe hasta qué punto truncas y confusas. Pero frente a ese reproche de dejarme poseer por el infantil don de creer posible convertirme alguna vez en príncipe soy yo quien ahora ríe último al ver materializarse lo que hasta hace un momento hubiese sido una aparición posible sólo en un fácil relato de aventuras. Lo confirmo: poco peso tiene la inmensidad del mundo cuando el universo particular de cada cual no excede esa menuda esfera cuyos confines tocamos sin esfuerzo. Esos autores a quienes se reprocha narrar en círculos concéntricos y gestar los avances de su trama en sucesivos encuentros improbables entre personajes que incluso buscan ocultarse unos de otros entienden mejor el acontecer de la vida que sus sempiternos críticos, ésos que con académica circunspección menosprecian los enredijos que teje Víctor Hugo y el azar que cada cuatro páginas reúne al inspector y a Jean Valjean en el abigarrado París de sus trajines. Al vituperado Víctor Hugo es a quien doy la razón; sabe lo irremisiblemente que son guiados nuestros pasos hacia las trampas que les tiende el porvenir. Por eso, en vez de sobresaltarme me emociono y sin tener que irla llevando del brazo para sentir su simultáneo estremecimiento saber que lo mismo pasa a mi mujer cuando al segundo día de vagabundeos por Berlín nos topamos a la vuelta de una esquina con la pareja de mellizos, quienes como nosotros van uno junto al otro y si no del brazo, casi, con conversación y andar desenvueltos que dan a su caminata aire de paseo errabundo como el nuestro. No me atreveré a decir luego a mi mujer que me los esperaba, me acusaría de pasarme de listo, dármelas de adivino. Pero lo cierto es que salí a buscarlos y por eso escogí un alojamiento próximo al hotel donde la otra vez paramos; vivan o no por aquí, lo creo un territorio tan suyo como para los animales sus cuevas o sus nidos.

Soy el primero en reconocerlos; ando alerta. Ni un segundo demora en hacerlo mi mujer y otro tanto ocurre a ellos. De momento los cuatro vacilamos, inseguros de las reacciones de los otros. Igual pueden venir abrazos que recriminaciones nuestras por habernos puesto en situaciones por decir lo menos azarosas, como una huida a la carrera de ellos con tal de ahorrarse explicaciones. Tampoco es de descartar una pareja explosión de júbilo, reconocernos los cuatro como lo que somos: sobrevivientes de tiempos borrascosos, no importa qué papel haya jugado en ellos cada cual. Ni una cosa ni otra; se impone tomar aliento, cavilar. Nos detenemos las dos parejas dejando disiparse los recelos, evocando cada cual a su manera sucesos que aunque no puede decirse que nos unan, nos reúnen. A la larga acudimos los cuatro al instinto de estrecharnos las manos y según lo hacemos y entrecruzamos nuestros brazos, se vuelven más seguras las sonrisas.

Como era de esperar en gente de su oficio, hablan los mellizos inglés con gran soltura y los cuatro enlazamos también nuestros discursos. Pronto comprendemos que para recuperar los años de por medio no bastarán unos minutos parados en la acera. Mejor buscar un lugar donde acomodarnos, proponen los hermanos, que desde echar a andar demuestran habilidad en lo suyo. Infinidad de preguntas se nos atragantan a mi mujer y a mí, la primera la que creemos traerá detrás muchas respuestas: ¿Qué sentido tuvo sumarnos al enredo de su falsa fuga? No les hacíamos falta; aparte el anzuelo que se tragaron los occidentales, los únicos engañados en Friedrichstrasse fuimos nosotros, los demás estaban al tanto de lo que se cocinaba. No necesito esperar mucho para comprender que tenemos para rato, nuestra curiosidad encontrará en los mellizos menos aclaraciones que disimulo, subterfugios y evasivas. La tartamudeante marcha a que nos obliga la imposibilidad de avanzar parejos los cuatro por aceras estrechas y los encontronazos con quienes vienen de frente los aprovechan para extraviar sus amagos de relato por sendas perdidas que las inconveniencias del camino justifican. Hablan sin parar para parecer que dicen sin acabar de decir gran cosa. Diestros en el arte de discursear, omiten datos, dosifican precisiones, aprovechan los irritantes silencios impuestos por el tráfico en los cruces o las vallas y grúas de las construcciones que nos cierran el paso cada dos por tres para entrecruzarse incidentes sin mucho ton ni son y con maestría se reparten una narración en la que aquél caza al vuelo y continúa la fingida precisión dejada en el aire por su hermano hasta meterse éste de nuevo en el relato y cuando parecía que fuese a concretarlo, irse por las ramas. Sea como sea, algo vamos sacando en claro mi mujer y yo de su espeso hierbazal. Aquella lejana vez que nos abordaron –inútil para mí, en medio de su oratorio a dos voces, interrumpir al de los dos que sea para que corrija ese plural y no me involucre en un acto del que sólo fue responsable mi mujer–, lo hicieron porque sin lugar a error sabían que nuestro plan era irnos para siempre. Certeza para ellos esencial; rastreaban gente que les garantizase no volver a poner jamás un pie en el Este. Cuando molesta por las implicaciones de esta confesión se interpone mi mujer en su alternativo discurso para que nos expliquen cómo fue que alcanzaron esa seguridad, el de los dos que más metido va por la acera se para en seco y dando un manotazo en la mampostería del edificio junto al que estamos pasando nos sale con la trivialidad de que las paredes oyen, aunque por el sigilo con el que nos lo dice y su mirada de cautela al edificio difícil dilucidar si como de entrada pensamos se refiere a paredes que pudieran haber estado escuchándonos en aquellos remotos días sobre los que queremos saber o a las muy concretas que acaba de golpear y de las que a partir de sus advertencias deberíamos de cuidarnos. Echa de nuevo a andar a la par que su hermano y cuando los agarramos por las mangas para que no se nos escapen señalan al semáforo en verde y nos animan a aplazar hasta enfrente nuestros deseos de saber.

Tan ingenuos no podíamos ser, concreta uno sin precisar a qué ingenuidad nuestra se refiere, hasta ser el otro quien va al grano. Claro que había micrófonos en las paredes de aquel vetusto hotel donde nos alojó nuestro consulado y que ni despertador tenía, reconoce sin empacho, voceándonos su explicación por encima de las cabezas de dos mujeres metidas entre él y nosotros que lo miran sin entender ni su inglés ni su mala educación. Cuando comprobada esta intromisión en nuestra intimidad nos volvemos al que tenemos cerca a ver si se excusa por tan facinerosa conducta, lo que éste nos presenta es una traviesa sonrisita que bien nos merecemos, puestos ante la evidencia de que no obstante nuestra decisión de escapar como fuese de un mundo que se nos hacía irrespirable no sabíamos aplicar a todos los rincones y sucesos la certeza de que en ese mundo del que abjurábamos hasta las almohadas eran objetos policiales. En eso, el que va más lejos nos grita una precisión que no le hemos pedido. No, no, no fue Isis, repite enfático, aserto corroborado con enérgicas negativas de cabeza por su hermano antes de insistirnos también él de viva voz que Isis no fue, fue la secretaria, y sin el intervalo de una coma desdibujar el otro el tema de los micrófonos para venirnos con la desfachatez de que lo que la secretaria pretendía era alojarnos en un lugar céntrico como el que nos consiguió. Eso quería, reitera su hermano, dio la coincidencia de que en ese hotel había micrófonos y los aprovechamos, y se suma su gemelo al relato con la sabrosa información de que la secretaria era la que en nuestro consulado sabía hacer bien las cosas, estaba allí para entre muchas otras responsabilidades velar por la conducta de Isis.

Más que molestarme, me fatiga su descaro, sus abiertas pretensiones de tomarnos el pelo. Mejor haríamos mi mujer y yo en dejarlos plantados aunque nos quedásemos con las ganas. Desentendido de lo que nos dicen me fijo en sus figuras, esa singularidad que en su desarticulado discurso exhiben y que no dudo en creer congénita. Se dirían un ser único, dos manifestaciones de una misma persona. Se mueven como si cada cual intentase, a ratos contrastar, otras reflejar como en un espejo, el comportamiento del otro, sus visajes, sus expresiones y ademanes. Si se inclina uno a derecha para aclararnos las bondades de aquel envidiable hotel provisto de oportunas escuchas se deja caer el otro a su izquierda, no sólo reproduciendo la postura del hermano sino redondeando de palabra sus conceptos, y al final lo que consiguen es demostrarse consumados actores de números de variedades, émulos del Berliner en sus sincrónicas escenas. Entre sus repartidos circunloquios vuelven al tema de los bochornosos micrófonos. No fueron puestos en nuestra habitación para nosotros, aseguran a coro. No nos los trajo la conserje, dice uno, que como pude constatar muy bien los trató, intercala el hermano, revelándonos así ser él el que vivía en nuestro hotel. No nos los trajo con los edredones, es la temeraria aclaración que adelanta aquél. Los micrófonos estaban ahí a la espera de cualquiera, afirma, y viene su hermano a corregirlo: No de cualquiera, ese hotel tenía bajo nivel de vigilancia, era para gente de los países hermanos, gente como ustedes, se esmera en aclararnos. De su maraña nos queda claro que gracias a esos infames micrófonos y siguiendo desde sus puestos de escucha nuestras conversaciones, algunas de las cuales prefiero no recordar, se enteraron de nuestro firme plan de no volver, aunque sigo sin saber por qué esto les resultaba fundamental, y sin cortesías me entrometo. ¿Por qué les vinimos bien? ¿Cómo pudieron prever la reacción de mi mujer a su petición de ayuda? Callan, se les nota por una vez incómodos. Será que aunque sus viejas redes se hayan desarticulado –no me atrevería a afirmarlo, quién sabe que utilidad pudieran conservar adaptadas al nuevo orden de cosas, no importa cuánto se ufanen las unificadas autoridades alemanas de haberlas desmantelado–, evitan dar más datos de la cuenta. A nuestra extrañeza de que los orientales no nos hubiesen arrestado de inmediato al enterarse de nuestro plan de fuga responden con tonitos condescendientes. Cierto que a nuestro país le hubiese importado y mucho saber que planeábamos quedarnos; nos habrían agarrado, llevado de vuelta a la isla y castigado con cárcel o campos de trabajo. Pero a la Alemania del Este, continúan sonrientes, le preocupaba un comino. Es más, aclara el de los dos que nos indica ese banco del parque al que nos invita, cayendo entonces yo en mi error de creer que nos llevaban a un café. Obedeciendo a atavismos, por no llamar obligaciones o hasta obsesiones de su profesión, prefieren un encuentro al aire libre que les garantice quedar apartados de oídos extraños. El parque es tranquilo y resguardado pero los edificios renegridos que lo rodean me sorprenden con un aspecto trasnochado que evoca el Berlín en el que nos conocimos. Nos habrán traído a este escenario para devolvernos al tiempo y las sensaciones de entonces y que el ambiente añada veracidad a sus historietas. Para sus superiores, dice uno sentándose a nuestro lado y dejando a su hermano de pie, era lógico que quisiéramos dejar nuestro país cuanto antes, y enlazando el ritmo de su cuento al reposo del banco se esmera en explicarnos lo muy por encima del hombro que miraba su gobierno a los revolucionarios de nuestra isla. Como a aventureros y no verdaderos comunistas, recalca el otro, vaqueros sin historia, remacha éste. Por una vez me alegro, no sabría decir cuánto, de lo que de sus palabras se desprende: la arrogancia con que fuimos vistos mi mujer y yo por aquellos alemanes orientales, no importa la fraternidad que nos mostrasen o su admiración expresa para con nuestra revolución. Detrás de esa fachada escondían el desdén de considerarnos muestra de atraso, de una extracción inferior que con su entrometimiento en el proceso histórico que ellos habían emprendido no harían sino entorpecerles el camino –vaticinado para su orgullo nacional por quién sino por un alemán– hacia ese espléndido amanecer que se sentían seguros de alcanzar.

4

Aparatoso e inmenso llamó al altar el único amigo al que he escuchado en todos estos años dedicarle calificativos por donde asoma el desencanto, aunque tampoco por eso dejara de censurarme lo que con mayor discreción que otros llamó descuido nuestro de no ir a verlo durante nuestro efímero paso por Berlín. De que las dos cosas es, no cabe duda. Atrás la serenidad clásica ateniense, patente aquí la voluntad de que el virtuosismo aturda, de abrumar al espectador con un melodrama relatado en una piedra a la que se quiere dar vida, hacer transcurso. Los escultores del friso, si como es probable fueron más de uno, siguieron, no las miras de equilibrio democrático que marcan el apogeo de Atenas sino el triunfalismo de Alejandro y su concepto de una magna Grecia extendida hasta los confines de la Tierra. Sabiéndome aficionado no entro en más análisis y me limito a disfrutar la obra sin pretenderme el erudito que no soy, sumando al gozo de verla el recuerdo de un singular dato histórico: nada menos que san Juan Evangelista menciona el altar de Pérgamo, haciéndolo para tachar la obra de abominable y pagana. La ira de sus injurias lo delata: lo comprende concepción y logro únicos, de un vigor capaz de hincar de rodillas ante los mitos que su piedra evoca a quienes lo contemplen. En su Apocalipsis llama al altar Trono de Satán. De haber podido retroceder en el tiempo esta censura y llegar a oídos de quienes lo esculpieron, hubiesen reconocido la acusación del cristiano por lo que es: arrebatado elogio a su poder de persuasión, a la capacidad que tuvieron de estremecer con sus cinceles.

5

No paran los mellizos de acumular ideas enrevesadas sin concretar una. Escuchándoles su ensortijada charla y los irresolutos caminos de sus explicaciones me entra el temor de que cuando las lleve al papel, este manuscrito al que tantas horas he dedicado acabe pareciéndose a esas novelas que buscan enganchar al lector para tenerlo durante toda la lectura preguntándose quién es el asesino y que al final se ven obligadas a dedicar un pliego entero al estirado anticlímax en que el inspector llena páginas y páginas detallando a su público, fuera y dentro del libro, quién es el culpable y cómo lo dedujo. No importa que en esta narración mía el caso parezca distinto. Como en aquéllas, hay víctimas –mi mujer y yo– y culpables –los resbalosos mellizos–; pero aunque quiénes son unos y otros quedó claro hace rato, mucho falta por desentrañar. Por ejemplo esa pregunta que esta pareja no acaba de respondernos de cómo y por qué nos metieron en su embrollo, por qué y por cuánto tiempo nos mantuvieron enredados en él. O sea, que a aquel género de cansona solución parecemos encaminarnos yo y cuantos se hayan interesado en leer este texto mío, por mucho que me disguste embarrar un desenlace que quise limpio y sencillo como el de aquella primera versión que dejé al librero de París.

No por haber interpuesto yo al texto esta pausa han suspendido sus divagaciones los mellizos, que de pronto recuperan un hilván para desmentir una presunción mía a la que antes no pusieron objeción. Ajeno del todo a su plan estaba hasta el último de los agentes orientales apostados en la estación de Friedrichstrasse, aquellos guardas tan ufanos de su pericia y que más torpes no pudieron ser. El de los dos –yo, dice apuntándose al pecho el que sigue de pie– que, como se propone, es detenido, presenta a los guardafronteras un burdo documento elaborado con voluntaria torpeza, pero a pesar de su tosquedad a punto están los agentes de aceptar sin titubeos ese pasaporte con borrones. Tuvo que echarse a temblar –dice apuntando a su gemelo el sentado a nuestro lado, aunque, que sepamos, ni estaba allí ni pudo verlo– con tal de desperezarles las ideas. Escenifica entonces el hermano esas contorsiones a las que debió recurrir, unas convulsiones con desmesura de manicomio en las que al fin detectan los adormilados guardas que algo se trama y tal como desea el tembleante aspirante a fugitivo, se le arresta. Se endereza entonces el gemelo sentado en el banco para, sin aclararnos a qué se refiere, rogarnos que no les censuremos su conducta. Cumplíamos órdenes, tercia el otro, oscilando consternado sobre uno y otro pie. Hasta el último detalle de lo ocurrido en la estación estaba preparado, agrega, viniendo en su auxilio el hermano para aclararnos que nuestro puesto en la cola del tren estaba medido hasta el milímetro. Debíamos ser irreprochables testigos del arresto a punto de ocurrir, precisa, yendo a colocarse a espaldas de su hermano a más o menos la distancia que tras él ocupamos aquel día mi mujer y yo en la fila del tren. Cuando se nos interrogase en París o en cualquier parte, nuestra previsible candidez a la hora de confesar nuestra colaboración en la fuga y el intento de fuga y narrar cómo habíamos presenciado desde puestos de primera fila el fracaso de la intentona, darían a su espuria historia tintes imborrables de veracidad. Para siempre seríamos sus garantes, nos dicen con un entusiasmo que los tiene al abrazarnos.

Tantas titiritescas cabriolas de los simétricos hermanos me marean. Pienso que a mi mujer le estará pasando igual, sintiendo cómo de cuando en cuando me aprieta la mano al oírles una aclaración inverosímil. Mejor irnos a aquel café imaginado antes por mí a olvidar agua pasada y no angustiarme tratando de descifrar sus intrincadas razones, máxime al comprender mejor a cada minuto lo difícil que me será transcribir con un mínimo de lógica esta ondulante historia que nunca se resuelve y rezuma insensateces. Entonces, como si adivinasen mi disgusto, aplacan sus manoteos los hermanos a una pregunta de mi mujer que me asombra por no ser sino la misma que les hemos hecho ya un sinfín de veces y ellos han eludido contestar más allá de la simpleza de que porque sabían que nos íbamos: por qué nos escogieron, cara de qué nos vieron. Si tan bien urdido tenían su proyecto, ¿para qué mezclarnos? Se toman su tiempo antes de disponerse quién sabe si a darnos por fin respuesta cabal, pero antes de hacerlo nos piden a mi mujer y a mí que nos juntemos para que los cuatro quepamos en el banco, hasta que apretujados nos cuenta uno de ellos muy en secreto a la oreja: Enterados estaban desde comenzar a elaborar su proyecto que una sombra indefinible andaba tras ellos, siguiéndolos sin perderles ni pie ni pisada, nos dicen. Una silueta embozada, añade su hermano en un dramático susurro. Lo más probable: que fuese de su mismo bando, un agente oriental demasiado celoso. Pero si era de su bando, les pregunto sospechando que con sus secreteos intentan seguir embarullándonos, ¿qué les importaba? Bastaría una intervención superior para amordazar al imprudente. Me miran los dos con la benevolente cara de sorpresa del profesor ante un alumno que se revela torpe. Sí, de nuestro bando, dice uno, cansado al parecer de aclarar lo que para él serán simplezas. De nuestro bando hasta allá donde supiésemos, se suma el otro con iguales indicios de fatiga. Cualquiera de cualquier bando puede serlo de cualquiera, explican los dos a la vez, señalándose a sí mismos con imperiosos dedos, como si hablarnos a coro nos infundiese el saber que encierra su laberinto, aunque igual pudiera ser, y esto lo pienso cuando nos hemos separado y me es imposible preguntarles, como si con ese gesto se nos estuviesen confesando agentes dobles, espías de Occidente en el Este y viceversa. El caso es que teniendo en cuenta la existencia de aquella figura encubierta, tenernos en aquel preciso lugar de la estación les era clave. Vuelve a bajar el tono uno de ellos para que sólo nosotros dos lo oigamos, aunque no haya un alma por los alrededores, y en ese pellejo de conspirador nos cuchichea: ¿quiénes mejor que dos fugitivos del sistema como ustedes para convencer a quien fuese de que nosotros éramos sus iguales, dos pobres infelices arriesgándose por cuenta propia sin saber bien lo qué hacían? Dos pobres diablos, acota el segundo, sin darme tiempo a asentar en mi conciencia los calificativos que tan oblicuamente nos dedican, tan inexpertos como para confiar sin más ni más en la ayuda de unos desconocidos que igual hubiesen podido ser sus delatores. Engañaríamos a todos, de un lado y otro del Muro, es su colofón. Ni que decírnoslo tienen: a nosotros los primeros, no sólo engañados, también engañadores.

6

Por un sendero del parque asoma un hombre que desde aparecer luce con ganas de quedarse, y eso hace sentándose en un banco justo frente al nuestro, no sé si por darnos conversación o como se temerán los mellizos, vigilarnos. Trae un maletín de mano que al principio creo de cuero pero cuando lo coloca junto a sus pies noto por el ángulo recto de sus esquinas que será de madera, aunque semejante en todo a los de piel verdadera o falsa de los oficinistas. Como a una orden callan los mellizos, concentrados en seguir sus menores movimientos. Dándose cuenta el hombre de que es observado, reacciona poniéndose de pie y viniendo hacia nosotros, como si en la atención de los hermanos detectase una invitación. Lo recibimos mi mujer y yo con un saludo prudente, los mellizos con sequedad. Sin tener ni una ni otra reacción en cuenta alza el hombre ante nosotros su maletín, lo abre, e igual que en un mercado, nos enseña su contenido y nos lo ofrece en venta.

Tesoro no es su colección. Consiste en abundantes distintivos de los tiempos recién concluidos, esos pins tan populares que mucha gente lucía en sus ojales o prendidos a blusas o camisas, con símbolos del sistema o imágenes de sus próceres, alemanes o internacionales, de metales por lo general dorados y rojos. Ostentados a veces con orgullo, otras por la pretensión de presentarse como buenos ciudadanos, o hasta para sentirse condecorados y exhibirlos como sustitutas órdenes al mérito. Bajo esta profusión de sellitos enganchados en hojas plásticas que poquísimo valor tendrán aparecen prendidas a un tapete unas pocas medallas, puede que más valiosas que los pins. La curiosidad que por la pobretona colección del hombre hemos demostrado desde un principio mi mujer y yo revolviendo su mercancía ha bastado para inquietar a los mellizos. De depender de ellos habrían dicho al vendedor hace rato que se largase con su quiosco. Quedan en suspenso cuando pido al hombre que me muestre una medalla que me ha llamado la atención, al distinguir grabada en ella una representación del Muro, ostensiblemente ensalzado en el diseño como medieval muralla. No habla el vendedor inglés y curiosamente animados por mi selección me explican los mellizos que eso que he escogido es una medalla poco común, concedida por el fenecido estado oriental a quienes concibieron y llevaron adelante la idea de edificar el Muro como escudo protector del país, diciéndome esto en una carretilla que por mucho que abjuren de ella veo que nunca olvidarán. Detectando mi nostálgico interés, olvidan recelos y me instan a comprarla. Para decidirme, negocian en mi nombre un precio justo. Tan barato el que me pide el hombre y ellos me traducen que ahí mismo compro la medalla. Resuelta la venta y cuando pensaba que cerraría su maletín y se despediría, el hombre me hace ademán, acompañado de palabras que no puedo entenderle, de que espere un momento, y empieza a levantar por sus bordes ese tapete ajustado al interior del maletín donde tiene prendidas las medallas y ahora entiendo sólo aparenta ser su fondo; hay otro detrás. Desechando toda ecuanimidad, se le echan encima los hermanos para detener su mano e impedirle que alce el tapete y nos enseñe a mi mujer y a mí lo que hay debajo. Terminantes le ordenan que desista y no se lo piensa el vendedor. Cierra su maletín, nos da los buenos días a los cuatro y sin volver a su banco, deja el parque. Por mucho que de mil maneras les insistamos mi mujer y yo a uno y otro de los mellizos que nos digan qué abominable secreto guardaba el hombre en ese sigiloso doble fondo, ninguno cede. Su obstinación termina por iluminarme y dejo de escucharlos. Nos mentirían una vez más, viniéndonos por ejemplo con la fábula de que lo que el hombre escondía bajo el brillo de sus pins y sus medallas eran sórdidos materiales pornográficos. Puro cuento; visto el género de mercancía a la que se dedicaba no tengo dudas de qué escondía: lo mismo que encima, aunque de distinto signo; una similar colección de medallas, distintivos, insignias. Recuerdos en este caso de aquel otro régimen predecesor de ése al que los mellizos sirvieron sin remordimiento, y antes que el suyo y como el suyo borrado del mapa, cierto que de mucho más mala manera. De haber dejado los hermanos al hombre enseñarnos lo que escondía, hubiésemos tenido delante un espectáculo de svásticas, águilas, runas, el doble fondo del más reciente espectáculo de compases, martillos y haces de centeno con que sus sucesores se adornaron.

7

Por el papel que me entregan a la entrada del museo de Pérgamo me entero: el altorrelieve de su friso principal, su torbellino de figuras, reproduce escenas de una leyenda clásica: la Gigantomaquia, calculadamente escogida por la estirpe real que fue mecenas de esta obra. El rey de los atálidas pretende equiparar su hazaña de vencer a los enemigos gálatas con la definitiva derrota infligida a los gigantes rebeldes por los dioses en el nacimiento de los tiempos, esa leyenda que conmemora y celebra el altar; verse, él y sus capitanes, representados así sea alegóricamente en las heroicas figuras de las divinidades vencedoras. Rinden con el altar honor a Zeus y se lo rinden a sí mismos. Sin meterme a escarbar leyendas ni descifrar interpretaciones, recibo como guiño del destino eso de que el altar, con sus significados, haya venido a parar a una ciudad como Berlín, símbolo en nuestros tiempos de hondas convulsiones precisamente originadas en la pretensión de sus dirigentes de deificarse no sólo ellos sino a su raza. De acuerdo con la leyenda esculpida en el altar, los dioses representan el orden estable y la razón; los gigantes, la naturaleza en toda su crudeza, la arrogancia, el desorden; de haber triunfado, una de sus metas fundamentales hubiese sido trastornar la armonía del tiempo, un orden que no pueden soportar.

8

Se cumple mi deseo de irnos a la terraza de un café, cada uno en su silla en vez de apretados los cuatro en un banco teniendo que buscarnos las caras por delante uno del otro. Con las ganas que tengo de tomarme una cerveza ni que pensar en las de los mellizos después de tanta perorata. Tan inacabable para ellos como para nosotros, les tendrá la lengua hecha papel de lija. Eso pide uno al camarero sin preguntarnos, cerveza para los cuatro. Pudiera hacerlo por hábito nacional pero su soltura más bien me lo muestra seguro de que no las rechazaremos; de nosotros lo sabe todo, hasta qué marca de cerveza preferimos.

Relajados y disfrutando del fresco y la animación de la gente en otras mesas o paseando lucen los mellizos un par de satisfechos burgueses de toda la vida, habituados a tardes así, felices con su suerte y los goces que les brinda el mundo; ni asomo de esos pasados azarosos que por entrenados y seguros de sí mismos que estuviesen les habrán tenido mirando continuamente por encima del hombro, al borde del asiento. Colocados a ambos lados de mi mujer, se inclinan hacia ella los dos al tiempo para murmurarle algo y teniéndolos enfrente de perfil como simétricas esculturas de capitel entiendo cuánto les habrá ayudado su asombroso parecido para la ejecución de su colosal engaño. Entre ambos configuraron un agente doble, aunque no el que este calificativo acostumbra designar. No una persona sirviendo a dos gobiernos sino dos al servicio de uno solo y además vistas por sus enemigos como una. Oigo a mi mujer preguntándoles si no les entra a ratos frustración, sentimientos de decepción que les hagan añorar los viejos tiempos. Su pregunta arranca a uno de los hermanos la primera reflexión algo poética que haya escuchado a cualquiera de los dos. Esa copa la apuramos hasta no dejar ni gota, dice, y siguiéndole el apunte, redondea el otro la metáfora: Ahora estaría rancia la bebida.

Se levantan los dos a la vez. Temen cansarnos, es lo único que se les ocurre decirnos, y nos apremian a seguirlos. Nos acercarán a nuestro hotel. Forzoso que me los represente una vez más con el antifaz de hampones de historieta con el que me los estuve imaginando desde la noticia del desenmascaramiento del espía. No les hemos dicho dónde nos alojamos, ¿cómo lo saben? Con dejadez acuden al mismo razonamiento que me hice yo cuando salí a buscarlos, seguros están de que mi mujer y yo hemos vuelto a los que la otra vez fueron nuestros dominios. Nos señalan una calle. Si seguimos por ahí, sin pérdida localizaremos nuestro hotel.

A nuestra pregunta de si nos volveremos a ver, lo que a modo de despedida responden parecería confirmar esa próxima reunión, aunque a mí también me suene a fatídica advertencia: Ya ni ustedes ni nosotros podemos escondernos, dicen. Se acabó el Muro.

9

La escucho murmurando algo entre dientes; trato de entenderla y cuando lo consigo quedo desconcertado. No para de desdeñar a quienes gustan de memorizar poemas o versos, diálogos teatrales, textos de cualquier clase. Considera la memoria indicio de brutalidad; recurso de quienes carecen de mente lógica y poder de deducción. Son para ella signos contrarios: la mente de retentiva poderosa es escasa en razón. Y resulta que ahora la escucho recitando para sí, ella que ni la letra de una canción recuerda; recitando nada menos que a Quevedo.

Me descubre espiando sus murmullos y se vuelve desafiante, lanzándome a la cara los elogios de Quevedo al grande Osuna: Su tumba son del Asia las campañas/ y su epitafio la sangrienta luna. No me extraña que, dado su tradicional desprecio, le haya fallado la memoria: Es Flandes, no Asia, la corrijo. Ya sé que es Flandes, me responde con una mueca que echa mi corrección al basurero.

10

Han vuelto a embromarnos los mellizos. Pretendiendo indicarnos el camino a nuestro hotel nos desorientaron, vaya usted a saber por qué. Siguiendo la ruta que sus índices trazaron me siento jugando a la gallina ciega por Berlín junto con mi mujer. Así y todo y venciendo mi disgusto, algo me dice que no nos señalaron este retorcido rumbo por ganas de divertirse a costa nuestra; no es su estilo, cuanto hacen encierra algún propósito. Pero de que nos desviaron, ni dudarlo; tocará a nosotros averiguar si podemos el porqué.

Será por esa idea de que siguen manipulándonos que me entra un terco malhumor; las revelaciones que acaban de hacernos acerca de la imagen proyectada por mi mujer y yo todos estos años me obliga a vernos como inequívocas marionetas de esa pareja de titiriteros. Evidente su intención de transformarnos en personajes de una obra teatral que ni idea teníamos de estar representando, subirnos al escenario para que apareciésemos en una escena tras otra de su comedia sin tener nosotros ni idea de la farsa en la que participábamos. No sólo en Alemania Oriental, la pantomima continuó cuando nos creíamos ya libres de los múltiples controles que nos habían estado agobiando tanto tiempo. A la vista de nuestro premeditado público y vistiendo la simulada piel que nos habían echado encima seguimos en París, donde para colmo la trama culminó en que fuésemos nosotros quienes tuviésemos tras nuestros pasos una sombra, fabricada y alimentada para la ocasión sin ella misma saberlo por quiénes sino por los importunos mellizos, que para estas escenas se valieron de aquellos enconados húngaros que casi nos desgracian. Incansables, qué duda cabe que un tercer acto nos disponen en Nueva York cuando, recién llegados, recibimos aquella perniciosa carta que buscaba señalarnos como encubiertos conspiradores al servicio del sistema del que habíamos pretendido desertar. Para quien nos estuviese vigilando, lo mismo del Este que del Oeste, nunca dejamos de ser cobertura de su plan.

Dar vueltas a lo que nos han hecho sin que me aturda su persistente cotorreo me saca de quicio. Debí haberles cortado la palabra desde comenzar a escucharles los trasfondos del endiablado proyecto al que nos sumaron sin importarles ni nuestras voluntades ni nuestros destinos. Tan hondo mi malestar que no me deja distinguir más que las aceras, agobiado por la evidencia de hasta qué punto, creyéndome libre, fui juguete de sus artimañas.

De una mentira que para colmo empobrece hasta volver ceniza lo que por tantos años ha sido central empeño mío, este manuscrito en el que cuando ahora pienso me resulta impuro, nacido de una superchería. Creyendo ser yo quien lo escribía, los que de verdad lo redactaban página tras página eran los mellizos. Ellos quienes componían cada nuevo capítulo, quienes fraguaban los episodios que traería, las incidencias sobre las que avanzaría la trama, relegándome a esos apuntes que a modo de transiciones me sugerían unas circunstancias que ahora sé nada espontáneas. No sólo se me presenta mi relato como un apócrifo escrito por mano ajena sino se me hace papel de seda del que las letras se irán borrando, escritas con la engañosa tinta que sin yo saberlo los hermanos me suministraban. No muy diferentes nos veo a mi mujer y a mí: entidades fraudulentas, de papel, inexistentes presencias de una ficción. Ni me lo creo cuando al caminar veo delante mi sombra.

Harto de pesimismo alzo la vista y lo que menos necesito es hacer memoria para caer en a dónde nos ha traído, obedeciendo al índice de los hermanos, nuestra prescrita y serpenteante caminata. Con la exaltación de a quien se le aparece un oasis reconozco el manojo de calles por donde nos siguió, horas después de poner pie en Berlín, un intranquilo centinela. La misma zona evanescente, idéntica a como la conocimos, e igual entonces, esta permanencia me convence, a como estaría cuando veinte años antes callaron los cañones. Nada se ha alterado desde deambular nosotros por aquí en aquella atrevida caminata. Indiferente al tiempo, este sector de Berlín, sus manzanas de renegridos y vulnerables edificios, ha quedado ajeno a la voracidad de las renovaciones a la manera de un vórtice que nadie se atreve a tocar, corazón por donde late la ciudad. A la luz de esa perseverancia, rememoro lo que una vez sentí en una de sus plazas después de oír cantar a una mujer: por esta zona de Berlín transcurren inalterables los tiempos en desorden y los minutos en los que en aquel primer paseo nuestro atravesamos este barrio próximo al hotel los siento inmediatamente previos a éstos en los que ahora otra vez lo recorremos. Aliento que reafirma mi convicción de entonces: no pasa por este sitio el tiempo cronométrico tal como lo conocemos, por él se pasean los tiempos siguiendo senderos propios, vagando a su azar: posee el lugar un transcurso sin existencia fija, dotado de la inversa realidad de en ocasiones poder nosotros percibir sus variaciones y resbalar por ellas. Y entonces, a la vuelta de esa particular esquina que nos llama, quedamos petrificados. Nada nos decimos, ni mirarnos hace falta para compartir el escalofrío con que alumbra parejo el recuerdo.

11

Darle la espalda como si no la hubiésemos visto y escapar sería reconocer que nos hemos puesto viejos, asustados cuando ningún peligro nos acecha a la vista de un sitio donde hace décadas desdeñamos el peligro. Tampoco podríamos. Hipnotizados nos entregamos a la contemplación de esta placita en la que no creo que tan de casualidad hayamos venido a dar, entendiéndola como lugar que nos reconoce y acoge sin importarle los años. Claro está por lo demás que de poca perspicacia hicimos gala; previsible debió habernos sido hace rato que algo perseguía la elaborada geometría a que nos obligaba el índice de los mellizos y fuimos trazando hasta llegar aquí. Ningún reproche que hacerles; alborozado contemplo bajo las luces del crepúsculo que empieza el esplendor de la casita de nuestro desembarco en Berlín. Como entonces, atrayente incógnita, con su insólita fachada de estampa rural en pleno centro de esta irregular ciudad dentro de la ciudad. Diría que la única diferencia entre aquel momento y éste es la ausencia hoy de un centinela –eso parece; mejor no revolver– vigilando nuestros pasos. Por sí o por no, aconsejable dar una primera vuelta a la plaza de que la casa es centro sin quitar a ésta la vista de encima.

No hemos dado media vuelta a la manzana y ya notamos que es como si al exterior de la casita le hubiesen dado un giro: la que recordábamos como puerta principal por la que entramos con Veronika con k aquella noche clandestina luce ahora de servicio, mientras su fachada antes posterior se nos presenta adornada con un reciente maquillaje de retoques, amplias ventanas y un letrero comercial sobre el dintel que aunque invitación a entrar desluce del estilo hogareño y tradicional de la casita. No importa que no sepamos alemán; el conspicuo letrero identifica el lugar como oficina de turismo y lo hace no sólo en alemán sino también en inglés, en una especie de subtítulo de texto tan parecido a aquél que lo hace lucir dialecto.

Si aquella primera vez, descontando riesgos presentidos o patentes, nos atrevimos a acercarnos a la casa, qué no ahora cuando tan accesible se nos presenta. Suponiendo que pronto será hora de cerrar, nos avivamos. La rápida mirada de preocupación que una de las dos empleadas que nos reciben dirige a su compañera, sentadas las dos tras una mesa frente a la entrada del salón recibidor, me lo confirma, antes de hacerlo también el letrerito de madera que tienen vuelto hacia los clientes en el que sin comprobarlo en mi reloj veo que la oficina cerrará en una media hora. Nos damos las buenas tardes y a sus preguntas en inglés de qué deseamos y cómo ayudarnos les respondemos con gestos mudos no muy corteses de que no se preocupen de nosotros, nos arreglaremos por nuestra cuenta registrando entre folios y folletos apilados sobre mesas o desplegados en muestrarios. Contentas vuelven a lo suyo, entre rumores de conversación tan adiestradamente discretos que no me dejan distinguir ni una vocal.

Sin prisa nos movemos mi mujer y yo por la oficina, pretendiendo rebuscar entre ofertas de visitas y espectáculos algo que nos atraiga cuando lo que de verdad nos interesa es estudiar cómo ha cambiado una casa a la que conocimos ínfulas de mansión. Conversamos por lo bajo tan discretos como las empleadas, no importa si sospechemos que entre los conocimientos que les impone su trabajo el español ocupará un puesto relegado. En una de mis vueltas descubro que en la sala contigua, mucho mayor, exhiben fotos, mapas e ilustraciones de lo que serán sitios pintorescos de Alemania atractivos al viajero, junto con reliquias del país, trajes antiguos o armaduras. Desde donde estoy pido con un gesto a las muchachas permiso para entrar, me lo dan ellas de viva voz siempre en inglés, y pasando estoy a este segundo salón cuando oigo a otras personas entrando a la oficina. Sin verlas, por su barullo escucho que son un grupo familiar de padre, madre e hijos pequeños: se acerca el hombre a las empleadas para preguntarles en un inglés de ostensible acento francés sobre unos tours de lo que me despreocupo, contento de que las tenga entretenidas.

Es mi mujer la que más atrevidamente se comporta. No nos hemos detenido dos minutos en este segundo salón y ya está yéndose a otro en el que ha visto algo tan interesante como para hacerme señas urgentes de que la siga. Por suerte, los hijos de los franceses son niños malcriados que discuten en un tono que induce a la madre a mandarlos a callar, también escandalosamente. Entre atender a la familia y su malestar por el vocerío, las empleadas nos habrán olvidado o por lo menos ni tendrán tiempo ni ganas de venir a ver por dónde andamos.

Emocionada señala mi mujer al suelo; no le hace falta. Me ha bastado una ojeada para reconocer esta habitación por sus ventanas estrechas y muy altas que mi recuerdo fotografió y saber que debajo de esa alfombra que su emoción me indica, colocada bajo una mesa colosal no sólo por su tamaño sino por el grosor de su madera y sobre la cual hay una esmerada colección de porcelanas que más que exhibición se me hacen engorroso obstáculo para que a nadie se le ocurra mover la mesa de lugar, está la trampa por la que aquella noche bajamos en compañía de Veronika con k y una cohorte de invitados al subterráneo donde se efectuó la subasta.

Deduciendo como yo que tanto amontonamiento de dificultades no es por gusto, me lo dice mi mujer: Mira todo lo que le han puesto encima. El chachareo de los franceses y un segundo abrir y cerrar de puertas que achaco a una nueva remesa de viajeros en busca de información me garantiza que las empleadas tendrán tanto quehacer que no vendrán a buscarnos así teman que nos estemos echando algo al bolsillo y no precisamente un folleto informativo. De todos modos, no tardarán en presentarse, se va haciendo hora de cerrar. Desconcertando a mi mujer, me apresuro a seguir al fondo a investigar la disposición del resto de la casa. Se me acerca ella para saber en qué ando y decirme que debemos irnos, en cualquier momento una de las empleadas viene y nos toma por ladrones.

No le hago caso. En mi registro de la siguiente sala, dedicada a archivos de metal que presumo llenos de infinitas cantidades de folletos y hojas de ruta como las que se ofrecen fuera, localizo una puerta pequeña que parece dar paso a un armario empotrado en la pared. Eso es, aunque mayor de lo que me esperaba, un depósito dedicado a latas de pintura, una escalera de mano, herramientas de calibres y funciones diversas, y lo que parece una ducha resguardada por una cortina plástica de un desteñido azul ahora grisáceo. Me da tirones de la manga mi mujer para que deje mis inspecciones pero la sorprendo cuando soy yo quien le tira del brazo a ella para que se meta conmigo en esa especie de lavadero con cubos y palos de trapear que resguarda la cortina. Quiero esconderme allí con ella hasta que, como presumo, la salida de las empleadas nos deje el campo libre. Se niega y sin abrir la boca me hace señas frenéticas de que abandone mi cueva, mirándome los zapatos con la consternación de darse cuenta de que el suelo de la ducha está empapado y cuando nos vayamos dejaré un rastro de suelas húmedas por los pisos. Me planto; con mayor urgencia la animo a esconderse conmigo y a hacerlo pronto para cerrar tras ella la cortina, y cuando en su agobio se percata del silencio en que ha caído la casa y comprende que llegados a este punto lo mejor será que las empleadas piensen que nos fuimos sin ellas darse cuenta y que la alternativa de presentárnosles de pronto nos daría trazas de intrusos sospechosos, cierra tras de sí la puerta del cuartito, dejándonos en la oscuridad, y se pega a mí para que pueda yo cerrar la cortina del todo.

Oír a las muchachas andando por la casa prueba que nos buscan. Qué se estarán diciendo no sabemos pero que recorren los salones es evidente por los movimientos de acá para allá de sus voces y la manera en que por momentos se hablan a distancia, registrando una por un lado y la otra por otro. Abrazados, se me congela mi mujer entre las manos y supongo que me habrá sentido ella a mí helado entre las suyas cuando la puerta se abre y nuestro cuartito se ilumina con la luz de fuera. De ocurrírsele a la muchacha descorrer la cortina no tendría ni que entrar, la tiene a mano. Debe haberle resultado tan absurda la posibilidad de que a unos turistas se les ocurriese venir a ocultarse aquí que su poca imaginación nos salva. Cierra la puerta y volvemos a quedar mi mujer y yo a oscuras y de piedra, atentos a que las voces de las empleadas nos avisen que se han ido.

Un portazo nos lo anuncia, con su consiguiente silencio de minutos. Va a salir mi mujer pero la atajo; pudiera ser una trampa y estarnos velando las muchachas. Dejo pasar un rato más, lo necesario como para aburrirnos y suponer que de haber estado ellas al acecho, les habrá pasado igual.

12

Es de noche y el resto de la casa está casi tan oscuro como el cuartito. No se nos ocurre encender; nos basta la luz de la calle que entra por las ventanas. Sabiendo los dos cuál ha sido nuestro propósito al quedarnos, sin una palabra vamos al salón que da acceso al subterráneo y empezamos a desmontar el andamiaje de floreros y adornos que cubren la gran mesa. Nos cuidamos; igual que la luz de fuera nos alumbra el trabajo, de la calle podrían vernos y extrañarse con esas siluetas moviéndose a oscuras a deshora. Despejada la mesa, levantarla, incluso entre los dos, nos resulta imposible. Pesa una tonelada, como hecha de cemento. Bien escogida para esa función que le atribuimos de cerrar el paso al subterráneo. Con mucho trabajo logramos al fin moverla y a empujones la llevamos a un rincón, a donde de paso arrastra la alfombra. Estudiando las maderillas del parqué entendemos que el no advertido jamás se percataría de que algunas no están del todo acopladas, se les notan las junturas. Nosotros mismos demoramos en ubicarlas aunque el hallazgo nos adelanta poco. Las ranuras sin acoplar son milimétricas y carecemos de herramientas con las que penetrarlas para levantar la trampa. Nos entra la frustración de haber llegado hasta aquí y quedarnos con las ganas; estoy seguro además de que si no logramos acceder al subterráneo, los mellizos se sentirán defraudados, hasta ese punto creo que a ellos debemos nuestra presencia en esta casa. Puede que su probada audacia de recursos me contagie y corro al salón donde de reojo vi esa especie de museo para turistas. Me enfrento a una de las armaduras expuestas y sin pedir permiso al guerrero medieval que la esgrime lo despojo de su lanza y vuelvo con ella a la habitación donde me espera la hermética trampa. Dejando a mi extrañada mujer la lanza, sigo al cubículo en el que nos escondimos, me traigo la escalera, y lanza en ristre subo al último peldaño. Desde allí, con todas mis fuerzas, que nunca serán muchas, la arrojo contra el piso, al centro del rectángulo donde sitúo la portezuela. Lo único que consigo las dos primeras veces es desgarrar de manera lamentable la madera del parqué con la punta de la lanza y que ésta termine por caer inerme al suelo; pero a la tercera, cosa rara pues más bien debí de haber ido yo perdiendo fuerzas, la punta se clava con firmeza. Sin soltar la lanza, bajo hasta la mitad de la escalera para tratar de abrir la trampa, haciendo palanca con el cuidado de que la punta no se desprenda de la madera. Me ayuda mi mujer, que desde abajo busca el ángulo mejor para que la portezuela ceda. Con los ojos nos comunicamos la alegría de notar cómo la trampa obedece y empieza a alzarse, y aunque lo hace apenas medio centímetro demuestra no ser infranqueable. En cuanto hemos abierto una rendija lo bastante amplia como para trabarla, corre mi mujer al cubículo y vuelve con lo primero que encuentra, una paleta de albañil y varios destornilladores, y los va colando por la rendija hasta separar la portezuela del piso y mantenerla así, en lo que yo bajo la escalera y con menos dificultades de las que anticipábamos, entre los dos alzamos la trampa.

Nada difícil debería de sernos, como no nos lo fue entonces, bajar al subterráneo. Lo malo es que ahora la oscuridad en él es total. La escasa luz que llega a nuestras espaldas de la calle apenas alumbra su entrada, dejándonos ver únicamente que la escalerilla hacia abajo todavía existe, junto con su oportuna barandilla. El chirrido que cuando la abríamos hicieron las bisagras de la trampa nos delata lo poco que ésta debe usarse; razón para, junto con la oscuridad, presentir que el subterráneo esté abandonado y no alarmarnos; nadie merodeará por esa cueva, en todo caso ratas. Eventualidad que me reservo; si la menciono, por descontado que tendré que bajar solo; ni la llegada de la policía convencería a mi mujer de escapar por ahí y correr el albur de tropezarse con el más minúsculo ratón. Como algo habrá que hacer, bajo un primer peldaño, resignado a descender a tientas hasta donde pueda y desafiar la negrura de un salón que no tengo idea de cómo me encontraré, igual pudiera haber sido tapiado. Pruebo a convencerme de que si una vez descendí por esta escalerilla podré volver a hacerlo. El caso es que hay que bajar, no porque mi mujer y yo seamos osados, cualidad de la que no presumiré, sino porque nos arrastra una curiosidad que se nos ha ido acumulando con los años para venir a culminar a esta hora en este sitio, ansiosos de componer el rompecabezas que creemos a punto de resolverse. Imposible quedar a medias, el empuje de lo vivido y nuestro encuentro de hace un rato con su aroma a desenlace nos impulsan. Me insta mi mujer a no pensarlo. Quiero creer que según vaya bajando y se me habitúen los ojos, algo descifraré: una ruta despejada, una manera de alumbrarnos. Todo esto me lo repito pero no soy optimista; tengo la sensación de que esa mísera luz que no penetra ni un metro por la entrada de la trampa morirá en cuanto dé unos pocos pasos. Pero como uno de los dos debe decidirse, bajo un segundo peldaño; no nos quedaremos con las ganas.

Un tercer paso abajo ratifica mi previsión: apenas me distingo las palmas de las manos. Entre osada y envidiosa, anuncia mi mujer que va a bajar también pero le pido que espere. Mejor se mantiene en sitio conocido desde donde echarme una mano si aparecen novedades. Seguro de que el subterráneo está desierto y en desuso al no haber detectado reacción a nuestra intrusión, bajo un cuarto peldaño y del susto a punto estoy de perder el equilibrio y caer escaleras abajo cuando siento que me golpean la frente. Lo que sea, no me ha hecho daño; pudiera ser uno de esos animales que supuse, escurridizo y sigiloso. Pero no escuché batir de alas antes del leve topetazo, ningún correteo. En todo caso sería un animal muy pequeño y a partir del roce sin consecuencias con mi piel no creo que lo sea, Todas estas deducciones me han pasado por la cabeza en un relámpago ya que a fracciones de segundo del primero se repite el golpe contra mi frente, esta vez todavía menos contundente, apenas un toque. Estoy ya convencido de que no es un animal; será un objeto muy ligero, como si un niño juguetón de pocas fuerzas me lanzase a la frente una pelotita. Tras un lapso aún más corto se repite el golpecito, ya casi una caricia, y esta vez, el objeto que sea, sin fuerzas para rebotar, queda posado en mi frente. Su inmovilidad me garantiza que ser vivo no es y cuando subo la mano y lo agarro, lo identifico con un alivio que sin transición se vuelve entusiasmo. Tengo sujeto en la mano un interruptor plástico de luz que colgará del techo y mi optimismo no me deja dudas: por encima de esas apariencias de abandono que presenta el hangar y pudieran convencer de lo contrario, presiento que en cuanto apriete el botón se encenderán con esplendidez las luces y el gigantesco subterráneo se iluminará como cuando por primera vez lo visité. Contra lo que pensábamos, será éste un camino recorrido, si no a menudo a intervalos regulares y no tan espaciados como de primera impresión creímos. Confiado en lo que me digo aprieto el botón, y el vasto subterráneo se ilumina.

13

Cuando se me habitúan los ojos y tengo ante mí sin trabas la totalidad del gran salón que aquella primera vez vi desbordado de objetos camino a ser traficados e invitados interesados en hacerlo mi impresión es tan tremenda que quedo embobado, me falla un pie y a punto estoy otra vez de caer escaleras abajo. Mi mujer, que desde su puesto de observación ha visto encenderse el subterráneo y se disponía entre felices exclamaciones a bajar, se contiene al oír mi resbalón y cuando me pregunta qué me pasa lo único que atino a responderle, a la vez que palpo la barandilla para seguir bajando a tientas sin desviar la mirada del espectáculo que se me ofrece, es un apremiante baja, baja, que le digo en un cuchicheo con tal de no alborotar aunque esforzándome por comunicarle, más que perplejidad, lo que pudiera llamar vértigo. No me vuelvo y no tengo que hacerlo; en cuanto la oigo detenerse en su camino escaleras abajo sé que está viendo lo mismo que yo, viviendo mis mismas emociones. Me lo deja saber viniendo a apretarse contra mi espalda para quedar los dos absortos, contemplando cómo sobre esa tarima que en nuestra visita anterior ocupaban el subastador, su mesa y el montón de artículos sacados a subasta, se alza ahora el altar de Pérgamo.

Sin soltarnos, con medidos pasos descendemos hasta pisar el sótano. No tengo que pensarlo mucho para acercarme al altar, sin decidir todavía si me engaña él o lo hacen mis alucinaciones. Me da miedo tocarlo, presintiéndolo de piedras mágicas cuyo contacto pudiera derribarme. Las manos de mi mujer, que vuelve a abrazarme por los hombros y a la que correspondo desviando por primera vez los ojos del altar para que con una mirada nos entendamos, alejan cualquier recelo supersticioso; su contacto ayuda a esclarecerme los abismos de superchería que delata la ocultación aquí de esta soberbia obra escultórica. Si conservamos restos de cautela no es por creer al altar sobrenatural sino porque nos ofusca la concreta barbaridad de saber que existen dos; y como de los dos uno tiene que ser falso, está claro que estamos ante un hallazgo de consecuencias monstruosas.

La sólida evidencia de su piedra desdibuja las reservas. Con alegre atrevimiento que supongo próximo al de los arqueólogos que lo descubrieron sepultado, ponemos encima las manos al altar hasta convencernos de que no es truco óptico ni visión y sentir que su realidad, así sea de momento, nos pertenece. Lo estudiamos palmo a palmo, gozosos del contacto con su mármol. No pudiendo quedarnos quietos salimos a registrarlo y estando en esta exploración una lluvia de ceniza viene a enturbiar mis alegrías. A partir de mi carencia de conocimientos, nunca sabré cuál de los dos altares, si el expuesto en el museo o éste, es el original. No sólo necesitaría esos estudios que me faltan para afirmarlo más allá de toda duda, tendría también que entender el propósito de haberle hecho una copia y que encima se oculte aquí una de los dos.

Animado por nuestra inmunidad a partir de la quietud que nos rodea, desecho consideraciones y voy a descubrirle sus figuras. Sobrecogido por el poder de sus relieves, sus entrelazados movimientos o el trazado de sus sombras, cala en mí lo fácil que es dejarnos dominar por el venenoso placer de la posesión. No hace muchas horas tuve ante mí esa otra versión del altar expuesta en el museo que mi ignorancia no sabe distinguir de ésta. De no presentárseme el ridículo azar de descubrir en un escondido rincón del mármol la marca de fábrica de una cantera alemana, a mi placer de sentirme ante una obra sin parangón debería de darle igual estar aquí que en el museo. Pero cuando comparo mi deleite de ahora con el de entonces debo reconocer que mi satisfacción actual es doble y aceptarla como el egoísmo de saberme disfrutando de ese goce de los coleccionistas que gastan una fortuna en apropiarse una obra de arte. No lo hacen sólo siguiendo un exquisito gusto o buscando distinción; entienden que el placer de tenerla en su sala privada para ellos solos y verse como poseedores únicos no obligados a compartir ese disfrute es comparable al de los rendidos a la monogamia, para quienes saber los goces del cónyuge sólo suyos multiplica los éxtasis del amor.

No desaprovechamos mi mujer y yo esta oportunidad de tener el altar para nosotros en este lugar sin vigilancia. De haberla, alguien habría salido ya a echarnos a la calle a gritos y empujones, por no suponer cosas peores. Después de esta primera vuelta que nos hemos dado cada cual por su lado a la base del altar, como niños entretenidos con un juguete nuevo corremos escaleras arriba a mirarlo desde lo alto para luego separarnos otra vez, cada cual por una de sus alas, compitiendo por ser quien le descubre más bellezas. Otra vez abajo, nos maravillamos toqueteando cuanto nos da la gana las figuras del friso, siguiendo con los dedos los brazos de un gigante encadenado o los pliegues de la túnica de Palas Atenea. No dudamos del derecho a estas censurables travesuras, nos lo da el privilegio de que, aunque con ayuda, supimos encontrar este escondite invisible a todos excepto unos guardianes que calculo muy contados.

Lo iban a subastar, digo en un arranque a mi mujer; aquí mismo fuimos testigos ella y yo de aquellas ventas clandestinas. El altar fue dispuesto para su venta sobre esta tarima en que lo vemos. Las subastas siguieron todos estos años, haciendo cambiar de manos una cantidad incalculable de tesoros. Tan lejos llegaron los codiciosos promotores en sus subterráneas actividades que terminaron por dedicarse a duplicar piezas como ésta, o hasta puede que heredaran copias hechas en secreto durante la guerra para confundir a los enemigos y las bombas. La caída del Muro salvó al altar, sigo diciendo a mi mujer, con una exaltación con la que yo mismo quiero convencerme de lo que le estoy contando.

Sentada en la escalinata y prefiriendo entretenerse en recovecos del altar antes que mirarme de frente me dice que sigo siendo novelero. Todo eso que le cuento nace de mis pretensiones literarias, encadeno ocurrencias para meter luego en mi relato esas historietas del altar duplicado, escondido y subastado, y acabar mi cuento con este espectacular final. Como si sus palabras me trajesen a la memoria el manuscrito, echo mano a la pluma y me pongo a tomar notas, hasta que sin disimular su enfado me pregunta ella si pienso seguir sin parar no importa dónde esté. No le contesto. No quiero que unas ideas que me han venido a la cabeza se me pierdan, no importa si cuando las revise pueda tacharlas por calculadas y excesivas. Tomo estos apuntes antes de que se me escapen, máxime cuando componen pensamientos cuya trabazón entiendo mal y releyendo intentaré dilucidar. Si el pasado pierde su valor, escribo, como se hace patente en estos tiempos en que sin parar se exalta el presente y se nos asegura hasta que la historia termina, poca importancia tiene, sigo escribiendo, que el museo exhiba el altar falso en vez del verdadero y el verdadero sea éste, o viceversa. Si el pasado se disuelve, sigo en notas ya automáticas, desaparece a la par toda noción de futuro, sólo el presente vale. Esta manera inmediata de pensar que se extiende como una marea sin obstáculos trae malas consecuencias: a falta de futuro, desatar un apocalipsis resulta a cualquiera una opción normal, despierta la indiferente tentación de provocarlo. Todos nos hemos vuelto un peligro mortal para los demás. Me detengo a releer estas líneas y no sé a qué vienen. Tiene razón mi mujer, mejor no seguir divagando.

Quedará el manuscrito en el punto donde lo dejé la última vez. Ganará fingiéndose inconcluso.

14

Hace rato no la escucho; ensimismado en la parte alta del altar, investigando su columnata, me despreocupé de ella y de repente cobro conciencia de su silencio. Estará embelesada con alguno de los episodios del friso.

Me equivocaba y de qué modo. Cuando me asomo la veo sentada en uno de sus escalones, inclinada hacia adelante y, no me lo puedo creer, dibujando sobre la escalinata. Ha perdido el tino, se ha vuelto vándala y su afán de destrozos la induce nada menos que a desfigurar esta pieza inmensamente hermosa, sin importarle si es o no la legítima.

Se endereza cuando me oye corriendo escaleras abajo, no porque la asuste verse descubierta. Me mira despreocupada creyón en mano, vuelve los ojos a su obra, y satisfecha se pone de pie y emprende el descenso hacia la base, no un descenso desesperado como el mío sino con el sosiego reflexivo del pintor que se aleja del caballete o la pared para observar a distancia el cuadro o el mural.

Su tarea ha sido acuciosa; ha creado una inmensa pancarta. Un letrero que cubre tres peldaños de la escalinata de parte a parte y en mi agobio quiero creer fácil de limpiar, de ningún modo un destrozo definitivo. Quedo de pie junto a lo que sólo descifro como enormes letras en lo que ella llega abajo, contemplando los dos su proclama desde nuestras respectivas atalayas. Es decir, la contemplará ella; ha hecho las cosas de manera que desde donde yo estoy no puedo leer nada, sólo enterarme de que su dibujo es un escrito y sus letras se desparraman de arriba abajo por los escalones. La caligrafía de su grafito la calculó para que sólo pueda leerse desde abajo, sus gigantescos caracteres caen enroscándose por los peldaños. Mejor bajo a descifrar su arenga en lo que a ella se le antojará todo su magnífico esplendor.

Pese a su tamaño, la consigna consiste de una sola palabra de diez letras. Reconozco el rojo escarlata usado para dibujarla: el de su creyón de labios. La miro de reojo; lo tiene entre loa dedos, dispuesta a seguirlo utilizando. No podría; ha quedado mocho, lo gastó en esta reprobable expresión a voz en cuello de sus opiniones. Obstinada clavó el creyón en el mármol de manera a hacer resaltar su lema, que queda como un anuncio rojo encendido contra el blanco grisáceo de las escaleras. De servirle ahora de algo le alcanzaría cuando más para un retoque de labios, si es que le viene esa idea cuando volvamos a la calle. Inútil para cualquier otra cosa después de trazar esa única palabra de dimensiones tan colosales como el altar: mentirosos.

Más grave su me hace su antojo de cometer esta profanación para terminar garabateando tan solemne tontería. Para quedarse en eso, sin aclarar contra quiénes va su acusación, mejor haberse ahorrado la barbarie. A ese nivel de simpleza e incivismo pudiera haber escrito un sinfín de cosas, bobadas comparables a las de ramplones mataperros de barriada. Por ningún lado que lo mire entiendo por qué lo ha hecho. Recurrir a una maldad de bajos fondos para escribir una proclama elemental sin propósitos claros que cualquier sirvienta, o eso quiero creer, borrará en un dos por tres con un trapo mojado.

Mejor irnos ya. Si por desgracia alguien se aparece, no se tomará el trabajo de preguntarnos qué hacemos aquí ni quiénes somos. Nada más ver el ardiente lema pintado en el altar por mi mujer se sentirá ante un par de subversivos o fugitivos de algún manicomio, y no lo digo en broma: de institución mental lo que ella ha hecho.

Claro que ni uno de estos reproches, por llamarlos con benevolencia así, le pasan por la mente. Admira su labor con deleite de muralista, ni la sonrisa se ahorra. Y como si reparase por primera vez en que me tiene cerca, extiende el brazo para mostrarme su obra, esperando que comparta su felicidad. Si ésa es su disposición, mejor no irme por los regaños, evitar cualquier reparo que trasluzca lo furioso que me siento y nos sepulte en una discusión de horas. No me enteraría de nada y lo que por de pronto quiero es saber a qué viene y contra quiénes va ese calificativo de mentirosos, para ella tan imprescindible como para transformar la escalinata en página propia. Pretextando indiferencia, le pregunto las dos cosas.

Está juguetona. La alegría de su revuelta, lo que ve como su poder simbólico, le brota por los poros. A partir de ese humor, prologará su diversión; no me va a responder a la primera y perderse el buen rato. Adivina, me contesta, sin soltar su creyón ni dejar de esgrimirlo como estoque, lista parece para un segundo ataque a fondo. Conservo equilibrio suficiente para no estallar y dejarle saber sin cortapisas mi disgusto –más bien indignación–, decirle que lo que ha hecho es una niñería digna de gentuza sin educación. Sigo no obstante callado; sólo así me acercaré a saber quiénes son ésos que ella llama mentirosos y por qué la encolerizan hasta el punto de incitarla a desfigurar una obra inimitable.

Es ella quien preguntó y no piensa responderse. Quiere entretenerse y lo que hace es poner cara traviesa para acompañar el giro que da a nuestra conversación: metidos en esto del mundo griego, me dice, debo aceptar su escrito como si se tratase de un enigma. Además no tiene por qué serte tan difícil, dice.

Me siento en un juego de tontos pero lo acepto esperanzado en adelantar mi averiguación. Sólo veo a eso que jugando a la sibila ella llama enigma dos posibles soluciones. O son mentirosos quienes esconden aquí el altar legítimo y engañan a filas interminables de un público venido de los cuatro puntos cardinales exhibiendo en el museo un monumento falso. O acusa de mentirosos a los responsables de traer aquí un altar falsificado, ésos que viendo caer el Muro pensaban sacarlo a subasta y en la confusión hacerse de un último botín que luego sería difícil reclamar. En cuanto termino

293

de presentarle estas dos soluciones me siento mordiéndome la cola, como si las dos pudieran ser la misma o resolverse en su contraria, con los mismos culpables puestos del revés.

Le he hablado sin dejar que asome la cólera que me hierve por dentro cada vez que veo así sea de reojo el bárbaro banderín inscrito en el altar. Me callo después de exponerle, sé que torpemente, quiénes son esos dos únicos mentirosos que me vienen a la mente; no veo más respuestas. Quiero acabar además con sus demoras y presumo que aunque ella me pueda venir con otra cosa, carecerá de razones. Pareciera que me equivoco; me sale con que me he quedado corto. Otras posibilidades hay y si no alcanzo a verlas es por no concentrarme en su acertijo. Si como en los tiempos heroicos en que abundaban los enigmas me fuese la vida en acertar, más a fondo pensarías, me dice. Nosotros mismos lo hemos conversado a nuestra manera. Piénsalo un poco, insiste.

Será el disgusto de pretenderme tranquilo estando furioso y además temiendo la aparición de ese incierto vigilante que a cada rato imagino, pero no logro dar con esos alternos mentirosos que ella me propone. Por suerte mi silencio termina por hacérsele aburrido y decide romperlo.

Estando en Berlín, empieza con prosopopeya, como si tuviésemos por delante todo el tiempo del mundo y se dispusiese a dictar una conferencia, si bien dejando asomar una viveza nada doctoral, y habiendo estado como estuvimos aquí cuando la ciudad pasaba por uno de sus peores momentos, a muchos puedo llamar mentirosos, me dice, sin que parezca traído por los pelos. Como si redactar con tanto vigor su acusación la hubiese vaciado de furia, con calma empieza a enumerarme su lista de posibles culpables y comienza a estarme claro que para ella nada de broma ni risible tiene lo que dice.

Quienes nos dijeron que la guerra había terminado en el 45, empieza. Esos podrían muy bien ser los primeros mentirosos, nos convencieron de que nos esperaba un renacer y lo que hicieron fue tenernos a todos en babia mientras ellos volvían con sus cañones y sus bombas, controlándolo todo como siempre y listos para acabar con quien fuese. Y mira si no había terminado que uno de sus coletazos nos llegó a nosotros allá en las últimas quimbambas. Ahí tienes unos, dice. O también los de Alemania Occidental, presumiendo como viejos aristócratas de una prosperidad que no se cansaban de llamar infinita, mientras los de la Oriental les respondían entonando loas a la fraternidad y la igualdad eternas, sigue, y los dos, como acabamos de ver retratado en esas dos caras idénticas que sólo buscaban confundirnos, dedicados por encima de todo a ver cómo se cortaban uno a otro el pescuezo y se hacían trizas. Interrumpe entonces un discurso que se me va haciendo sabido y latoso para mencionar una posibilidad que sólo escuchar me aterra: Todo eso y mucho más pudiera haber escrito en la escalinata del altar. Pero sabía que no me alcanzaría el creyón. Pasar a otros candidatos la altera. Estará llegando a la respuesta del enigma y de esa ira que veo crecerle vino el impulso de ensuciar este santuario. Tantos que andan por ahí, dice, y que hace muy poco, cuando cayó el Muro, nos volvieron a anunciar el nacimiento de una era de concordia, que por fin el mundo sería uno y a partir de ese momento las cosas irían siempre a mejor. Y mira cómo van por dondequiera. Controla su alteración para no perder el tino y vuelve al aire de artista complacido. ¿Te parecen pocos mentirosos?, me pregunta. Y puede haber más, nada más piénsalo. Pero no es ninguno de ésos.

Mejor plantarme. No soporto bizantinismos, menos en esta peligrosa clandestinidad. Si no quiere darme la solución a su enigma, que se la guarde. La conozco, no será por mucho tiempo; se la comerán las ganas de hablar, aunque sólo sea por valorar su gesto. Es hora de irnos, le digo. Si luego quiere contarme quiénes son sus mentirosos, que lo haga, por ahora urge salir. También ella lo entiende. Guarda en su cartera el resto inútil de creyón y se dispone a marchar. Pero antes de que nos vayamos, de un plumazo responde a su adivinanza. Prefiere hacerlo donde estamos, aclararme aquí su enigma. Mira al altar y me lo señala. Ellos, me dice, iniciando su solución, aunque por el momento la entienda sólo ella. Calla, sin una palabra más ni un paso hacia la escalerilla de salida. Ahora es a mí a quien no le importa la demora; no le permitiré dar ese otro paso hasta que su gesto insumiso me quede esclarecido en este preciso sitio. Los mentirosos, me dice, ésos a los que acusa, y por eso lo hizo ensuciando el altar, fueron sus constructores, los escultores de ese friso. Y antes que ellos, quienes forjaron la leyenda, que al esculpirla bien que se esforzaron estos artistas por perpetuar. Sabe que sigo sin entender por dónde va, más bien creo que desvaría. Los que perdieron esa batalla que se representa en el altar entre dioses y gigantes fueron los dioses, me dice por fin. Los que la ganaron fueron los gigantes. Triunfaron el desorden y la sinrazón. Triunfaron para siempre. Vámonos. Esta última palabra, que pudiera ser brusca, la pronuncia en el tono más conciliatorio posible, anulando nuestra oposición de hace un momento. Dirige al altar un último vistazo, dando a esa mirada final un efecto de ceremonia al saludarlo: El altar de Pérgamo. Echamos a andar hacia la escalerilla. Ni un gesto mío necesita para saber que comparto con ella lo que con sus palabras han dejado de ser desilusiones. Serán mucho más pero me conmueven menos que si lo fueran, como si la comprensión de una fatalidad hubiese logrado al fin desplazar al sentimiento en estos menesteres.